U0854851

奥吉和我

〔美〕R.J. 帕拉西奥 著
陶友兰 温辉 译

人民文学出版社
PEOPLE'S LITERATURE PUBLISHING HOUSE

著作权合同登记号 图字 01-2017-6808

Auggie & Me Omnibus
The Julian Chapter copyright © 2014 by R.J.Palacio
Pluto copyright © 2015 by R.J.Palacio
Shingaling copyright © 2015 by R.J.Palacio
Published by agreement with Trident Media Group, LLC,
through The Grayhawk Agency.

图书在版编目(CIP)数据

奥吉和我 /(美) R.J.帕拉西奥著;陶友兰,温辉译. —北京:人民文学出版社,2018
ISBN 978-7-02-013612-4

Ⅰ.①奥… Ⅱ.①R… ②陶… ③温… Ⅲ.①长篇小说-美国-现代 Ⅳ.①I712.45

中国版本图书馆 CIP 数据核字(2017)第 322746 号

责任编辑 **甘 慧 尚 飞 张晓清**
装帧设计 **钱 珺**

出版发行 **人民文学出版社**
社 址 **北京市朝内大街 166 号**
邮政编码 **100705**
网 址 **http://www.rw-cn.com**

印 刷 **上海利丰雅高印刷有限公司**
经 销 **全国新华书店等**

开 本 **890 毫米×1240 毫米 1/32**
印 张 **10.5**
字 数 **224 千字**
版 次 **2018 年 4 月北京第 1 版**
印 次 **2018 年 4 月第 1 次印刷**

书 号 **978-7-02-013612-4**
定 价 **56.00 元**

如有印装质量问题,请与本社图书销售中心调换。电话:010 - 65233595

你知道成为一个孩子是什么样的吗？那和今天的大人完全不同。它是一种从洗礼之水中流淌出来的精神；它相信爱，相信可爱，相信信仰。它是那么小，小侏儒都可以够得着，凑到你耳旁说悄悄话。它可以把南瓜变成马车，把老鼠变成马匹，把卑微渺小变成尊贵高大，把一无所有变成无所不有。因为每个孩子的心灵里都住着一个属于自己的神仙教母，身囿坚果壳，心为无限王。

——弗朗西斯·汤普森[①]《谢莉》

① 弗朗西斯·汤普森（Francis Thompson，1859—1907年），英国诗人。他主要的作品是《天上的猎狗》，一部深刻的长篇宗教诗歌，讲述上帝用爱感化了一群叛逆的基督教徒。

目录

序言

“《奇迹男孩》会有续集吗？”读者中有人在询问。

“不会的，抱歉，”我回答道，有一点儿尴尬，“我觉得《奇迹男孩》并不适合有续集。我希望读者发挥自己的想象力去想象奥吉·普尔曼和他世界中的其他人会发生什么事情。”自从《奇迹男孩》于 2012 年 2 月 14 日正式面世以来，几乎每次签售会，公众演讲或者读书会，这个问题可能是除了“《奇迹男孩》会被拍成电影吗”、“什么激发你创作《奇迹男孩》”以外，被问及最多的一个问题。

但是现在我正在撰写的是一本书的序言，这本书就其创作意图和目的是《奇迹男孩》的指南。这到底又是怎么回事呢？

为了回答这一问题，我必须略微提及《奇迹男孩》一二。如果你已经购买了《奇迹男孩》，或者有人送了本给你当礼物，那很有可能你已经读过它了。我就不需要过多地介绍，只需要告诉你《奇迹男孩》是关于一个十岁男孩奥吉·普尔曼的故事。奥吉·普尔曼天生颅面部畸形，他初来乍到，成为毕彻预科的一名新生，经历了起起落落、沉沉浮浮。我们通过他的双眼，也通过在这关键的一年里恰巧和奥吉的生活有所交集的人物的双眼，去见证这一历程。他们的见解也帮助读者更好地理解奥吉接受自我的过程。那些与奥吉在五年级这个时间框架内没有直接发生关系的人物的故事不会入选在内，还有就是对于奥吉的理解过于褊狭不利展现奥吉性格的也不会入选在内。毕竟《奇迹男孩》从头到尾都是奥吉的故事。我自己对于用简单的线性故事来讲述奥吉故事有着严格的把控。如果人物不能将叙述向前推动——或者这个人物的故事与《奇迹男孩》中的事件是平行的，抑或是发生在其之前或者之后——那么这个人物也就不能在《奇迹男孩》里发出自己的声音了。

但这并不是说其他角色就没有什么有趣的故事可以讲述——他们的故事即便并非直接影响到奥吉，也多少能够说明他们自己的动机。

这就是现在这本书的由来。

再次声明：《奥吉和我》不是续集。它并非是《奇迹男孩》的续写。它不是接着讲述奥吉探索中学生活的故事。事实上，在这些故事里，奥吉只是一个次要人物。

准确地说，这本书是奥吉世界的解释说明。《奥吉和我》包含三个故事：《朱利安篇章》、《冥王星奇想》、《布加洛舞》。最初它们都以短篇电子书的形式发表，分别从朱利安、克里斯托弗和夏洛特的角度讲述，是三个完全不同的故事。故事中涉及的人物，若是有所交叉，也是偶尔出现在彼此的故事里。尽管如此，它们依然有个共同之处，那就是奥吉·普尔曼。奥吉出现在他们的生命中，充当催化剂，让他们发生微妙以及不那么微妙的转变。

《奥吉和我》同时也不是传统意义上的续集，因为并未续写奥吉的故事。在《朱利安篇章》中提到了快上五年级的那个短暂暑假，给出了朱利安/奥吉故事一个美好的结局。但是，除此之外，读者找不到奥吉·普尔曼在六年级或者中学乃至以后发生什么事情。我可以保证，那本书，至少目前来说是如此，永远不会去写。朋友们，这是件好事情。撰写《奇迹男孩》的一个最美妙的副产品就是它衍生了很多了不起的书迷小说。教师们在课堂上使用《奇迹男孩》，要求学生进入角色，写下他们自己关于奥吉、萨默尔或者杰克的章节。我也读到了献给维娅、贾斯汀、米兰达的故事，还有从阿莫斯、迈尔斯和亨利角度写的故事。我还甚至读过一个孩子从黛西的角度写的、令人非常心酸的小短篇！

然而，或许我读过的最感人的故事是写奥吉的，读者们似乎对奥吉倾注了巨大的热情。有些孩子告诉我，他们敢肯定奥吉最终成长为一名宇航员，或者一名教师，或者一名兽医。他们带着极大的——甚至实证性的——权威性，没有丝毫犹豫，没有丝毫揣测。因此，我又有何德何能去说不呢？我又犯得着非要写个续集，限制住这所有的选择吗？就我个人而言，奥吉拥有光明且无与伦比的未来，充满着无限的可能性，每种可能都一样崇高。

我真是太有福气了，《奇迹男孩》的读者感到自己谙熟奥吉，能够想象出他的后续生活如何。我知道他们明白这一点，仅仅因为我选择在奥吉生命中最快乐的一天结束《奇迹男孩》的故事，这并不能够保证他之后拥有幸福快乐的生活。当他再长大一些，他还会遭遇更多不公正的挑战，还会有新的起起伏伏，新的朋友，新的朱利安和杰克，当然还会有新的萨默尔。读者们通过奥吉在毕彻预科第一年经历的所有考验与磨难，知道他如何搞定，就能满怀希望地直觉到他拥有怎样的内在力量去战胜降临在他人生道路上的一切，直觉到他是如何经受住种种考验，对于别人的灼灼目光，他要么报以凝望，让他们不得不移开目光，要么一笑了之。而一直和他在一起、经历顺境与逆境的，定会是他了不起的家人们——伊莎贝尔、内特和维娅。“我知道唯一能真正疗愈人们的是无条件的爱。”伊丽莎白·库伯勒·罗丝①写道，这或许就是为什么奥吉永远不会被路人的无心之言或者朋友有意为之所造成的创伤压垮的原因。那些他所拥有的——熟知的朋友还有暗中的朋友——在最关键的时刻都会站出来保护他。

最后，《奇迹男孩》的读者们知道，这本书其实并非讲述奥吉·普尔曼的遭遇，而是奥吉·普尔曼给这个世界带来的启示。

正是这一点，把我带回到现在这本书——或者，更为准确地说，把我带回到《奥吉和我》里面的三个故事。

最初意识到我应该写这些短篇电子书、这些《奇迹男孩》故事的时候，我抓住了机会——更为具体地说，是为了朱利安。他在《奇迹男孩》迷中已经成为一个万人唾弃的人物形象了。“保持冷静，别做朱利安”，甚至现在都可以在网上搜索到，因为人们以身作则，制作出了他们自己的警示海报。

我完全明白为什么朱利安如此不招人待见。直到现在，我们都是通过别人的眼睛，奥吉、杰克、萨默尔和贾斯汀的双眼去看待朱

---

① 伊丽莎白·库伯勒·罗丝（Elisabeth Kübler-Ross, 1926—2004），美国著名医生，1969 年出版了她的传世著作《论死亡和濒临死亡》(*On Death and Dying*)，被后人称为“生死学的经典”。另著有《当绿叶缓缓落下》(*On Grief and Grieving*)、《天使走过人间》(*The Wheel of Life*)、《你可以更靠近我》(*The Tunnel And The Light*) 等。

利安的。他很不礼貌，他很刻薄。他直勾勾地看着奥吉，他给奥吉起外号，他花尽心思去操纵同学对付杰克，等同于校园欺凌。但是仇恨奥吉的背后根源是什么呢？朱利安到底怎么了，他为什么这么坏呢？

甚至在我写《奇迹男孩》的时候，我就知道朱利安是有故事的。我也知道他的校园欺凌故事，他为什么会欺负人对奥吉是无关紧要的，对故事情节没有什么影响，因此不属于《奇迹男孩》所写的内容。毕竟，《奇迹男孩》并不是让校园欺凌的受害者来这里为他们的遭遇寻求同情的。但是我特别喜欢这个主意，就是为朱利安写上一本小书，去探索一下他的性格——倒不是为了豁免他的所作所为，他在《奇迹男孩》里的行为是应该受到谴责的，是不可原谅的。写这本书是为了更好地理解他。重要的是，我们要知道朱利安也不过是个小孩子。他的所作所为确实很糟糕，这没有错，但是，这并非意味着他就是个“坏孩子”。我们的过失不能定义我们。最难的是学会接受我们所犯下的错误。朱利安可以弥补自己的过失吗？他能够吗？他愿意吗？这些是我在《朱利安篇章》里提出和解答的问题，我甚至还透露了他为什么那样对待奥吉。

《奥吉和我》的第二个小故事是《冥王星奇想》，是从奥吉最老的朋友克里斯托弗的角度讲述的。他在《奇迹男孩》故事发生多年之前搬走了。《冥王星奇想》展现的是奥吉在毕彻预科之前的独特生活面貌。克里斯托弗见证了奥吉早年的苦难和心碎时刻——可怕的外科手术，内特·普尔曼第一次把黛西带回家的那天，老社区的朋友们似乎从奥吉生活里消失。因为克里斯托弗年龄要大一些，所以面临着和奥吉待在一起的挑战——新朋友的灼灼目光，尴尬的回应，他内心的挣扎和斗争。即便是在最好的情况下，当友谊变得困难重重，他也好想一走了之。奥吉并不是唯一考验克里斯托弗忠诚度的人。他是坚持呢还是放手呢?

第三个短篇故事《布加洛舞》，是从夏洛特的角度讲述的。夏洛特是库什曼先生挑选的唯一一个女孩子，来做奥吉的欢迎伙伴。在《奇迹男孩》里面，自始至终，夏洛特都和奥吉保持着一种友好、但有点距离的关系。

夏洛特看到奥吉的时候会挥手和他打招呼，她从来不和对奥吉刻薄的孩子为伍。她设法帮助杰克，虽然是神不知鬼不觉，不让外人知道，偷偷帮忙。她是一个友善的女孩子——这一点毫无疑问。但是她从来不偏离她的轨道，去表现更多的友善。《布加洛舞》深入夏洛特·科迪在毕彻预科五年级的生活，读者从中可以了解到奥吉·普尔曼上学的那一年不为人知的很多其他事情：舞蹈表演，刻薄的女孩子们，一如既往的忠诚，新的小圈子。在《布加洛舞》里面，玛雅、西蒙娜、萨凡娜，尤其是萨默尔，个性鲜明突出。这个故事和《冥王星奇想》与《朱利安篇章》一样，探索的是一个普通孩子被不平常的环境触动后的生活。

无论是关于奥吉和朱利安、奥吉和克里斯托弗，还是奥吉和夏洛特，《奥吉和我》里面的三个故事都审视了友谊的复杂性、忠诚、同情心，还有——最为特别的是——探索了善良的持久影响。相当多的作品描述了中学和十一二岁的岁月，描述了关于孩子们的这个人生阶段，常常在没有父母的监管下，孩子们独自在新的社会环境中探寻开辟出自己的道路，彼此间不很友好几乎是司空见惯的。但是我却看到了孩子们的另外一面——向往崇高，渴望做正确的事情。我相信孩子和他们拥有去在乎、去关爱、去拯救世界的无限能力。我丝毫不怀疑他们会引领我们来到一个更加宽容、更加接纳的境地，那里能够容得下普天下的各色鸟儿，容得下所有的落水狗和异类，容得下奥吉和我。

R.J. 帕拉西奥

第一章 朱利安篇章

要心存善念，因为你所遇到的每个人都很不容易。

——伊恩·麦克拉伦

天上的繁星、太阳，还有那间大房子说不定是我创造的呢？不过我也记不清楚了。

——乔治·路易斯·博格斯《星矢的家园》

恐惧并不会像噩梦那样伤害你。

——威廉姆·戈尔丁《蝇王》

我是普通人

好吧，好吧，好吧！

我知道了，我知道了，我知道了！

我对待奥古斯特·普尔曼的态度一直很差劲！

多大点的事儿，这又不是世界末日。我们不闹了，行吗？世界那么大，不见得每个人都对别人很友好。道理就是这么个道理。所以别再啰唆了好吗？我们该朝前看，继续过好自己的生活，你说对不对？

我的天哪！

我想不清楚这到底是怎么一回事。一分钟前，我好像还是五年级最受欢迎的孩子，一分钟后呢，我是什么我自己也说不清楚。这太让人难受了！今年这一整年都让人不好过！真希望奥古斯特·普尔曼从一开始就没来过毕彻预科学校！他最好像《歌剧魅影》里演的那样，把他那张古怪的臭脸藏起来，我求之不得。把面具戴上，奥吉！别让我看到你！你要是不在的话，事情就都好办多了。

至少是让我好过多了。顺便说一声，我才不会说这野餐是为他准备的。对他来说，每天照照镜子上街走走就够难为人了。但这跟我没半点儿关系。问题是，自从他来到我们学校之后，一切都变了。孩子们也变了，而我也和以前不一样了。这真是个大麻烦。

我多么希望一切能回到四年级时的样子。我们那时候玩得要多开心有多开心。毫不夸张地说，每次我们在院子里玩捉迷藏，谁都想跟我一队。信不信由你。做社会实践项目的时候，谁都想凑到我这组。每次我说了什么好玩的话，大家便哈哈大笑。

午饭的时候，我总是和我的“密友”们坐在一起，我们总是那副样子。亨利，迈尔斯，阿莫斯，杰克，这种感觉好棒！我们总是有很多只有彼此才懂的笑话，还有许多小手势。

我不知道这一切为什么要改变，我不知道为什么每个人都变得如此愚蠢。

事实上，我*知道*为什么会这样：这都是因为奥吉·普尔曼。他出现的那一刻，所有的事情都改变了原有的模样。所有那些再普通不过的事情，现在都变得乱糟糟的，这都是因为奥吉。

还有图什曼先生。事实上，这差不多完全是图什曼先生的错。

那个电话

妈妈把图什曼先生打来的那个电话当成了一件了不得的事情。那天晚饭的时候，妈妈喋喋不休地说这是多么大的荣誉。中学校长打电话到家里来，询问我是否能够去欢迎一些新来的小朋友。哇！真是个好消息，妈妈表现得好像是我赢得了奥斯卡奖似的。她说，这说明学校终于看出来谁才是那个最“特别”的孩子。在她眼里，这简直太棒了。在此之前，妈妈从来没有见过图什曼先生，因为他是中学校长，而我仅仅在上预科。但这并不影响妈妈兴致勃勃地赞扬图什曼先生在电话里听起来是多么好的一个人。

妈妈一向对学校的事格外上心。她是学校托管委员会的一分子，虽然我也不知道那到底是干什么的，但看起来好像很了不起的样子。妈妈同样也很热衷于志愿者工作。比如说，我在毕彻上学的几年里，她每年都过来照顾班里的孩子，为这所学校做出了很多奉献。

因此，去当“欢迎小使者”的那天，妈妈把我送到了那所中学门口，她想送我进去，我却跟她说：“好了，妈妈，这可是中学呀！”妈妈明白了我的意思，于是在我踏进学校大门之前便走了。

夏洛特·科迪和杰克·威尔早就站在大厅前面等着我。我们互相问候之后，杰克和我装模作样地握握手，我们还跟保安说“你好”，然后一同走进了图什曼先生的办公室。走在空无一人的学校里，感觉那里怪怪的。

“快看，我们要是在这儿溜冰，不用愁会被逮到啊！”我边跟杰克说着话，边在光滑的走廊上跑着滑了起来。当然，这会儿保安已经走远了。

“哈哈，确实。”杰克应声道。但是我发现，我们离图什曼先生的办公室越近，杰克就愈发地安静。实际上，他看起来好像快要吐了。

正当我们快走到楼梯顶的时候，他突然停了下来。

“我不想干了。”杰克说。

我停下来站在他旁边，夏洛特早已经走到了楼梯尽头。

“别这样，去吧！”她喊道。

“你又不是老大！”我说。

她摇摇头，朝我翻了个白眼。我讪讪地笑着，用手肘碰了碰杰克。夏洛特·科迪总是这么一本正经，我们平时不少挑唆她。

“唉，真是够乱七八糟的。”杰克用手使劲儿地揉着自己的脸。

“乱什么呢？”我问他。

“你知道新来的小孩是谁么？”他询问道。

我摇了摇头。

“你知道是谁，对吧？”杰克抬起头问夏洛特。

夏洛特从楼梯顶上走到我俩旁边：“当然认识啦。”她做了个鬼脸，那样子就像吃了什么难吃的东西。

杰克无可奈何地摇摇头，狠狠地拍了几个巴掌。

“我真是蠢得不行，怎么能答应这件事呢？”杰克这会儿气得咬牙切齿。

“等等，先告诉我新来的到底是谁。”我推推杰克的肩膀，示意他抬头看我。

“那小孩叫奥古斯特，”杰克说，“你知道的啊，长着那张脸的小孩！”

我一下子迷糊了。

“你确定不是在逗我？”杰克不相信，“你真的没见过那小孩？他就住在我们社区，时不时地还去操场转转。大家都见过他，你不可能没见过他！”

“谁说的，朱利安不住在我们社区。”夏洛特反驳道。

“他在这儿住！”杰克答得没什么好气儿。

“不，朱利安才没在这儿住呢！”夏洛特也有些不耐烦了。

“我在不在这儿住有什么关系么？”我插了句嘴。

“没太大关系，”杰克打断我，“确实没什么重要的，不过你应该相信我，谁之前也没碰到过这种事儿。”

“别这么小气好吗？这样说一点儿都不友好。”夏洛特有些生气。

“我才不小气！我只是实话实说。”杰克也不甘示弱。

“好吧好吧，那他到底长什么样啊？”我问他俩。

杰克没有理我，他一直站在那儿摇头。夏洛特也蹙起了眉头。

“一会儿你就知道了，咱们还是赶紧去吧。”夏洛特转身迈上了楼梯，朝着图什曼先生的办公室去了。

“杰克，开心一点儿啦。”我朝他喊道。

我假装朝他脸上狠狠地扇了一巴掌，这一下子就把他逗乐了。他对我做了一个拳击的慢动作。转而我们又玩了个游戏，互相戳对方的肋骨，看谁先生气。

“我们快走吧！”夏洛特站在楼梯顶发号施令道，返回来带我俩一起到办公室去。

“杰克，快走吧！”我小声跟他说，这次他的气消了不少。

不过，当我们走到走廊尽头，快要到图什曼办公室的时候，我们立刻变得紧张兮兮。

我们还是走了进去。加西亚夫人安排我们在护士莫莉的房间稍微等候一下，这个小房间就在图什曼先生的办公室隔壁。等待的那几分钟里，我们三个都一言不发。我突然很想用检查台上的乳胶手套做一个大气球，尽管知道这能把屋子里的每个人都逗乐，但我还是忍住了这股冲动。

图什曼先生

这时，图什曼先生走进了办公室。他很高，看起来瘦瘦的，一头花白的头发稍显凌乱。

“小家伙们好，”他面带笑意，“我就是图什曼先生，这位小姑娘一定是夏洛特吧。”他和夏洛特握了握手。“你是？”他转向我问道。

“我叫朱利安。”我回答说。

“朱利安。”他重复念了几遍我的名字，嘴角扬了起来，握住了我的手。

“你是杰克，对么？”他和杰克说着话，也握了握杰克的手。

接着他坐在了护士莫莉的桌子旁边。“首先我想感谢你们今天能够来到这里，顶着这么大的太阳，而且还没做成自己想做的事情。暑假过得怎么样啊，小家伙们？”

我们仨互相看了看，都不约而同地点点头。

“您的暑假过得愉快么？”我问图什曼先生。

“你这个问题非常好，朱利安，”他显得很开心，“我暑假过得非常开心，谢谢你。不过眼下我更迫不及待地想过秋天。我不喜欢炎热的天气。”他拉了拉衬衫：“我已经准备好过冬啦。”

这会儿我们仨跟小鸡啄米似的不断点头附和。为什么大人们总喜欢跟小孩废话呢，我有些想不通了。这种感觉真让人摸不着头脑。我的意思是，就我自己来说，还是可以接受跟大人聊天的——这可能跟我去过很多地方并且之前有这种经历有关——但大多数孩子确实不爱理大人们。事实也正是如此。比方说，如果我在学校以外的地方恰好撞见几个朋友的爸爸妈妈，我会尽量避免和他们有眼神交流，这样就不必同他们讲话了。话说回来，出了校门还能偶遇老师确实够诡异的。还有一次，我在学校外面的餐厅撞见三年级的一位女老师和她男朋友，当时我整个人都炸了。哪有学生愿意在学校外面看见自己的老师和男朋友瞎溜达？你能体会那种心情么？

不过这会儿也管不了那么多了。听着图什曼先生喋喋不休地讲着自己暑假过得如何如何，夏洛特、杰克和我一直不停地点头，最后他终于提到正事儿了，万幸！

“所以，小家伙们，”他貌似拍了一把自己的大腿，“今天下午你们抽出时间来到这里，我很欣慰。一会儿我就把新来的小男孩带到办公室来介绍给你们。在这之前呢，我想交代你们一些细节。之前我和你们的妈妈讲过一些跟这个小男孩有关的事情，她们告诉你们了么？”

夏洛特和杰克都点了点头，只有我表示没有。

“妈妈只提到他之前做过很多手术。”我说。

“好，那妈妈有没有讲到过他的脸呢？”图什曼先生问道。

听到这句话，我不得不说，我得好好想想我今天到底干吗来了。

“这个我倒真是不知道。”我抓了抓自己的脑袋，试图回想起妈妈之前跟我说的话，可是她说的时候我确实没怎么听。我记得妈妈一直不停地说我被图什曼先生选中是件多么了不起的事情，她也确实没怎么强调那个孩子到底有什么问题。“妈妈说，您告诉她那个孩子身上有很多伤疤，好像之前被烧伤过。”

“你母亲可能记错了，”图什曼先生抬了抬眼皮，“我原话是说，这个孩子的额头和面部有些不太正常——”

“对，我想起来了！”我兴奋地打断了他，因为我终于记起来了，“妈妈正是这么说的，他好像提到唇腭裂什么的。”

听到我的话，图什曼先生的表情有些纠结。

他耸着肩，左右晃晃头：“事实上不止这些。”说着他便站了起来，拍了拍我的肩膀：“不好意思，我没把问题和你妈妈讲清楚。我不想让你觉得尴尬。实际上，也正是为了避免更多的尴尬，我才会提前交代你们一些事情。你们需要知道的是，他看起来确实和别的孩子不太一样。这不是什么秘密，他自己也知道。他一出生就是那样了，与生俱来。但是他是一个很棒的孩子，人既聪明又和善。因为总是做手术，他之前一直在家接受教育，没有上过一般的学校。考虑到这一点，我希望你们三个能带他在校园里到处转转，和他交个朋友，让他感到温暖。当然如果你们愿意的话，也可以问他一些问题。和他正常交谈就好了，他也是一个正常的孩子，只不过脸部有些与众不同。”他看着我们长舒了一口气，又补充道：“小家伙们，我刚才是不是让你们太紧张了，嗯？”

我们赶紧摇摇头。看到我们的反应，他舒心地揉了揉自己的前额。

“孩子们，”他语重心长地说，“等你们像我这么大的时候，你们会发现有时候难免会遇到一些让人不知所措的状况。世界上不存在一本能够教你应对任何状况的书，你们明白吗？因此我经常说，人难免犯错，但最好心中常怀善意。当你不知所措的时候，善良便是唯一的法宝。这就是秘密所在，这样你不会误入歧途。喊你们到这儿来帮我的忙，也正是出于这个用意。你们都是很棒的孩子，我已经从你们的老师那里听说了。”

我们一时间也不知道说什么，只好装作一脸蠢萌的样子笑了笑。

“之前你们怎么对待自己的同学，现在你们也怎么对他就可以了。我就说这些，好吗，孩子们？”他说。

我们仨又不约而同地点起头，就像小鸡啄米似的。

“你们真的太棒了，孩子们。放轻松点，在这儿稍等片刻，加西亚小姐马上就会来带领你们过去。”他打开办公室的门，对我们说道：“再次向你们所做的一切表达我的谢意。行善事，得福报。上帝会记住你们的善行的，不是么？”

说着，他的脸上又浮现了笑容，对着我们眨了眨眼睛，便离开了房间。

这时，我们几个心里的一块石头终于落了地，瞪大了眼睛互相看着。

“好吧，我压根都不知道福报善行之类的到底是什么！”杰克说。

他的话让大家多少有了些笑意，尽管这笑容显得有些提心吊胆。

第一眼

我不打算详细讲那天还发生了什么事儿。我只想说，杰克那天表现得中规中矩，毫不浮夸，这真是史无前例。实际上，他做了与此截然相反的事情。有没有一个词是“夸张”的反义词？是“不夸张”么？我也不知道。但杰克对那个孩子的脸的反应，的确出乎大家的预料。

当我第一眼看到奥古斯特的时候，我只想蒙上自己的双眼尖叫着逃跑。信不信由你。我知道这听起来很伤人，我也很愧疚。但事实是不容置辩的。那些声称第一次见到奥吉·普尔曼没有失态表现的，我可以很负责任地说，他们肯定在撒谎。

见到奥吉之后，我大可以一走了之的，但我知道如果我真的这么做的话，就是惹祸上身。所以我只好一直盯着图什曼先生，试图集中精力听他在说什么，但是我听到的都是呜哩哇啦的废话，耳朵热得发烫。而我的脑子里，充斥着“老兄，老兄，老兄”之类的胡言乱语。

“老兄！老兄！老兄！老兄！”

我好像对自己说了无数次这两个字，思维一片混乱。

在某一时刻，图什曼先生介绍我们给奥吉认识。天哪！我记得我确实和他握了手。天哪！天哪！我真想立刻逃出去，好好洗洗自己的手。但还没等我来得及搞清楚情况，我们已经被带领着走出了房间，沿着大厅走廊拾阶而上。

老兄！老兄！老兄！老兄！老兄！老兄！

在通往教室的楼梯上，我和杰克眼神刚好撞到一起。我拼命地瞪大眼睛，用嘴唇的动作表示“这绝对不可能”！

杰克也这么回应我：“我早跟你说过！”

被吓坏了

记得我五岁的时候，有天晚上我正在看《海绵宝宝》，电视上出现的一则新闻把我吓坏了。当时距离万圣节只有几天时间，每年的这个时候，电视上播放的广告都有些惊悚，但这个宣传青少年恐怖片的广告，我之前从未听说过。我正盯着这个广告看的时候，一具僵尸猛地出现在屏幕上，感觉近在眼前。那会儿我整个人都吓蒙了，忍不住想要从房间里逃出去，到空旷的地方尖声高叫，疯狂地甩一甩胳膊压惊。那真是恐怖至极！

从那以后，我非常害怕在电视里再次看到僵尸脸。直到万圣节结束、那部恐怖片下架后，我才重新打开了电视。严肃地说，那段时间我连碰都不碰电视——我真的被吓坏了！

不久之后，我和一个小孩出去玩，他是谁我已经记不起来了。他对哈利·波特非常着迷，我们就一起看了部哈利·波特系列的电影（之前我一部也没看过）。我第一次看到伏地魔的脸时，万圣节广告的悲剧再次上演。我歇斯底里地尖叫不止，号啕大哭。糟糕的是，那个小孩的妈妈也没能够安抚我冷静下来，只好打电话让我妈妈来接我回家。妈妈对她竟然让我看这种电影的做法大发雷霆，互相争执不休——长话短说——从此我再也没有和那小孩约着玩儿了。但是无论怎样，万圣节僵尸电影和伏地魔没有鼻子的脸，至今仍让我心乱如麻。

不幸的是，爸爸后来在万圣节期间带我去电影院。那时候我只有五岁——或者六岁。本来没什么大不了的，因为我们观看的那部电影评级仅为G，适宜儿童观看，一点儿也不惊悚。但是观影期间，影院播放了《恐怖仙女》的预告片，这是一部讲述邪恶仙女们的故事。我知道——仙女都很纯真——至今我回首这段经历，我始终无法相信自己竟然会害怕这种东西，可是那段预告片着实吓到我了。爸爸不得不带着我离开电影院，因为噩梦再次重演——我忍不住放声大哭起来，场面非常尴尬！好吧，害怕仙女？接下来会害怕什么？小飞马？椰菜娃娃？雪花？简直太令人难以置信！可是，当时离开电影院时，我浑身颤抖，尖叫不止，脸深深地埋在爸爸的外套里。我确信，观众席里的三岁小孩看我跟看一个彻头彻尾的失败者差不多！

这就是整个事件的来龙去脉。事情总是难以掌控的。你感到恐惧的时候，就不得不和恐惧直面相对，整个世界看起来都要比它原本的样子令人不安，尽管事实并非如此。每件令你恐惧的事情像滚雪球一样积攒，导致愈加恐慌的情绪。这就好像你用一张毯子遮住恐惧，但制作这张毯子的原材料却是玻璃碴、臭狗屎，源源渗出的脓液以及僵尸脸上流血的脓疱。

我开始做可怕的噩梦。每晚我都会从尖叫中醒来。逐渐地，我变得非常排斥睡觉，我不想做噩梦。于是，我便和爸爸妈妈睡在一起。我很想说情况在此后的几天里有所好转，但事实上糟糕的境况还是持续了六周之久。我不让他们关灯。每次试图入睡的时候，我总是格外痛苦。手心出汗，心跳加速，还没睡着我就已经忍不住号啕尖叫。

无奈之下，爸爸妈妈只好带我去看一位“感知”医生，后来我才知道原来她是专治儿童心理问题的。帕特尔医生的治疗小有功效，她认为我得了夜惊症，是睡眠障碍的一种类型。和医生分享我的恐惧对我还是有所帮助的，但是最终帮助我摆脱噩梦的，却是妈妈某天偶然买回来的“探索频道”的自然专题纪录片。啊！这些纪录片太不可思议了！每天晚上，我们都会用 DVD 播放一部片子，伴随着某个英伦语调讲述猫鼬、考拉或者水母，我便沉沉地进入了梦乡。

最终，我确确实实地摆脱了噩梦的困扰，一切也都恢复正常。不过，我时不时地会有一些小症状，妈妈称之为“小难题”。我现在很喜欢《星球大战》系列电影，第一次看《星球大战 2》是我八岁那年参加一个生日聚会整夜狂欢的时候。结果那晚我不得不发短信给妈妈，让她在凌晨两点的时候接我回家。整夜我都难以入眠，一闭上眼睛，达斯·西迪厄斯那张脸便会浮现在我的脑海。后来我足足看了三个星期的纪录片才解决了这个问题（此后的一年多我再也没有参加过这类聚会）。九岁那年，我开始看《指环王》，第一部是《双塔奇兵》。噩梦再次发生，不过这次只用了一个星期我便忘了格伦那张脸。

十岁的时候，我已经很少再做噩梦，甚至也没有了这方面的担忧。假如我去亨利家玩儿，他说：“嗨，咱们看部恐怖片儿吧！”我的第一反应不再像以前一样：不，看了我会做噩梦！现在我会说：“好的，太棒啦！爆米花在哪儿，我去拿！”过了这么久，我终于克服了心理障碍，甚至都敢看僵尸灾难片了，并且一点儿也不感到害怕。噩梦什么的被我远远地甩掉了。

至少当时我是这么认为的。

然而，见到奥吉·普尔曼之后，我又开始做噩梦了。这真的让我难以接受。不仅仅是那些短暂又糟糕的梦魇再度袭来，还有那些出现在我很小时候的噩梦，它们让我感到极度恐慌，心跳急剧加速，甚至让我在尖叫中醒来。只是，我早已不是小孩子了。

我已经上五年级，我已经十一岁了！我不应该再遭受噩梦的折磨！

因此我别无他法，只好看自然纪录片来帮助自己入睡。

年级合影

我试着向妈妈描述奥吉的长相，但是直到妈妈看到学校寄来的年级合影，她才明白到底他长什么样子。此前，妈妈从来没有见到过奥吉，感恩节的时候她出差去了，因此错过了见面的机会。参观埃及博物馆那天，大家关注的焦点是木乃伊脸上的纱布。我们也没有一起参加过课下的音乐会。所以，当妈妈打开装着我们班级合影的大信封，看到奥吉的时候，她终于理解我备受噩梦折磨的处境。

说来蛮好玩，我跟你们讲讲妈妈的反应吧，因为我当时刚好在场。她兴冲冲地撕开信封——拿出我的个人照片——接着，便用手捂住了胸口。

“哇，朱利安，你的照片很帅呢！”她说，“看到你戴着奶奶寄给你的领带，我真的很欣慰。”

我坐在桌子旁边吃冰激凌，抬头冲她笑了笑并点点头。

接着，我看到她从信封里拿出了那张照片。读毕彻预科的时候，每个班级都有和老师一起拍摄的合照，但是在中学却变成了整个五年级的集体合照。六十个孩子分成四排，每排十五人，整整齐齐地站在学校正门口。我站在最后一排，夹在阿莫斯和亨利中间。

妈妈看着照片，脸上泛起了笑容。

“快看，原来你在这儿！”她在照片上找到我了。

她继续看着照片，笑意盈盈。

“哎呀，你看迈尔斯长得多高！”妈妈说道，“那个是亨利么？他看起来好像长胡子了！这个是——”

她突然不说话了，脸上笑意退去，转而慢慢变得有些震惊。

妈妈放下那张照片，眼睛空荡荡地看着前方，然后又拿起照片看了看。

“他就是你提到的那个孩子？”她问道，声音也变得和刚才有所不同。

“就是他。”我回答道。

她又低头看了看照片：“这不仅仅是唇腭裂那么简单。”

“没有人说那只是唇腭裂，”我告诉她，“图什曼先生也从未那么说过。”

“不，他就是那么说的。电话里讲得很清楚。”

“不是的，妈妈，他说的是面部问题，而你理解成了唇腭裂。但是他确实没提过唇腭裂这个说法。”

“我发誓他真的是那么说的，可是看起来问题要严重很多，”妈妈看起来惊慌失措，禁不住一直看着那张照片，“他到底得了什么病？发育迟缓么？看起来好像是。”

“我也不知道。”我无可奈何地耸耸肩。

“他说话正常么？”

“结结巴巴的，有时候我们也听不懂他在说什么。”

妈妈把照片放在桌子上，坐了下来，手指不停地轻轻敲打着桌子。

“我记不起来他妈妈是谁了，”妈妈摇摇头，“我在学校见过很多家长，这会儿也记不起来谁是他妈妈。她是不是眼神不太好?”

“不，她有一头黑发，我在她接送孩子的时候碰到过她。”我回答道。

“那她看起来……和她儿子像么?”

“不全像。”我坐在妈妈旁边，拿起照片眯着眼睛看，生怕看得太清晰。奥吉站在第一排最靠左的位置。“我跟你说过，可是妈妈你不肯相信我。”

“不是我不相信你。我只是有些惊讶，没有考虑到事情会这么严重。我好像知道他妈妈是谁了，她是不是长得很出众，有些异域风情，还有一头浓密的黑发?”

“我不知道。”我又摇了摇头。

“唉，这些可怜人。”妈妈用手捂着胸口。

“现在你明白为什么我一直做噩梦了吧?”我问妈妈。

她用手轻轻地捋了捋我的头发。

“你现在还做噩梦?”

“是啊，虽然不像刚开学的那个月那么糟，每天都做噩梦，但是偶尔也会有，”我把那张照片扔在桌子上，“他为什么要来毕彻预科呢?为什么?”

我望着妈妈，她也不知道说什么好，于是便把照片放回信封里。

“别想着把它放进我的校园相册，”我大声喊道，“你还是烧了它吧!”

“朱利安。”她喊了一声我的名字。

突然不知道为什么，我开始哭了起来。

“亲爱的。”妈妈有些惊讶，紧紧地抱住我。

“我忍不住，妈妈，”我声泪俱下，“我讨厌每天都得看见他！”

那晚，我又做了和开学时相同的噩梦。我走在校园的走廊里，经过储物区的时候，所有的孩子都站在他们的储物柜前，盯着我看，窃窃私语地议论着我。我不敢停下脚步，一直往前走。到了洗手间，我抬头看着镜子。然而我看到的却不是我自己，而是奥吉！于是，我尖叫了起来。

PS过的照片

第二天一早，我听到爸爸妈妈准备出门上班去了。我也收拾了一下，准备去学校。

“他们应该多做些工作，好让孩子们提前有个准备，”妈妈跟爸爸说，“学校本应该往学生家里寄封邮件之类的。”

“好啦，”爸爸回道，“邮件上怎么写？他们能怎么说？告诉孩子们班里有个丑小孩？这样不好吧。”

“总之他们就是做得不到位。”

“梅丽莎，咱们别小题大做，好吗？”

“朱尔斯，见过他你就不会这么说了。情况很糟糕，我们应该提前被告知的。尤其是考虑到朱利安的焦虑症，我就更应该知道真相。”

“焦虑症?!”我在自己房间里大声喊了出来，接着冲进他们的卧室，“你们觉得我得了焦虑症?”

“不，朱利安，你别多想，没人那么说。”爸爸安慰我。

“妈妈刚刚说的!”我指着妈妈，“我都听到她说焦虑症了！怎么，难道你们认为我有心理问题?”

“绝对没有!”他俩异口同声地说。

“就因为我晚上总是做噩梦?”

“真的不是!”他俩喊出了声。

“他来这儿又不是我的错！他吓到我，难道还是我的原因么？”我满脸泪水。

“当然不是你的错，亲爱的。没有人那么说。我的意思是你小时候总做噩梦，学校应该告知我真实情况。那样的话，至少我能够对你的情况了解得更及时，知道到底是什么又让你遭这份罪。”

我呆呆地坐在他们卧室的床边。爸爸手里拿着那张年级照片，显然他刚刚已经看过了。

“你们最好把它烧掉。”我一本正经地告诉他们，丝毫没在开玩笑。

“不要这样，亲爱的，”妈妈坐在我对面，“我们不用烧了照片，你看——”

她从床头柜上拿了张新照片，递给我看。起初，我以为他们复印了一张年级照片，因为这张新照片和爸爸手里的照片大小完全一样，照片上的内容也无明显差别。我厌恶地看了看，妈妈指着照片——就是奥吉站着的地方——照片上的奥吉却不翼而飞了！

简直难以置信！奥吉真的不见了！

我抬头看看妈妈，她脸上绽开了笑容。

“图片处理软件是不是很神奇！”她笑着拍拍手，“现在你可以放心看这张照片了，也不用毁掉五年级的美好记忆。”

“太好了！妈妈，你是怎么做到的？”

“我 PS 技术蛮好的。记不记得去年，咱们在夏威夷拍了很多照片，我把背景都处理成了蓝蓝的天空。”

“这样你就看不出那些天一直在下雨了。”爸爸开玩笑似的摇摇头。

“随便你怎么笑话，但是现在我看到那些照片，已经忘了那会儿的天气有多糟糕，甚至差点儿毁掉我们的假期。我只记得那个假期我们玩得很开心。朱利安，我希望你能拥有五年级的美好回忆，而不是糟糕的回忆，好吗？”妈妈语重心长地说。

“谢谢妈妈！”我紧紧地抱住她。

我没有告诉她的是，即使把照片里的背景都换成了蓝蓝的天空，我脑海中的夏威夷之旅仍旧只是又湿又冷的坏天气——还有PS技术的神奇魔力！

刻薄

听着，我一开始不刻薄。我是说，我从来都不是那种人。虽然我时不时地开开玩笑，但那些笑话并不刻薄，仅仅是玩笑话而已。你们不要当真！好吧，可能有些时候确实有些过分，但我从来都是私底下说说。我从来都不会当着他人的面开玩笑，那样做很伤人。我才不是那样的混蛋！我才没有怀恨在心！

拜托，大家不要这么敏感了好吗？

当然并不是每个人都能理解 PS 照片的事情。不过，亨利和迈尔斯觉得蛮好，他们还想让我妈妈把 PS 后的照片发邮件给他们的妈妈。阿莫斯认为那样做很“诡异”，夏洛特则是完完全全不赞成。我还不知道杰克怎么看待这件事，因为他早就不和我们一起玩了。看起来，他今年彻彻底底地抛弃了自己的小伙伴，每天只和奥吉一起玩。这确实很烦，因为我再也不能和杰克一起了，而我也绝对不会沾染那个怪人的“黑死病”。“黑死病”这个词是我想出来的，非常简单，用来形容这个游戏的——不要碰奥吉，否则你就会染上“黑死病”，然后腐烂变形致死。除了杰克，年级里的每个人都玩过这个游戏。

还有萨默尔。

说来蛮奇怪的。上三年级的时候，我就认识萨默尔，不过一直没怎么注意过她。但是，今年亨利开始喜欢萨凡娜，他们好像在“约会”。我不是说高中生那种有些恶心的“约会”，而是说，他们经常一起玩，在储物柜那儿碰面，有时放学后还会一起去阿默斯福特大道上买冰激凌。先是他俩在一起，接着迈尔斯和西蒙娜。我当时便郁闷了：“那我该找谁呢？”阿莫斯说：“我打算去约萨默尔。”“没门，该约她的是我！”从那之后，我开始变得有些喜欢萨默尔了。

可是，萨默尔喜欢的是杰克，而且也站在奥吉这边，我对此颇为苦恼。这就意味着我根本不可能和她在一起，甚至都不能跟她半开玩笑地说“咋啦”，因为奥吉那个怪人会以为我是在跟他说话。考虑到这种情况，我说服亨利，让萨凡娜邀请萨默尔到她家过万圣节。我盘算着能找到机会和萨默尔共处，或许会问她愿不愿意跟我约会。不过这项计划到最后还是失败了，萨默尔提前离开了那个派对。从那以后，她天天和那个怪人一起玩，再也没理过我。

好吧，我知道喊他“那个怪人”很不友好，但正如我之前所说，大家能不能不要那么敏感，不就是一句玩笑话么？别太当真。我一点儿也不刻薄，我这是幽默！

就是这样而已，也仅仅是开玩笑而已，但杰克·威尔那天揍了我。我真的只是在开玩笑，闹着玩！

我根本没意识到自己竟然会挨揍！

我记得当时我们不过是在打闹着玩，突然他重重地打到了我的嘴巴，讲都没讲为什么！嘣！

我一下子就炸了，你这个混蛋！你竟然打了我？你真敢打我！

记得当时我去了护士莫莉的办公室，一手捂着被打的那侧脸的牙，图什曼先生当时也在场，我听到他在电话里跟我妈妈讲话，说要带我去医院。我都能听清妈妈在电话的另一端吼了起来。罗宾女士是我们学院的院长，带着我坐上救护车，我们就这样去了医院。真够疯狂的！

在救护车里，罗宾女士问我，知不知道杰克为什么打我。我当时的反应是：有没有搞错，杰克肯定是疯了！不过我不能讲太多话，因为我的嘴唇肿得吓人，嘴巴上全是血。

她一直在医院陪着我，直到我妈妈赶过来。你能想象到我妈妈当时有多抓狂，看到我的脸她就忍不住放声大哭。我不得不说，当时的情形确实有些尴尬。

过了一会儿爸爸也来了。

“谁干的？”爸爸一来就质问罗宾女士。

“杰克·威尔，”罗宾女士冷静地说，“他现在在图什曼先生那里。”

“杰克·威尔？”妈妈相当震惊，“我们知道威尔！他俩怎么能打起来呢？”

“我们会仔细了解情况的，”罗宾女士回答说，“现在还是看朱利安的情况会不会好……”

“好？”妈妈吼道，“你看他的脸，你觉得这能叫好？我没看出来哪儿好。这简直太粗暴了。学校怎么能这样？我一直以为像在毕彻预科这样的地方，孩子们不会打架。我们每年付给学校四万美元，正是为了保证我们的孩子免于伤害。”

“奥尔本斯太太，我知道您很失望……”

“我想，打人的那个孩子应该被开除？是不是？”爸爸说。

“爸爸！”我喊出了声。

“我们会妥善处理好这件事的，请你们放心，”罗宾女士尽量保持语调平静，“如果你们不介意的话，我就先走了。医生马上会过来，有什么问题你们可以问医生。不过他说情况还好，朱利安问题不大。他掉了一颗臼齿，是正常情况下的自然脱落。医生会开一些止疼药，你们记得及时冰敷。有什么事，我们明天上午再谈。”

我那会儿才发觉，罗宾女士的衬衫和裙子上沾满了血！哎，嘴巴就是容易出血过多。

那天晚上，等我说话终于不感到疼的时候，爸爸妈妈想清楚地知道白天到底发生了什么。我就从杰克和我聊了什么开始讲，直到杰克打了我。

“杰克有些生气，因为他和那怪胎玩得很好，”我答道，“我就告诉他，你要是想和他玩，你就去吧。然后他就打我了！”

妈妈摇摇头，尽力控制自己的情绪。那真的是我见过妈妈最生气的一次。（之前我看过她生气的样子，相信我！）

“看看都是些什么事儿，朱尔斯！”妈妈双手交叉在胸前，使劲点着头，“要不是你说让这些孩子解决这些不该他们做的事儿，还会有这些麻烦吗？他们还太小，不应该去面对这些事情！那个图什曼也真够蠢的！”

妈妈又嘟囔了半天别的事情，在这儿我就不跟你们重复了——不太合适（你们懂的）。

“爸爸，我不想学校开除杰克！”那晚我告诉爸爸。爸爸只是往我的嘴巴添了些冰块，医生给的止疼药药效已经退去了。

我不得不承认，当时我心里对杰克有些愧疚。虽然他打了我这事儿做得很混蛋，我也希望他有麻烦——但我真的不想学校开除他。

但是，我能看得出来，妈妈此时正在气头上。她抓狂的时候，谁也拦不住她。她这会儿就像几年前，有个孩子在距离我们学校几个街区的地方被车撞了，妈妈召集了近百万人在请愿书上签字，要求必须安装交通信号灯。那会儿的她就像一个“超级妈妈”。现在的她仍是“超级妈妈”。就在上个月，我们最爱的餐馆修改了他们的菜单，有道我喜欢的菜不再是以前的做法。“超级妈妈”再度上演，她亲自去找餐馆的新老板谈话。最终，餐馆同意为我保留那道菜原本的做法——单独为我！不过，服务员上菜端错顺序的时候，妈妈就没那么好说话了。这样好像不太“超级妈妈”，因为看着妈妈说教一个服务员，好像他是三岁小孩似的，我多少有些尴尬。还比如，就像爸爸说的，谁也不想惹恼服务员，毕竟他们手上端着你要的食物！

所以，意识到妈妈对图什曼先生、奥吉·普尔曼以及整个毕彻预科宣战的时候，那一刻我的心情是难以言喻的。“超级妈妈”会再度上演么？会不会到最后，奥吉·普尔曼转学呢？如果是这样就太好了。又或者，图什曼先生会对着我点好的食物打喷嚏——哦，不！

开派对

两周之后，事情终于尘埃落定。为此，我们在寒假的时候也没去成巴黎。妈妈不想让亲戚们看到我以为“这孩子肯定打职业拳赛去了”。整个假期期间，她也不让我拍照，因为她不想让我记住自己受伤的样子。我们一年一度的圣诞节卡片也不得不选用了去年没选上的照片。

虽然我做的噩梦没有以前那么多，但是这件事还是让妈妈开始感到忧心忡忡。我跟她说，不要紧张过度。圣诞节派对的前一天，妈妈从别的家长那里得知，除了奥吉·普尔曼，所有的孩子都通过了入学筛选。看吧，每个申请毕彻预科的孩子都要在学校进行面试和笔试，但是学校却为奥吉破了例。他没有到学校参加面试，笔试也是在家进行的，妈妈说这太有失公允！

“那小孩就不应该来学校，”我听到妈妈在派对上跟别的家长讨论这件事，“毕彻预科可不是接收这种学生的地方！又不是全纳性学校！我们也没有专业的心理医生来解决他对其他孩子造成的恶劣影响。可怜的朱利安已经做了一个月噩梦了。”

哟，妈妈！我讨厌你跟别人说我做噩梦！

“亨利也闷闷不乐的。”亨利妈妈说，其他妈妈也点头赞同。

“他们甚至都没提前告知我们要做好准备！”妈妈接着说，“这是让我最生气的地方，即便你们不能有额外的心理准备和支持，起码也提前跟家长解释一下！”

“没错！”迈尔斯的妈妈和其他妈妈再次表示赞同。

“看起来杰克·威尔需要接受心理治疗。”妈妈说着翻了个白眼。

“他们没有开除杰克，我还是蛮惊讶的。”亨利的妈妈说道。

“不好意思，我想打断一下，”有个妈妈说（我觉得她应该是夏洛特的妈妈，因为她们都长着一头金发和一双蓝色的大眼睛），“实际上那个孩子没什么错，虽然长得和大家有些不一样，梅丽莎，但是他仍旧是个好孩子……”

“我当然知道！”妈妈回答道，一只手捂着胸口，“布里吉特，没人说他是个坏孩子，我也相信他是个好孩子。而且我听说他的父母也是很好的人。但是问题的关键不在这儿。对我来说，事情就是图什曼没有信守条例。他擅做主张，既没让奥吉到学校参加面试，又没让他和别的孩子一样在学校参加考试，这本身就是对申请程序的无视，简直太过分！他违反了规定。规定就是规定，规定可不是拿来违反的，”妈妈朝着布里吉特做了一个难过的表情，“亲爱的布里吉特，我相信你也不赞成他的做法。”

“梅丽莎，你说得对，”夏洛特的妈妈摇摇头，“整件事的情况很让人为难。有人揍了你的孩子，你完全有理由感到愤怒，并且要求学校做出回应。”

“谢谢你，”妈妈点点头，双手交叉放在胸前，“我只是觉得学校方面没能妥善处理好这件事，仅此而已。我责怪的只是图什曼而已。”

“没错，就是这样。”亨利的妈妈说。

“那孩子应该换学校。”迈尔斯的妈妈也赞成。

我看着妈妈，她此刻得到了大多数妈妈的支持。看起来情形会演变成另一“超级妈妈”的时刻。也许，经过妈妈的种种努力，奥吉真的会转到另一所学校，毕彻预科的一切又会恢复如初。那确实蛮好的!

但是，我却萌生了另一种想法：也许“超级妈妈”不会上演，因为妈妈的一些言论有点儿……我也说不上来。可能有些刺耳吧，就好像她在对服务员发脾气一样。最终难免会对服务员感到抱歉。我知道，由于我的原因，妈妈对图什曼正在气头上。如果不是我又做噩梦，如果不是杰克打了我，这些事都不会发生。她不会对奥吉或者图什曼的事儿小题大做，而是把精力放在一些好事上，比如为学校募捐或者在避难所做志愿者。妈妈一直都在做好事!

我也困惑了。一方面，妈妈为我付出了很多，我很开心。但是，我也希望她不要这么做了。

和朱利安一伙儿

寒假结束回到学校的时候，杰克和奥吉又成了好伙伴，这事让我心烦意乱。万圣节之后，他俩发生了一些不快，因此杰克和我重归于好。结果寒假一结束，他俩又聚到一起去了。

太逊了！

我告诉大家，不要再搭理杰克了。他必须要做出选择，一旦选了就不能变：到底站奥吉那边儿，或者我这边儿，或者谁也不选。所以我们所有人都开始冷落杰克，不和他说话，不回答他的问题，拿他当空气般的存在。

这样才能看出他的立场！

从那时起，我便开始给杰克留小纸条。某天，有人在校园的长椅上留了些便利贴，正是这件事给了我灵感！我写的那句话，非常有攻击力：

大家超讨厌你！

我把纸条塞进了杰克储物柜的缝隙里，用眼角的余光看到他发现了那张纸条。他转过身去，看到亨利正在开自己的柜子。

“纸条是不是朱利安写的？”杰克问道。

但亨利其实是跟我一伙儿的，他理都没理杰克，假装没听到有人在跟他讲话。杰克将纸条揉作一团，扔进了柜子里，并“嘭”地关上了柜子门。

他走了之后，我来到亨利身边。

“吼吼！”我朝着杰克不怀好意地叹息，逗得亨利哈哈大笑。

接下来的一段时间，我在杰克的储物柜里留了越来越多的纸条，也开始在奥吉的柜子里留了一些。

这没什么——没什么——了不起的。大多是一些无聊的话。我觉得没什么人将此事当真。我是说，这些都是闹着玩的。

不过，还是有点儿恶作剧。因为有些纸条写的是：

> 你这又臭又恶心的家伙！
>
> 怪胎！
>
> 妖怪，赶紧滚！

除了亨利和迈尔斯，没有人知道这些小纸条是我写的。他俩都发誓不会将这件事泄露出去。

杰森博士的办公室

我也弄不清楚图什曼先生是怎么找到他们的。在我看来，杰克和奥吉不至于蠢到去告发我，因为他们也开始在我的柜子里留小纸条了。试想，谁会自己干了同样的坏事，结果却跑去告发别人呢？

可这的的确确发生了。前一阵子，我一直期待着去自然度假村玩，所有五年级的学生也将会一起去。这时，妈妈接到了杰森博士的电话，他是毕彻预科的校长。电话中他表达了想和我的爸爸妈妈认真谈谈的想法，期待能有一次会面。

妈妈猜想这肯定和图什曼先生脱不了干系，说不定他已经被炒鱿鱼了呢。所以，她对即将到来的会面多少有些兴奋不已！

上午十点，爸爸妈妈如约而至，他们在杰森博士的办公室等候他的到来，没承想却发现我也在办公室。之前罗宾女士把我从教室里喊了出来，并把我一路带到了这里。我自己也一脸迷糊。在此之前，我从来没有来过校长办公室，看到爸爸妈妈出现在这里，我和爸爸妈妈一样，满脸困惑。

“他怎么来啦？”妈妈问罗宾女士。她还没来得及回答呢，图什曼先生和杰森博士就已经来到了办公室。

大家握手微笑，彼此致以问候。罗宾女士说她得回教室了，等会儿再来同我的父母说话，这倒让妈妈颇为惊讶。我敢肯定，看眼前这架势，开除图什曼先生是没戏了。

杰森博士让我们坐到办公桌对面的沙发上，旁边挨着图什曼先生。杰森博士自己坐在了办公桌后面。

“梅丽莎，朱尔斯，真高兴你们来了。”杰森博士对我的父母说道。听他直接喊我父母的名字蛮奇怪的。尽管知道他们彼此对此举毫无异议，但听起来还是感觉诡异。“我知道你们百忙之中抽空能过来很不容易，你们这会儿肯定在纳闷到底是怎么回事。”

“呃，确实……”妈妈回答道，声音却漂浮不定。爸爸用手捂住嘴巴咳嗽了下。

“之所以今天请您二位过来，是因为眼前我们有件棘手的事情，”杰森博士接着说道，“我们最好找个万全之策来解决它。朱利安，你明白我的意思么？”他看着我。

我一时间睁大了眼睛。

“我？”我头往后缩了缩，做了个鬼脸。“不明白。”

杰森博士笑着叹叹气，取下了一直戴着的眼镜。

“你知道，”他看着我说道，“毕彻预科一直对校园欺凌和暴力态度比较坚决，我们觉得每个学生都有权利在充满关爱和尊重的氛围里学习——”

“不好意思，我想知道你们到底在说什么？”妈妈打断了对话，不耐烦地看着杰森博士，“毕彻的办学宗旨我们自然很清楚，还是言归正传，说说正事吧！”

证据确凿

杰森博士看了图什曼先生一眼。“你怎么不说话呢，拉里？”他说。

图什曼先生递给爸爸妈妈一个信封。妈妈打开信封，从中掏出了三张留在奥吉储物柜里的小便条。我立刻意识到那些是我写的便条，因为我的纸条都是粉红色的，不是大家都用的黄色便签。

哼，原来是奥吉告的密！这个卑鄙小人！

妈妈匆匆读完了纸条，抬起眼，顺手递给了爸爸。爸爸读了之后目不转睛地看着我。

“你写的吗？朱利安？”他把那些纸条递到我跟前。

我咽了咽口水，茫然地看着他：“呃，是我写的吧。可是爸爸，他们几个也写了啊！”

“都有谁？”爸爸问道。

“杰克和奥吉！”我回答说，“他们也给我写了这些小纸条！又不是只有我这么干了！”

“但这事儿是你起的头，不是吗？”图什曼先生追问我。

“不好意思，”妈妈颇为恼怒，“你们也不要忘了是杰克·威尔先打的人，这不是在兜什么圈子。但很显然上一波气还没消完——”

“朱利安，你写了多少这样的纸条？”爸爸打断了妈妈的话，用手敲着我手里的便条。

“我记不得了，”真是太难以启齿了，“差不多有六张吧，别的一些写的不是……你懂的，爸爸。这些纸条比那些刻薄。那些没那么……”看着三张我写的纸条，我的声音越来越弱：

哟，丑八怪！天天戴面具吧你，丑死了！

还有，

烦死你了，怪胎！

最后一张是：

我敢打赌你妈也不想生你，你应该帮大家一个忙——去死吧！

毫无疑问，现在再看这些纸条，感觉它们比我写的时候言辞卑劣多了。但我那会儿真是疯了，彻头彻尾疯了。而且一看到他们写给我的纸条就……

“慢着！”我说着，伸手掏自己的口袋。我找到了一张奥吉和杰克留在我柜子里的纸条，就是昨天写的！虽然纸条皱巴巴的，但我还是递给了图什曼先生。“你看，他们也写我的坏话！”

图什曼先生接过纸条很快便读完了，并且递给了我的父母。妈妈读了读，继而一言不发地看着地板。爸爸则是不解地摇摇头。

他把纸条还给我，我又读了一遍。

朱利安，你真的太性感啦！萨默尔对你不屑一顾，但我想为你生孩子！来闻闻我的腋下吧。爱你的，比尤拉。

“比尤拉到底是谁？”爸爸问道。

“你别管，”我回答说，“我也说不清。”我把纸条又还给图什曼先生，他让杰森博士也看了看。我发现他憋着劲儿不笑出来。

“朱利安，你写的那三张比这张纸条的内容恶劣多了。”图什曼先生很严肃。

“我觉得谁也没有权利对纸条上的语义大加评判，”妈妈说，“你觉得哪个糟糕，哪个不糟糕，这都不是问题的关键。关键是带着什么心态读这张纸条。实际上，朱利安在过去的一段时间里一直很喜欢那个叫萨默尔的女孩，纸条这么写肯定让朱利安很受伤……”

“妈妈！”我大喊一声，继而用手蒙住了脸，“真丢人！”

“我只不过是想说，无论看不看那张纸条，它对孩子的伤害是毋庸置疑的——”妈妈告诉图什曼先生。

“您没在开玩笑？”图什曼先生摇了摇头说道，听起来前所未有的愤怒，“您是说您不觉得您儿子写的便签令人脊背发凉？恕我不能赞同！”

“我不是在为这些便条辩解！”妈妈回答道，“我只是提醒你这事儿一个巴掌拍不响。你要知道，朱利安之所以写这些东西，仅仅是对某些事情的回应。”

“听着，”杰森博士比画着双手，像是在指挥交通，“毫无疑问，的确有些过去的问题没能妥善解决。”

“那些便签真的让我很受伤！”我说了出来，丝毫不在意自己听起来下一秒就要哭了。

“朱利安，我知道他们写的纸条肯定伤害到你了，”杰森博士说，“但是你也伤害到别人了啊。问题在于，大家个个都争强好胜，事情就容易失控。”

“说得没错！”妈妈的声音听起来非常尖锐。

“可是，”杰森博士比画着手指说，“朱利安，做事是要有底线的。你写的纸条已经越线，是让人完全不能接受的。如果奥吉看到它们，你觉得他心里会好受么？”

他紧紧地盯着，那会儿我真想从沙发底下逃出去。

“你是说他没看过这些纸条？”我不解地问道。

“是的，”杰森博士说，“多亏昨天有人告诉了图什曼先生这件事，他从奥吉的柜子里拿走了这些纸条，所以奥吉没有看到它们。”

我点点头，脑袋低低地垂着。我想说——幸好奥吉没有看到这些纸条。我想我明白杰森博士口中的越界是什么意思。但是转念又想，如果奥吉没有告发我，那到底是谁干的呢？

有那么一两分钟大家都没说话，尴尬得不行。

裁决

“好吧，”爸爸最终开口说话了，手掌还揉着脸，“我们非常了解这件事情的严重性，我们会……我们会想办法的。”

我似乎从未见过爸爸这么不自在过。对不起，爸爸！

“我们有一些建议给您，”杰森博士说，“实际上我们也想对参与这件事情的人有所帮助……”

“多谢您体谅。”妈妈拿好了自己的背包，仿佛随时都要起身离去。

“事情还是要有个结论的。”图什曼看着妈妈严肃地说。

“我之前说了，学校对于校园欺凌的惩处是很重的。”杰森博士插了句话。

“是吗？从杰克打了朱利安，却没被开除这件事上，我们已经知道你们对校园欺凌的处理有多严厉了。”妈妈回答得飞快，图什曼你就接招吧！

“那件事跟今天截然不同。”图什曼先生反对道。

“哦？在您看来，一拳打在别人脸上不是欺凌了？”妈妈回答说。

“好了，好了，”爸爸抬起了手，没让图什曼再说下去，“这件事我们就到此为止，行吗？还是说说你们有什么建议吧。”

杰森博士看了看爸爸。

“朱利安禁学两周。”他说。

“什么？”妈妈不可置信地看着爸爸，但爸爸无动于衷。

“此外，”杰森还说，“我们建议你们去做心理咨询。莫莉护士认识几个专家，他们一致认为朱利安应该……”

“真是太可恶了！”妈妈怒气冲冲地打断了他。

“慢着，你是说，我不能来学校了？”我问道。

“是的，禁学两周，就从现在开始。”图什曼先生回答说。

“那我还能不能去自然度假村了？”

“不能去。”图什曼先生颇为冷酷。

“不行！”这回我是真的要哭出来了，“我要去度假村！”

“对不起，朱利安。”杰森博士客气地说。

“这简直太荒唐了！”妈妈看着他，“你们难道不觉得你们有些反应过头了么？奥吉那孩子根本就没看到那些纸条！”

“我跟你坦白说了吧！”妈妈说，“事情都是因为你们一开始就让一个不该进学校的人进了学校！这么做显然是坏了规矩。现在你们又把我儿子赶出学校，还不是因为我戳到你们痛处了！”

“梅丽莎。”杰森博士试图让妈妈冷静下来。

“孩子们太小，他们不会处理这些事儿，脸部受伤有损毁，你们都看到了的，”妈妈接着对杰森博士说，“就因为那个孩子，朱利安夜里又开始做噩梦了！你难道不知道吗？朱利安有焦虑症。”

“妈妈！”我紧紧地咬着牙。

“学校应该先咨询一下董事会的人，看那个孩子适不适合来毕彻预科。我就说这么多，反正我们董事会有的是时间！”

“你爱怎么想就怎么想吧。”图什曼先生看都没看妈妈一眼。

妈妈对他翻了个白眼。

“好吧，你们所说的建议，”爸爸对杰森博士说，语气很生硬，“除了禁学和寻医，还有别的么？”

“我们还希望朱利安能够给奥古斯特·普尔曼写一封道歉信。”图什曼先生说。

“道什么歉？”妈妈说，“朱利安是写了几张破纸条，但犯这个错误的又不是只有朱利安一个人。”

“这不仅仅是几张小纸条，”图什曼先生答道，“这是做人的方式。”说着便数起指头来：“这是朝着那个孩子的后背做鬼脸；谁碰了奥吉谁就得洗手，这个游戏还是朱利安起的头。”

我简直不敢相信，图什曼先生竟然也知道那个游戏。老师们哪儿来的小道消息？

“你的行为是孤立同学，恶化班级氛围。”图什曼先生不依不饶。

“朱利安起的头，你确定这是真的？”

爸爸说：“孤立同学，恶化班级氛围，你是说朱利安是唯一一个对奥吉态度糟糕的人么？还是你根本就禁止所有的孩子对奥吉评头论足？”

爸爸好厉害！狠狠地教训了他一顿！

“朱利安对他人的不幸毫无体谅，你们难道一点儿都不苦恼？”图什曼先生眯着眼睛看着爸爸。

“好了，咱们都别说了。”爸爸指着图什曼的脸，语气甚为平静。

“我们大家都冷静冷静，现在事情很难办。”杰森博士发话了。

“起码我们为学校做过一些事情，”妈妈无可奈何地摇摇头，“我们为学校投入了那么多金钱和时间，你们就不能稍稍为朱利安考虑考虑。”妈妈用大拇指和食指比画着说：“就一点儿。”

爸爸对此点点头。刚才他还在怒不可遏地盯着图什曼先生，但这会儿他看向了杰森博士。“梅丽莎说得对，我觉得这些惩罚对我们来说太重了，只是一个小小的警告就可以了。并且，你把我们俩跟小孩儿似的叫到这里，”爸爸顿了顿，“应该对我们有所宽限。”

“您这么想我很愧疚。”杰森博士说着也站了起来。

“我会告知受托联合会这件事的。”妈妈站起来说。

“我知道。”杰森博士双手交叉放在胸前，微微颔首。

大人们都站了起来，只剩图什曼先生还坐着。

“禁学的目的不是惩罚，”他平静地说，“我们也试着帮助朱利安，如果你们竭力为他辩解，他是不会明白为什么他的行为会引起这么大的分歧。我们希望他富有同理心……”

“我已经听够了！”妈妈对着图什曼先生挥挥手，“我不需要别人来教我怎么做父母，尤其听不得那些没有孩子的人的说辞。看着自己的孩子每次痛苦不堪地闭眼入睡，那种滋味你是不会了解的。你根本就不会明白。”妈妈的声音有些沙哑，仿佛要哭出来。她看向杰森先生：“失眠对朱利安影响很大，很抱歉我不知道那样的话当讲不当讲，但事实就是如此。我只是为自己的孩子着想，希望您能理解。”

“我明白。”杰森博士语气很温和。

妈妈点点头，她的下巴有些发抖：“事情谈完了吧？我们这会儿能走么？”

“当然可以。”杰森先生说。

“开心点儿，朱利安。”妈妈说着便走出了办公室。

我站了起来，不得不说我并不清楚究竟是怎么一回事。

“慢着，事情就这样了？”我问道，“那我的东西怎么办，还都在箱子里锁着呢。”

“罗宾女士会收拾好，这周末给你。”杰森先生回答道。他又看了看爸爸：“很抱歉事情变成这个样子，朱尔斯。”他伸出手，要和爸爸握手。

爸爸看了看，但并没有握上去。他盯着杰森博士。

“我只希望你答应我一件事，”爸爸很平静，“我希望所有的事情都要保密。我说得够清楚吧！不要传出这间屋子。我不想学校把朱利安当作校园欺凌的反面教材。不要让任何人知道他被禁学。我们会找一些他不在校的借口，就这样吧。你明白了么？我不希望他变成某种典型。对于学校损毁我家庭名誉的事，我绝不会袖手旁观。”

对了，顺便说一句：爸爸是个律师。

杰森博士和图什曼先生互相看了看。

“我们不会把自己的任何一个学生当作反面教材，”杰森博士回答说，“对于不理智的行为，禁学倒不失为一种合理的回应。”

“省省吧，”爸爸回答说，并看了看腕上的手表，“这是过激反应。”

杰森博士看了看爸爸，又看了看我。

“朱利安，我能问你一些其他的事么？”

我看向爸爸，他点了头。我只好耸耸肩应允。

“对于你所做的一切，你有感到过懊悔么？”杰森博士问我。

我想了一秒钟，感到所有的大人都在看着我，等我说出什么神奇的话来，好让现在的气氛不那么尴尬。

“有，”我小声说，“我很后悔写了那些纸条。”

杰森博士点点头：“还有别的么？”

我又看了看爸爸，我不是个小傻子，我知道他希望我说什么，但我就是不肯说。所以我低着头，耸着肩。

“我能这么问吗？你愿不愿意给奥吉写封道歉信？”杰森先生又问。

我又耸了耸肩。“写多少字？”我脑子里只有这句话。

我知道我不应该那么说的。杰森先生看着爸爸，爸爸恰好低着头。

“朱利安，”爸爸说，“去找妈妈，在大厅那儿等我，我一会儿过去。”爸爸对我说。

我刚走出去关上门，爸爸便跟杰森博士和图什曼先生小声说着什么。声音很低，但着实愤怒。

到了大厅，我看见妈妈戴着太阳镜在那儿坐着，便靠着她坐了下来。她抚摸着我的背，却没说一句话。我知道她刚才哭过了。

时钟显示现在是上午十点二十分，这会儿，罗宾女士可能正在发放昨天自然课上做过的小测试卷子吧。环顾大厅，我脑海中闪现了开学前的那一幕：我和杰克·威尔，还有夏洛特，聚在这里，担任“欢迎小使者”，迎接第一次见的新同学。我依然记得杰克那天有多紧张，而那会儿，我连奥吉是谁都不知道。

从那以后发生的事情，可真多啊。

离开学校

爸爸在大厅里和我们碰面的时候什么话也没说。我们甚至都没跟门口的保安告别，就这么离开了学校。所有人都在校园里，我却走了，这种感觉很奇怪。我想知道迈尔斯和亨利看我没回教室会做何感想。我特别烦的是，今天下午的体育课我也去不成了。

整整一路，爸爸妈妈都特别安静。我们住在曼哈顿上西区，距离毕彻预科有半个小时车程。但是这趟回家让人感到度日如年。

“我竟然被禁学了。”我们开进楼下的车库时，我打破了沉闷。

“亲爱的，这不是你的错，”妈妈说，“错在他们。”

“梅丽莎！”爸爸吼了一声，这倒出乎妈妈的意料，“这当然是他的错，自始至终他就没对过！朱利安，你写那些纸条的时候脑子里在想些什么？”

“他正在绞尽脑汁地写呢！”妈妈回答说。

我们在车库里停了下来，车库的停车助理等着我们从车里出来，但是我们还在车里继续待着。

爸爸转过身看着我：“我不是说学校的处理方式是对的，禁学两周是一个很荒谬的决定，但是朱利安你知道我为什么这么说！”

“我知道！”我说，“我做错了，爸爸！”

“我们都做错了。”妈妈附和道。

爸爸又转过身去，看了看妈妈，说道：“杰森是对的，梅丽莎。

如果我们再为朱利安开脱——”

“我没那么做，朱尔斯。”

爸爸并没有回答，他顿了顿：“我跟杰森说，明年就不让朱利安在毕彻预科读书了。”

妈妈一时语塞了。他的话也让我好一会儿没缓过来劲儿。“你说什么？”我说。

“朱尔斯。”妈妈语调颇为缓慢。

“我跟杰森说，在毕彻上完这一年我们就走，”爸爸冷静地说，“明年朱利安换个学校读书。”

“不行！”我嚷出了声，“我喜欢毕彻，爸爸，那儿有我的朋友啊，妈妈！”

“我不会再把你送回那所学校了，朱利安，”爸爸坚定地说，“让我再在那所学校花一毛钱，门都没有。纽约有的是优秀的私立学校。”

“妈妈！”我喊道。

妈妈的手抚着脸庞，摇了摇头。“你不觉得我们应该事先谈谈么？”她对爸爸说。

“难道你不同意？”爸爸反问她。

她用手指揉着前额。

“不，我同意。”妈妈细声说，并点头表示赞同。

“妈妈！”我尖叫起来。

她从座位上转头看着我：“亲爱的，你爸爸说得没错。”

“难以置信！”我吼了一声，一拳打在车座上。

“他们硬要惩罚我们，”妈妈接着说，“因为我们抱怨那个孩子的事儿……”

“但那是你的错！”我从咬紧的牙缝里挤出了这句话，“我又没让你把奥吉从学校弄走，我也不想让你炒图什曼的鱿鱼。都是你干的好事！”

“对不起，亲爱的。”妈妈顺着我的意思，没有反驳。

“朱利安！”爸爸说，“你妈妈所做的一切都是为了保护你，你写那些纸条不是她的错，不是吗？”

“是她的错，要不是她从一开始小题大做的话……”

“朱利安，你听听自己都说了什么？”爸爸说，“你这是在责备你妈妈，之前你还责备那些也写了纸条的小孩。我开始相信他们的话是真的了！你难道不为自己做过的事感到羞愧吗？”

“他当然羞愧！”妈妈说。

“梅丽莎，你让他自己说。”爸爸提高了音量。

“不羞愧，好了吧！”我嚷嚷道，“我不感到愧疚，我知道每个人觉得我应该一副‘我很抱歉，我对奥吉太刻薄，我很抱歉，对奥吉指名道姓，我很抱歉，污蔑了奥吉’的样子。但我就是不那样。你们尽管谴责我吧！”

爸爸还没来得及开口回应，停车助理就在敲车子的窗户了。另有一辆车开进了车库，我们需要下车了。

新情况

我跟谁也没透露禁学的事儿。离开学校几天后，亨利发短信问我为什么没有去学校，我告诉他因为链球菌性喉炎。我们对所有人都保持口径一致。

事实证明，禁学的两周过得还不错。《海绵宝宝》再度上映，我在家足足看了两周，还玩了“星球大战：旧共和国骑士”这个游戏。当然，我一直都在温习功课，所以也不是整天游手好闲。前几天下午，罗宾女士路过我家这边，把我学校储物柜里的东西拿了过来，有课本、活页本，还有所有我需要补交的作业。真多啊！

社会学和英语的学习进展得很顺利，别的事情就都不太好了。我总是搞不定数学作业，妈妈只好给我找了一个家教老师。

虽然禁学在家，我其实还很享受现在的状态。起码我是这么认为的。返校的前一晚，我又做噩梦了。只是这次困扰我的不再是奥吉那张脸，而是别的什么人！

我本应该将这件事视为一个预示的。返校那天，我一回到学校，我就意识到有什么事发生，有些事和以前不同。第一件引起我注意的便是，再次见到我，大家并没有那么兴奋。我是说，大家看到我都来问好，询问我的“病情”，但是没有一个表现得像是“哥们儿，我真想你啊”！

我本想着迈尔斯和亨利会很热情，但他俩也略微冷淡。实际上，午饭的时候他们甚至都没坐在我们通常会坐的那张桌子旁。他们和阿莫斯在一起。因此，我不得不端着自己的托盘，挤在阿莫斯那桌。我还凑巧听到他们仨在商量放学后去操场打篮球，但是没有一个人喊我一起去。

最奇怪的是，每个人都对奥吉非常之好，甚至好得有些荒谬了。我好像进入了一个不同的时空，奥吉和我在这个时空里角色互换了。一时间，他大受欢迎，而我却失了宠。

最后一个课间的时候，我把亨利拉到一边谈了谈。

“哎，你说，为什么大家突然对那怪物那么友好？”我问他。

“呃，”亨利支支吾吾，有些紧张地四下看了看，“好吧，现在大家已经不再那么称呼他了。”

接着他告诉我那次自然度假村之旅的细枝末节。大意是，奥吉和杰克被别的学校的七年级混混盯上了，亨利、迈尔斯和阿莫斯对他俩伸出援手——当时是实打实拳打脚踢——他们几个都逃到了一片玉米地。听亨利讲着确实很令人激动，我边听边恨图什曼先生，都是他害我错过了这一切！

“啊，天哪！”我兴奋地说，“我多想也在场！我肯定骂死这些混球！”

“慢着，哪些混球？”

“七年级的那些人啊！”

“是吗？”他看起来颇为诧异，虽然他平时看起来也一副迷糊样儿，“我也说不清，朱利安。我觉得如果当时你在场，我们不太可能去帮他俩。你说不定还会为七年级的人加油鼓劲儿呢！”

我像看傻瓜似的看着他。“不，我不会那么做啊。”我说。

“你确定？”他瞅了我一眼。

“确定！”我回答道。

“好吧。”他耸了耸肩膀。

“亨利，你还来不来？”阿莫斯在走廊的另一头喊他。

“好啦，我要走了。”亨利说.

“等一下。”我说。

“我真得走啦。”

“明天放学后想去逛逛么？”

“不好说，”他边说边往回走，“今晚给我发短信，我们到时候看情况吧。”

看着他一路小跑着离开，我感到自己的胃好像陷下去一块儿，非常难受。亨利真的觉得如果七年级的人欺负奥吉的时候我也在场，我会表现得那么糟糕吗？别的人是不是也和他想法一样呢？那样我可真是一个十足的混蛋啊。

晚些时候我给亨利发短信：“嗨，顺便说一句，我绝不会袖手旁观，任由奥吉和杰克受人欺负！”

他没有回信。

图什曼先生

在校的最后一个月很难熬。也不是说大家都明目张胆地对我很刻薄，但是我感到阿莫斯、亨利和迈尔斯已经彻底冷落我了。我觉得自己很不受人待见。大家听到我讲的笑话也笑得假模假样。没人想和我一起玩。我甚至觉得，即使我从学校凭空消失，也不会有人在意。与此同时，奥吉就跟“酷哥”似的，走在走廊上总会有高年级的运动员跟他击掌示好。

管他的。

一天，图什曼先生把我喊进了他的办公室。

“怎么啦，朱利安？”他问我。

“没怎么啊。”

“我让你给奥吉写道歉信，你写了么？”

“爸爸说我快转学了，所以不必写任何东西。”

“嗯，”他点点头，“我其实很希望你能够写一份的。”

“为什么？”我问了回去，“不管怎样，大家都觉得我是卑鄙小人。写不写道歉信，又有什么用呢？”

“朱利安——”

“我跟你说，我知道大家都觉得我是个情感麻木的人，从不会觉得歉疚！”我还打了个手势。

“朱利安，”图什曼先生说，“没有人——”

一瞬间，我觉得自己快要哭出来，便立马打断了他：“上课快迟到了，我不想给自己惹麻烦，所以我这会儿能走了么？”

图什曼看起来很失落，点了点头了。于是，我便头也不回地离开了他的办公室。

几天后，我们收到了学校的一份正式通知，学校撤销了我的秋季入学邀请。

我没觉得有什么，爸爸已经告诉他们转学的事了。但是我们还没收到申请学校的回复，如果我没被任何一所学校录取，我们还考虑继续在毕彻学校读书。但现在看来此路已不通了。

妈妈和爸爸对学校的事颇为上火，甚至有些狂躁。主要是因为他们已经提前支付了下一年的学费。学校并未打算归还这笔钱。看吧，私立学校总是这副德行：随便找个理由就把你踢出去了。

幸运的是，几天后我们得知我被我的首选私立学校录取，那儿离家也很近。我得穿校服，不过也没关系。比起每天都要去毕彻，简直不知要好多少倍！

学年末的时候，我们并没有参加毕业典礼。这就不用多废话了。

后记

“那只是成年人才有的泪水，”巴格希拉说，
“现在我知道你是个成年人，不再是只幼崽。
丛林从此对你关闭，
让它们滑落吧，莫格里，他们只是泪水。”

——鲁德亚德·吉卜林

噢，是风，风正吹着
穿过墓碑，风正吹着
自由即将来临
而我们终将走出阴影

——莱纳德·科恩

暑假

六月份的时候，爸爸妈妈带我去了巴黎。我们本来计划七月份回到纽约，因为我早就约好了要和亨利、迈尔斯一起去摇滚乐夏令营。但是后来发生了那么多事，我再也提不起兴致了。爸爸妈妈决定让我和奶奶在一起，安然度过余下的暑假时光。

平时我不太喜欢和奶奶待在一起，但这一次还好。我知道，爸爸妈妈一走，我就可以整天玩摇滚乐，弹奏《荣光》这首歌了。而且奶奶对此也不太在意。我想干什么就干什么。

奶奶并不是平时典型的那种“奶奶”。她从不烘焙小饼干，从不织毛衣。正像爸爸经常说的，奶奶可是个“人物”。即使已经年逾八十，还总是打扮得像个新潮模特。人群中超闪耀！她有数不清的化妆品和香水、高跟鞋。她总是不到下午两点不起床，然后花至少两个小时的时间装扮自己。收拾好之后，她会带着我去逛街购物，参观博物馆，或者到高级餐厅用餐。她对孩子的东西毫无兴趣，你懂的。她也从不会坐下来陪我看一些需家长陪同才能观看的电影，所以，我看了好多“儿童不宜”的电影。如果妈妈知道我都看了什么，肯定会大发雷霆。不过，奶奶是法国人，所以总是会说我的爸爸妈妈方方面面太“美国”啦。

奶奶和我讲话的时候也不会把我当作小孩子。甚至在我很小的时候，她也不会用儿化语或者其他大人和小孩子说话的方式同我说话。她就用一些常用的词汇，叙述身边的事情。比如，如果我用法语对她说：“我想去嘘嘘。”意思是“我想去尿尿”。她便会说：“你需要撒尿？去厕所吧。”

她偶尔还会骂人！天哪，她确实会这么干！如果我不明白某个词儿是什么意思，我只好去问她，她便会仔仔细细地跟我解释——不错过任何细节！她跟我解释过的一些词儿，我甚至都没法开口告诉你！

总之，整个夏天都不在纽约，我还挺开心的。希望我能从脑海里彻底忘记那些孩子：奥吉，杰克，萨默尔，亨利，迈尔斯，他们所有人！要是以后再也不用看到他们，我敢说我会是巴黎最快乐的小孩子了！

布朗先生

唯一让我有些小失落的是，我没能够和毕彻预科的老师好好告别。有些老师我确实蛮喜欢的。所有老师中，我最喜欢的可能是英语老师布朗先生。他一直以来都特别关照我。我喜欢写作，而他从未对我吝惜赞美之词。可是我却没机会告诉他，我再也不回来了。

年初的时候，布朗先生交代我们大家，要在暑假的时候发一句各自最喜欢的格言给他。有天下午，奶奶午睡去了，我便开始搜肠刮肚地思考从巴黎发给他什么格言比较好。我还跑到街区游客爱去的那家商店，买了一张印有几只滴水兽的明信片，其中一只就卧在巴黎圣母院的屋顶上。看到它的第一眼，首先映入我脑海的是奥吉。我又想，呵！我为什么老想起那个怪物？为什么我到哪儿他的脸跟到哪儿？我甚至想一切能够重来一遍！

这时，我脑子里灵光一闪，迅速记下了这句话：

有时，从头来过也不错。

好了，完美！我很满意！我从毕彻学校的网站上找到了布朗先生的地址，写好卡片后，当天我就把它丢进了邮箱。

但是，寄了之后，我意识到他可能领会不到那句话的意思。是真的，因为他并不知道为什么离开毕彻对我来说是一件乐事，为什么我乐于在别的地方开始新的生活。考虑到这一点，我决定给他写一封邮件，告诉他去年发生的种种事情。当然，也不是每件事都说。爸爸特意交代过，不要把我对奥吉干的那些坏事告诉任何人，要不就惹上法律上的麻烦了。但是，我希望布朗先生理解那句格言是什么意思，我也希望他知道，他在我心目中是位好老师。身边的人问起，妈妈总是说毕彻的教学质量不好，所以我才会转学。我多少觉得有些对不起布朗先生，因为我不想让他觉得我对他有什么不满。

不管怎样，我已经决定给布朗先生发一封邮件啦！

收件人地址：tbrowne@beecherschool.edu

寄件人地址：julianalbans@ezmail.com

回复：我的格言

布朗先生，您好！我刚刚通过邮箱给您发去了我的格言："有时，从头来过也不错。"我把这句话写在一张印有滴水兽的明信片上。之所以这么写，是因为我九月份要到新学校读书了。我恨毕彻，我讨厌那些同学，但是我的确很喜欢那里的老师们。我觉得您的课非常棒，所以不要因为我转学的事对号入座。

我不知道您是否了解整件事情的来龙去脉，但是我离开毕彻，就是因为……好吧，我不提他的名字，但是我一直都和这个同学合不来。实际上，是两个学生（您大概可以猜得到是谁，因为其中一个人一拳揍在我嘴上了）。不管怎样，我就是不喜欢这种人。我们开始互相给对方写恶毒的小纸条。我是说"互相"，一个巴掌拍不响。但是只有我一个人受到了惩罚！只有我一个人！太不公平了！

实际上，图什曼先生故意整我，因为我妈妈想让学校解雇他。长话短说，由于写了那些纸条，我被勒令禁学两周！（谁也不知道这件事，希望能为我保密。）学校说，他们对校园欺凌是“零容忍”的，但我不认为我欺负人了。我的父母对学校大发雷霆，他们决定下一年让我转学。这就是过去发生的一切。

我打心眼里希望那个学生从未来过毕彻，那样的话我这一整年会好过很多！我讨厌和他一个教室。都是他害得我又做噩梦。如果他不在毕彻的话，我还是很愿意回去的。可惜事与愿违。

我非常喜欢您的课，而且您是我心中的好老师。我希望您能知道这些。

没有在信里指名道姓，这么做很可取。但是我猜想布朗先生能想到我说的是谁。我真的没指望收到回信，但是第二天查自己邮箱的时候，布朗先生的邮件赫然跃入眼帘。我太兴奋啦！

收件人地址：julianalbans@ezmail.com
寄件人地址：tbrowne@beecherschool.edu
回复：回复：我的格言

朱利安，你好！谢谢你的来信！我迫不及待地想要收到你寄的滴水兽明信片啦！得知你要离开毕彻学校的消息，我感到非常难过。一直以来，你不仅是我心中的好学生，也是一位非常有天分的小作家。

顺便告诉你，我喜欢你的那句格言。重新出发在有些时候不失为一个好的选择。崭新的开始会让我们回忆过往，思索我们所做过的事情，并从中汲取经验，走好日后的道路。如果我们不能检视过去，以史为鉴也便无从谈起。

你提到的那个你不喜欢的孩子，我当然知道你是指谁啦。过去的这一年，你过得不太好受，我很心疼。但是我希望你能花点时间问问自己为什么会有现在的局面。我们都会从过往中有所收获，即便是很糟糕的过往也不例外。你有考虑过你和他们之间的相处为何如此艰难么？或许他俩之间的感情惹得你很烦？奥吉的外貌给你带来了很大困扰吗？我看到你在信里提到做噩梦了。你有没有想过，这一切只是因为你有些害怕他呢，朱利安？有时候，恐惧会让最棒的孩子去说一些不该说的话，做一些不该做的事，而这一切并非出自他们本意。或许，你应该往更深的层次探究这些情绪。

无论如何，我还是希望你在新的学校一切顺利，朱利安。你是个好孩子，天生的领导者。记住，把你的领导才能发挥在好的地方，好吗？不要忘了：永远选择做一个善良的人！

我也说不清为什么，但是收到布朗先生的回信，我简直高兴坏了！我就知道他会理解我！大家都认为我不是什么好孩子，我受够了！很显然布朗先生没有那么想。我反复读他的回信，读了十几遍！我乐得合不拢嘴！

“怎么了？”奶奶问我。她刚刚睡醒，这会儿正在准备自己的早餐：一个牛角面包，一杯在楼下刚倒的牛奶咖啡。“我整个暑假都没见你这么开心过。读什么呢，亲爱的？”

“我刚收到一封老师的邮件，”我回答说，“布朗先生发来的。”

“是你原来那所学校的老师？”她问，“我还以为他们都不好，摆脱他们就解脱了呢！”奶奶说话一口浓重的法国口音，有时候很难听明白她在说什么。

“什么？”

“解脱！”她重复了一遍，“别放在心上，我一直以为老师都愚蠢得很。”她说“愚蠢”的时候听起来像是“鱼唇”。

“不全是那样的，布朗先生就很好。”我回答她。

“他到底写了什么让你这么开心？”

“其实也没什么……”我说，“只是……我一直以为大家都讨厌我呢，但是现在我知道布朗先生不会。”

奶奶看了看我。

“为什么大家会讨厌你呢，朱利安？”奶奶问，“你是那么好的孩子啊。”

“我说不好。”我说。

“给我读读邮件里写了什么。”奶奶对我说。

“不，奶奶……”我说道。

“读！”奶奶用手指指着屏幕，命令道。

于是我便大声地将布朗先生的信念给她听。现在奶奶多多少少也知道在毕彻学校的那些事儿了，但是我觉得她可能知道得不完整。我是说，爸爸妈妈肯定跟她说过一个版本——他们告知大家的版本，或许还会添油加醋。奶奶知道，学校里有几个熊孩子让我过得很凄惨，但是她却不知道具体发生了什么。她知道我被人一拳揍在嘴巴上了，但是她对原因一无所知。最大可能就是奶奶会猜想我被人欺负了，所以转学了。

不过，奶奶对于布朗先生信里提及的一些事情有些困惑。

“他在说什么，”奶奶问，眯着眼睛努力看清屏幕上的字，“奥吉的外貌？是什么？”

“一个我不喜欢的孩子，他叫奥吉，他的脸……畸形得很严重，”我回答说，“看起来很吓人，就像滴水兽似的。”

“朱利安！”她说，“你怎么能这么说人家呢。”

“对不起。”

“这个孩子，他看起来一点儿都不和善？”奶奶故作茫然地问，“他对你不好吗？欺负你了？”

我想了一下，说道：“不，他不欺负人。”

“那你为什么讨厌他呢？”

我耸耸肩：“不知道。我一看见他就紧张。”

“你也不知道？怎么会呢，”她很快问道，“你爸爸妈妈说，你转学是因为被几个小混混欺负了？他们还揍你嘴巴了，不是么？”

“是啊，我是被揍了。但不是那个畸形孩子干的，是他的朋友。”

“这么说，他的朋友是混混了。”

“也不全是，”我说，“我不能称他们是流氓混蛋。奶奶，事情不是这样的。我们几个只是处不来，仅此而已。我们彼此看不顺眼。要是您当时在场，就知道是怎么一回事了。我给你看看那孩子长什么样儿吧。或许您能了解得更清楚。这么说会有些刻薄，但是每天都看到那张脸，太折磨人了。他害得我又做噩梦了。”

我登上社交网络平台，找到一张班级合影，把奥吉的脸放大给奶奶看。她戴着眼镜，看了好一会儿电脑屏幕，细细看了奥吉那张脸。我本以为，奶奶一看到照片，会和爸爸妈妈有相同的反应。但是她没有。她只是点点头，便合上了电脑。

“很吓人吧？”我对她说。

她看着我。

“朱利安，”奶奶说，“我想，你的老师可能是对的。我觉得你是害怕这个孩子。”

“什么？不可能！”我回答道，“我才不害怕奥吉！我是说……我讨厌他——其实，我还有点恨他——但这不是因为我怕他。”

“有时候，我们不就是讨厌自己害怕的东西么？”她说。

我挤出个鬼脸，好像奶奶说了什么疯话似的。

她拉过我的手。

“我知道他的脸好像很吓人，朱利安，”她边说边用手捧住我的脸颊，“我小的时候，也害怕过一个小男生。”

“我猜啊，”我百无聊赖地回答她，“我打赌，他肯定长得跟奥吉差不多。”

奶奶摇摇头：“不，他其实长得很好看。”

“那您为什么还害怕他呢？”我不解地问道，并且努力让自己听起来对此不那么感兴趣，不过奶奶也没理睬我。

她坐回自己的椅子上，歪着头。我从她的眼睛里可以看出，她这会儿思绪早已飘得很远很远。

奶奶的故事

“我小时候，大家都可喜欢我呢，朱利安，”奶奶说，“我有成群结队的好朋友，穿不完的好看衣服。就像你看到的，到现在我都喜欢漂亮衣服。”她往自己身上指了指，好让我看看她的那身打扮，然后微微一笑。

“那时候我很任性，”她接着说，“被宠坏了。连德国人到法国了，我甚至都没注意到。我知道村里有些犹太人家正陆续搬走，但我们家人向来以四海为家。我父母是知识分子，无神主义者。我们一家甚至连犹太教堂也没去过。”

她停了一下，吩咐我去给她倒杯酒。我乖乖照做。她一如既往地喝了一大杯，又问我要不要来点儿。我照旧回答她：“不喝，谢谢。”我说过，如果妈妈知道奶奶做的这些事儿，一定气得跳起来。

“那会儿，我们学校有个男生名字叫……大家都喊他面包蟹，”她接着说道，“他……你刚怎么说来着，瘸子？你是这么说的么？”

“奶奶，现在大家都不那么说啦，”我跟她说道，“那种话味道不太对，您懂的。”

她朝我摆摆手。“美国佬总是编一些我们不会再说的新词儿！”她说，“那好吧，总之是患了小儿麻痹症，面包蟹的腿是畸形的。他走路要拄两根拐杖，而且一走起来整个背都扭曲了。可能也是因为这个原因，大家才叫他面包蟹：他侧着走的样子蛮像螃蟹的。我知道这绰号很伤人。以前，小孩子的嘴可毒多了。”

我马上想到我是如何在奥吉背后喊他“怪物”的。但至少，我从来没当他面那么说过。

奶奶还在不停唠叨。我不得不承认：以前我一点儿也不想听她提及陈年旧事，但是这会儿我却听进去了。

“面包蟹是个小不点儿，瘦得皮包骨头。我们谁都不爱理他，因为他让人觉得不自在。他太特别了！我都没敢正眼儿看他。我特别怕他，怕看到他，怕跟他说话。怕他会无意中碰到我。假装他不存在我心里会好受些。”

她喝了一大口酒。

“一天早上，有个人突然跑到我们学校。我认识他，大家也都认识。他叫马基洛，是游击队的。你知道他是干什么的吗？他是打德国佬的。他冲进学校，告诉老师们，德国人一会儿就来，打算把所有犹太孩子带走。什么？他们要干吗？我简直无法相信！老师们跑遍了学校所有教室，把所有犹太孩子都聚到一起。我们一行人跟着马基洛逃到小树林里，打算藏起来。快快快！我们总共是十个人吧？快快快，躲起来！”

奶奶瞅了我一眼，看我是不是还在听她讲话——我当然在听。

“那天早上飘着雪，天气很冷。但我脑子里只有一个想法：要是我跑进小树林，我的鞋子就毁了！我当时穿着爸爸带给我的一双漂亮的红鞋子。你看，我跟你说过的，我那会儿特别任性——甚至都有些蠢！但我当时确实那么想！我甚至都没考虑过爸爸妈妈身在何处。德国人过来抓犹太人小孩儿，难道已经抓过大人了？但我那会儿对这些想都没想，一心只惦记新鞋子了。所以我没有跟着游击队员躲进树林，我偷偷闪出队伍，一个人藏到学校的钟楼里了。楼上有个小房间，里面堆满了木箱子和书，我就在那儿躲了起来。我记得德国人来的时候，我心里还想着下午要回家，把这事讲给爸妈听呢。我就是这么蠢，朱利安！”

我点点头，纳闷为什么之前没听说过这个故事。

“不一会儿，德国人过来了，”她说，“钟楼里有个小窗户，我可以将他们看得一清二楚。我眼睁睁地看着他们冲进树林，没多久就揪出了那些孩子们。德国人，孩子，还有马基洛，他们又回到了学校。”

奶奶停了下来，眼光闪烁，继而长舒了一口气。

“他们当着所有孩子的面，一枪射死了马基洛，”奶奶平静地说，“他就那么轻轻地倒在雪地里，朱利安。孩子们都哭了，一边哭一边排成一列被押着往前走。有个老师，柏蒂让，她虽然不是犹太人，但还是跟着孩子一起去了！她说不能丢下孩子们不管！之后再没人见过她，可怜的人啊。直到那一刻，我才从自己的愚蠢中清醒过来，我不再挂念我的红鞋子，一心只想着我被抓走的朋友们，想着我的父母。我等着夜晚降临，这样就能回家见他们了！

“但是，学校里还有几个德国人没有走，他们和几个法国警察一起，搜查整个校园。我忽然意识到他们可能是在找我！没错，找我，还有一两个没有藏到林子里的犹太孩子。我想起来我的好朋友瑞秋没在那拨被带走的孩子里，还有雅各布。他是另一个村的，长得特别帅，所有女孩儿都想嫁给他。他俩去哪儿了？肯定也和我一样，躲起来了！

“这时，楼上传来嘎嘎吱吱的声音，朱利安。我听见楼上的脚步声离我越来越近，吓坏我了！我躲在箱子后尽量紧缩身体，用一块毯子罩着自己的脑袋。”

讲到这儿，奶奶用胳膊蒙住自己的头，像是重现当时的场景。

“我忽然听到有人在低声喊我的名字，”她说，“听起来不像大人的声音，像个小孩儿。

“‘萨拉！’那个声音又低低地传来。

“我从毯子缝里偷偷向外瞄。

“‘面包蟹！’我回答道，心里又惊又喜，因为我们认识已有好几年，但我记不得跟他说过什么话，他也是。但是这会儿，他竟然在喊我的名字。

“‘你待在这里，他们会抓到你的，快跟我来。’

“我就跟着他走了，那会儿心里怕极了，他领着我穿过走廊，窜进学校的小礼堂，此前我从未进去过。礼堂后面有个地窖——真是太新奇了，朱利安！我们匍匐着穿过礼堂，这样德国佬就不会从窗户里发现我们，因为他们这会儿还在搜寻我们。我听到他们逮住了瑞秋。德国佬带走她的时候，院子里传来她的尖叫声。可怜的瑞秋！

“面包蟹带着我逃去礼堂的地下室，往下要走至少一百级台阶。你知道，这对面包蟹来说可不容易，他脚瘸得很厉害，还拄着两根拐杖，但他两级两级楼梯地往下跳，还时不时回头看我有没有跟上他。

“最后，我们走到一条走廊里。走廊非常狭窄，我们不得不侧身穿过。然后我们进入下水道里，你能想象么，朱利安，因为那味道太刺鼻了！垃圾废物都没到了我们膝盖上，你能想到那是什么味吧，我的红鞋子彻底完了！

“我们走了一整夜，我都冻坏了，朱利安！但是面包蟹特别善良，把他的外套脱给我穿了。从小到大，谁也没有对我那么好过。虽然他也冻得瑟瑟发抖，但还是把自己的衣服给了我。我为我之前对他的种种行为感到羞愧。朱利安，当时我恨不得找个地缝钻进去！”

她用手捂住了嘴巴，几乎是哽咽了。手中的那杯酒一饮而尽，于是她又给自己倒了一杯。

“下水道一直通到丹纳镇，那是距离奥柏镇十五公里远的小村庄。巴黎的污水直接排到那儿的农场，导致那里臭气熏天。爸爸妈妈每次经过那里都绕着走。欧贝维利耶出产的苹果我们碰都不碰！但是面包蟹家在这儿。他把我带到他住的地方，我们用水井里的水把自己洗了洗，然后他又把我带到他家后面的马厩，用马毯把我裹起来，让我在那儿等着。他跑去找自己的爸爸妈妈。

“‘不，求你了。求你别告诉他们。我真的很害怕，要是他们看到我的话，会不会把德国人喊过来。你知道的，我之前都没见过你父母！’

“但是面包蟹还是走了。不一会儿，他便和他父母一起过来了。他们看了看我。我当时看起来一定特别凄惨，浑身湿漉漉的，又冻得瑟瑟发抖。他妈妈薇薇安抱着我，试图给我一些安慰。噢，朱利安，那个拥抱是我这辈子最温暖的拥抱，没有之一！我在她怀里放声大哭，因为那时候我就知道，我知道我再也不能在自己妈妈怀里大哭了。我预感到了，朱利安。我的预感没错。那天他们抓了妈妈和城里的其他犹太人。爸爸那天本来是在上班，得知德国人要来的消息后，他便设法逃脱，偷渡到了瑞士。可是妈妈还是迟了一步，被德国人关押到奥斯维辛。从此我再也没见过她，我那漂亮的妈妈！”

她长长地舒了一口气，摇了摇头。

面包蟹

奶奶沉默了一会儿。她看向空中，往日的场景似乎就在眼前浮现。现在我明白为什么她之前从未提及此事。对她而言，回忆往事太残酷了。

“面包蟹一家让我藏在那个马厩，一藏就是两年，”她接着缓缓地讲道，“尽管对他们来说，这么做非常危险。实际上，我们就在德国佬的重重包围之下，法国警局有一个规模不小的总部就设立在丹纳镇。但是，我每天都非常感激建造了这间马厩的人，当时那儿就是我的家。还有面包蟹，尽管在那样的形势下，尽管食物越来越难找了，他每天仍设法带吃的给我。朱利安，在那个时期，饿死是常有的事儿。他们一直养着我，这份恩情我永远都不会忘。做一个善良的人需要很多勇气，在那个年代，甚至会付出生命的代价。”

这会儿，奶奶的眼睛湿润了。她握着我的手。

“我最后一次见到面包蟹是战争胜利前的两个月，他给我带了些汤。不过那甚至都不能称作是‘汤’，只是一碗飘着些许面包和洋葱的汤。我们都瘦了不少，我还穿得破破烂烂的。我的漂亮衣服也没了！不过我俩还是努力找点儿乐子。我们笑着谈论学校发生的事情。虽然我没法再回学校念书，面包蟹依旧每天都去。晚上，他便会跟我讲白天都学了什么，这样我也能学到点知识。他也跟我讲我的朋友们，讲他们最近在干吗。当然，他们还是一如既往地不理面包蟹。他从未告诉朋友们我还活着。他们对此一无所知，我也不敢相信他们。面包蟹非常会讲故事，总是逗得我哈哈大笑。他也非常擅长模仿，甚至为我的每一个朋友都取了好玩的绰号。想想看，面包蟹竟然拿他们寻开心！

"'我之前都不知道你这么恶搞！说不定这几年，你也这么偷偷取笑我！'

"'取笑你？从来都没有。我喜欢你啊，我从来都不会取笑你。谁取笑我，我就取笑谁。你从不那样做，只是对我视而不见罢了。'

"'可我喊你面包蟹。'

"'那又怎样？大家都那么喊，我丝毫不在意。我走起路来确实像螃蟹！'

"'面包蟹，我太羞愧了！'我回答。我记得我当时用双手捂住了脸。"

说到这儿，奶奶便用双手捂住了脸。尽管她的手指因为得了关节炎变得弯弯曲曲、青筋突起，我似乎能够看到许多年前的奶奶，用她稚嫩的双手捂住那张青涩的脸庞。

"面包蟹握住我的手，"奶奶接着说道，手也慢慢地从脸上放了下来，"大概有几十秒吧。我当时只有十四岁，从来没有亲过男孩子，但那天他亲了我，朱利安。"

奶奶闭上了眼睛，深吸一口气。

"他亲了我以后，我对他说，我再也不想喊你面包蟹了。你的名字是什么？"

奶奶睁开眼睛看着我。

“你能猜到他说了什么？”奶奶问我。

我挑了挑眉毛，像是在说“猜不出，我怎么会知道”。

她又闭上了眼睛，面带笑意。

“他说，我叫朱利安。”

朱利安

“天哪！”我失声喊了出来，“所以您就给爸爸取名叫朱利安？”大家都喊爸爸朱尔斯，但朱利安才是他的全名。

“没错。”奶奶点点头。

“然后，我是随了爸爸的名字！”我说，“我也是随了那个孩子的名字！太棒了！”

奶奶脸上挂着笑容，手指拂过我的头发。但没说一句话。

然后我听见她说：“我最后一次见面包蟹……”

“所以后来发生了什么？”我问，“朱利安怎么了？”

几乎是同时，奶奶再也没有忍住，眼泪顺着脸颊流了下来。

“德国人把他带走了，”他说，“就在同一天。他是在上学的路上被抓走的。那个清早，德国人在村里又进行了一轮清扫。那时，德国人败局已定，他们也对此心知肚明。”

“但是……朱利安又不是犹太人啊！”

“他们之所以带走他，是因为他是个瘸子，”奶奶抽泣着说，“对不起，你跟我说过那不是个好词儿，但我也不知道怎么用英语换个说法。他是‘残疾人’。法语是那么说的。德国人就这么带走了他，因为他身体残疾。”她几乎咬牙说道：“德国人带走了村子里所有身体有残疾的人。那场行动被称作大清洗。吉卜赛人、鞋匠家天真的儿子，还有朱利安，都被带走了。德国佬把他关押在德朗西集中营，从那儿又被发配到奥斯维辛。跟我妈妈一样。后来我们听说，他们一到那里，就被送进了毒气室。就那样，噗的一下，他没了。我的救命恩人，我亲爱的朱利安。”

她停下来，用手帕擦擦眼睛，将杯子里剩余的酒一饮而尽。

“他爸妈，就是博米耶夫妇，备受打击，”她接着说，“战争胜利之后，我们才知道他已经死了。但是我们早已经想到了。”她轻轻拍了拍眼睛：“战争结束后，我又和他们在一起住了一年。他们对我就像对待亲生女儿一样，并且帮我寻找爸爸的下落，颇费周折。那段时间我们过得很忙乱。最终爸爸回到了巴黎，我便和爸爸一起生活。不过我还经常去看望博米耶夫妇，甚至在他们很老的时候也去过。他们的恩情，我永远都会铭记在心。”

奶奶叹了口气，故事讲完了。

“奶奶，”过了几分钟，我说，“这是我听过的最悲伤的故事！我都不知道您经历过战争。爸爸之前也从来没跟我提过。”

她耸耸肩：“我想可能是我从来没跟你爸爸讲过这件事。”她回答道：“我不喜欢提伤心事，你知道这一点的。某种程度上，我还是从前那个任性的女孩儿。但是当我听说你讲的你们学校的那个孩子，我忍不住想到了面包蟹，想到曾经我有多害怕他，想到我们对他有多么刻薄，就只是因为他身有残疾。那伙孩子总欺负他，朱利安。想到这，我总是特别伤心。”

听到奶奶的话，不知道为什么，我感觉自己心里也有块地方隐隐作痛。这是我始料未及的。我低下了头，一下子哭了起来。我说的哭，不是指脸颊上滚几滴泪珠，而是彻底痛哭流涕。

“朱利安。”奶奶温柔地叫我。

我摇摇头，用手捂住了脸。

“我太糟糕了，奶奶，”我低声说，“我对奥吉太刻薄了，对不起，奶奶！”

“朱利安，”她又喊了一声，“看着我。”

“不要！”

“看着我，亲爱的。”她用手捧着我的脸，让我看着她。我感到非常尴尬，甚至都不敢看她的眼睛。一瞬间，图什曼先生说过的那个词，每个人都试图强加于我的那个词，此刻变得振聋发聩：懊悔！

没错，就是这个词！其他一切都黯然失色。

懊悔！我在懊悔中，不住地颤抖，不住地哭泣。

“朱利安，”奶奶说，“是人都会犯错，亲爱的。”

“不，奶奶，你不懂！”我回答道，“这不仅仅是个错误。我和那些欺负面包蟹的孩子没什么两样……我是个混蛋，奶奶！就是我！”

她点点头。

“我还喊他‘怪物’，在他背后嘲笑他。我还给他写尖酸的小纸条！”我尖叫着说，“妈妈一直让我编造理由，替自己开脱……但实际上并没有什么理由。我就是那么干了！我自己也不知道为什么那么做，我不知道！”

我泣不成声。

奶奶轻轻地抚着我的头，给了我一个拥抱。

“朱利安,”她柔声地说,“你还太小,你已经知道自己做错了,但是那并不意味着你不能把事情做好。那仅仅意味着你选择了错误的做法。我之前说你犯错了,也正是这个意思。我也一样啊,我以前在面包蟹的问题上也做得不好。”

“但是,生活的美妙之处就在于,朱利安,”她接着说道,“就是我们能够弥补自己的过错,从中汲取教训。我们会变得更好。我再没犯过类似的错误,没再对我生命中的任何人犯过。所以我很长寿。你也可以从自己的错误中学到一些东西。你必须向自己保证,以后再也不会犯相同的错误。你是什么样的人,并不取决于一个小小的错误,朱利安。你明白我的话吗?你下次一定要努力做得更好。”

我点点头,她的话说到了我的心里。但是之后还是哭了好久好久。

做梦

那晚，我梦到了奥吉。我记不清那个梦的细节，但我记得一群纳粹追捕我和奥吉，奥吉被俘虏了，不过我有一把可以解救他的钥匙。在我的梦里，我记得自己对他施以援手。或许我也只是醒来之后那样告诉自己的。有时，梦不是太容易理解。我的意思是，在梦里，那些纳粹个个看起来特别像达斯·韦德导演的那部《帝国军官》，所以也很难赋予那个梦境太多含义。

不过，有意思的是，当我回想起这个梦的时候，它是个梦——但又不是噩梦，而且梦中，奥吉和我是一条绳上的蚂蚱。

由于做了个梦，我早早就醒来了，也没有再睡回笼觉。我一直想着奥吉，还有面包蟹——也就是朱利安，我随了这个英勇小男生的名字。说来奇怪：一直以来，我都将奥吉视作仇敌，但是听了奶奶讲的故事之后，那个故事便不知怎么的沉到了我心里。我不断地想，如果那个朱利安知道有个刻薄的小男孩取了他的名字，他该会多么羞愧啊。

我一直在想，奶奶跟我讲那个故事的时候，她心里该有多么难过。她是怎样记住所有细枝末节的，因为事情大约发生在七十年前，那么久远。七十年！奥吉会在那样一段漫长的时间里记住我吗？他还会记得我对他说过的刻薄的话吗？

我不想让他那样地记住我。我希望能够像奶奶惦念面包蟹那样被人记得。

图什曼先生，我现在懂了！何！为！懊！悔！

外面天一亮，我便从床上爬起来，写下了这张便条：

亲爱的奥吉：

我想为去年的事情向你道歉。对此我也想了很多，我不该那样对你，我希望自己能改过，变得更加善良。我希望你八十岁的时候，能忘掉我曾对你如此刻薄。祝一生顺利。

朱利安

另外：如果是你告诉图什曼先生那些小纸条的事儿，不用担心，我不生你的气。

下午奶奶睡醒的时候，我给她念了这张纸条。

“我真为你感到骄傲，朱利安。”她说着捏了捏我的肩膀。

“您觉得他会原谅我么？”

“这得看他了，”奶奶回答说，“但最后，亲爱的，最重要的事还是你要原谅自己。你是从错误中学习，就像我在面包蟹那里汲取了教训一样。”

“你觉得面包蟹会原谅我吗？”我问，“如果他知道跟他同名的我这么坏？”

她亲了亲我的手。

“面包蟹会原谅你的。”她说。我能看出来，奶奶是认真的。

回家

我发现自己并没有奥吉的地址，所以我又给布朗先生写了邮件，询问他是否能够将我的信件发送给奥吉，让他帮我这个忙。很快，布朗先生就回复了我。他很乐意做这件事。他还说，很为我感到骄傲。

我心情好极了，特别好的那种好。感觉好的时候，心情也很愉悦。解释起来有点儿难，但是我猜是因为，我已经厌倦了感觉自己是坏孩子的状态吧。我不是坏孩子。我已经重申了好多次，我就是一个普通小孩儿。一个典型的平凡普通孩子，我也会犯错。

但是现在，我正努力改正。

一周后，爸爸妈妈来了。妈妈一直不停地抱抱我，亲亲我。这是我离家最久的一段时间。

我兴高采烈地想告诉他们布朗先生的回信，以及我写给奥吉的信件。但是他们先告诉了我一件事。

“我们准备起诉学校。”妈妈兴奋地说。

“什么？”我喊了出声。

“爸爸准备告他们违约。”她说，实际上她这会儿叽叽喳喳个不停。

我看了看奶奶，她一句话也没说。我们都默默地吃晚饭。

“他们没有权利撤销录取合同，”爸爸像个律师似的冷静地告诉我们，“不久前，我们被另一所学校录取了。杰森在他办公室告诉我，等我们被另一所学校录取，他们才会撤销录取合同。那时他们就会退给我们所有学费。我们当时有个口头协议。”

“但我就要转学了！”我说。

“没关系，”他说，“即使他们归还了这笔钱，他们还是违反了原则。”

“什么原则？”奶奶问，说着便站了起来，“朱尔斯，你这是胡言乱语，愚蠢至极！彻彻底底的废话！”

“妈妈！”爸爸看起来非常惊讶，妈妈也是。

“你赶快给我停下来，别这么做！”奶奶说。

“你不知道是怎么回事，妈妈！”爸爸回答说。

“我知道得很清楚！”奶奶吼道，甚至挥起了拳头。她看起来非常暴躁：“是孩子错了，朱尔斯，你儿子做错了！他自己也知道。你也心知肚明。他欺负了那个孩子，现在他也认识到自己的错误了，你应该大事化小，小事化了。”

爸爸和妈妈互相看了看。

“虽然你说得没错，萨拉，”妈妈开口说，“我想我们知道什么才是为孩子好……”

“不，你什么也不懂！”奶奶很生气，“你不明白，你俩只顾着忙诉讼之类的蠢事了。”

“妈妈。”爸爸叫道。

“爸爸，奶奶说得没错，”我说，“这都是我的错，奥吉的事儿是我不对。我对他实在太刻薄，而且毫无缘由。杰克打我，也是我有错在先，因为我喊奥吉‘怪物’。”

“什么意思？”妈妈问道。

“我写了那些不怀好意的纸条，”我语速飞快，“也做了坏事。确实是我的错！我是个流氓，妈妈。不是别人不对，是我真的错了。”

爸爸妈妈看起来似乎无话可说。

“你俩别像傻瓜似的在那儿坐着，”奶奶总是说什么像什么，“朱利安认了错，你们应该表扬他。他正在担负起自己的责任。他也是攒了好多勇气，才坦白承认了自己的不对。”

“话是没错，”爸爸说着，揉了揉下巴，看着我说，“但是，我觉得你对法律之类的事情不是很了解。学校拿走了我们的学费，而且拒绝归还，这……”

“好啦好啦好啦！”奶奶半开玩笑地轰走了爸爸。

“我写了封道歉信给他，”我说，“给奥吉。我给他写了道歉信，用邮件发给他了。我为我的行为向他道歉。”

“你说什么？”爸爸说道，有些动怒了。

“我也跟布朗先生说了实话，”我继续说，“我给他写了一封很长的邮件，告诉了他整个事情的来龙去脉。”

“朱利安……”爸爸生气地皱起了眉头，“你为什么那么做？我不是跟你说了吗？我不想让你写什么……”

“朱尔斯！”奶奶大声呵斥，又在爸爸脸前挥挥手，用法语喊道，“你脑子装的都是糨糊吗？”

这话让我忍俊不禁，爸爸则有点儿尴尬。

“她说什么?”妈妈问，她不懂法语。

“奶奶刚说爸爸脑子一团糨糊。”我说。

“妈!”爸爸一本正经地说，好像要开始长篇大论了。

但是妈妈这时伸出手去，摁住了爸爸的胳膊。

“朱尔斯,”妈妈说，“我觉得妈妈没错。”

出乎意料

时不时地，身边的人会让你感到惊讶。太阳打西边儿出来我都不相信妈妈会妥协，所以听完她刚才说的话我完全惊呆了。看得出爸爸也跟我一样，他看着妈妈，不相信这话是她说的。只有奶奶似乎毫不惊讶。

“你在跟我开玩笑吗？”爸爸问妈妈。

妈妈缓缓地摇摇头：“朱尔斯，我们就到此为止吧。我们应该往前看，妈妈说得对。”

爸爸抬了抬眉毛，我知道他很生气，但是他在竭力掩饰：“梅丽莎，是你让我们走到现在不可开交的局面的！”

“我知道！”妈妈回答说。她摘下了自己的眼镜，眼睛看起来闪闪发光：“我知道，我都知道。那时我觉得要在正确的时间点，做正确的事。我一直觉得图什曼先生是错的，包括他处理事情的方式，但是……我已经准备好，放下这一切了，朱尔斯。我觉得我们应该往前看。”她耸耸肩，看着我：“朱利安能向那个孩子道歉，着实需要不少勇气。”她的目光又转向爸爸：“我们应该支持孩子的做法。”

“我当然支持，”爸爸说，“但是这件事太关乎面子，梅丽莎！我是说……”他摇摇头，还翻了个白眼。

妈妈叹了口气，她也不知道说什么好。

“看这儿，”奶奶说，“无论梅丽莎做了什么，她都是希望朱利安能开开心心的，仅此而已。这就够了，朱利安现在很开心，你看他的眼睛就能看出来。事情已经过去了很久，但是这是你儿子第一次看起来这么开心。”

“没错。”妈妈说着，擦了一下脸上的泪水。

那一刻，我感到特别对不起妈妈。我知道妈妈对自己所做的一些事情感到愧疚。

“爸爸，”我说，“请你不要起诉学校，我不希望事情变成那样，好吗，爸爸？求你了？”

爸爸在凳子上往前欠欠身，轻快地吹了个口哨，像是慢慢吹灭一支蜡烛那样。接着又用舌头舔牙齿尖。整整一分钟他都这样，可真漫长。我们只是看着他，不说话。

最后，他背靠椅子看着我们，耸了耸肩。

“行吧，”他摊开双手，“我不起诉了。我们不管那笔学费了。梅丽莎，你确定这是你想要的吗？”

妈妈点点头：“我确定。”

奶奶长舒一口气。“胜利啦！”她边喝酒边喃喃道。

重新开始

我们一周之后就回纽约了。在此之前，奶奶带我们去了一个非常特别的地方：她小时候生活过的村庄。让我颇为惊讶的是，奶奶从来没有跟爸爸讲过面包蟹的事情。爸爸唯一知晓的便是，战争期间，丹纳镇的一户人家在战时帮过她。但是奶奶从未向爸爸透露过任何细节。她也没有告诉爸爸，他的奶奶也在集中营中丧失了性命。

“妈妈，你为什么从未跟我提过这些事情？”在我们驱车前往那个村庄的路上，爸爸终于忍不住发问。

“噢，朱尔斯，你知道我的，”奶奶回答道，“我不喜欢沉湎过去。生活总是一往无前的，如果我们花太多时间回首过去，我们就不知道后面的路怎么走了。”

路过的村庄变化很大，德国人在这里扔了太多炸弹和手榴弹。许多老房子早已在战争中被毁，奶奶的学校也不见了。村庄里也没什么好看的，只有星巴克咖啡店和一些鞋店。

我们开车去了丹纳镇，那里是朱利安曾生活过的地方，依旧保存得非常完好。奶奶带我们去看了那间马厩，她曾在马厩里住了两年多，那里现在是一位老农的居所。他让我们进屋到处走走，看看如今里面的样子。奶奶在马厩一个不起眼的小角落里发现了自己名字的缩写，那时，只要德军一过来，她便会躲在那个角落的茅草堆里。奶奶站在马厩中间，一只手搭在脸上，这里看看那里看看。站在那里的她看起来好瘦小。

“怎么啦，奶奶？”我问她。

“我？哦，没什么，”她笑着回答说，扬起了头，“我这辈子算是活过了。记得当时被困在这里的时候，我以为这辈子都得闻着马粪的味道，然而我还是选择活下去。因为我活下来了，后来才有了朱尔斯，再后来才有了你。跟这些比起来，那点儿马粪味算得了什么呢？香水和时间让我撑了过去。我现在还想去个地方……”

我们开了大概十分钟的车，到了村口的一片小墓地。奶奶径直把我们带到了墓地的一个角落，那儿有一块石碑。

石碑上有一块小小的白色心形陶瓷匾额，上面用法语写着：

安息于此
薇薇安·博米耶
生于 1905 年 4 月 27 日
卒于 1985 年 11 月 21 日

让·保罗·博米耶
生于 1901 年 5 月 15 日
卒于 1985 年 7 月 5 日

母亲和父亲
朱利安·奥古斯特·博米耶
生于 1930 年 10 月 10 日
卒于 1944 年 6 月

愿他在神的花园中
永远行走自如

我看了看奶奶。她此刻正站在那里，看着那块陶瓷板。她吻了吻自己的手指，将这个吻摁在了陶瓷板上。她很激动，浑身战栗不已。

“他们待我视同己出。”她说着，眼泪顺着脸颊流下来。

她不停地轻轻啜泣。我握着她的手，亲了亲。

妈妈握着爸爸的手，轻轻地问道，“上面写了什么？”

爸爸清了清嗓子。

“薇薇安·博米耶长眠于此……”爸爸轻声翻译道，“还有让·保罗·博米耶。朱利安·奥古斯特·博米耶的双亲。朱利安·奥古斯特·博米耶生于1930年10月10日，1944年6月不幸被杀害。愿他在神的花园中永远行走自如。”

纽约

新学校开学前一周，我们回到了纽约。能再回到自己的房间真是太好啦。屋里的陈设一切照旧，但是我觉得总有什么地方变了。我也说不清楚。我觉得我真的可以重新开始。

“我马上过来帮你收拾行李。”妈妈说道。我们一进家门，她就冲进了盥洗室。

“我自己能行。”我回答说。我听见爸爸在客厅里听电话留言。于是自顾自地整理自己的手提箱。接着，电话里传来熟悉的声音。

我停下了手里的活，走到客厅里。爸爸抬头看到我，摁下了暂停键。他又把刚才的信息给我播了一遍。

是奥吉·普尔曼。

“你好，朱利安。呃，是这样的……我想跟你说的是，我已经看到你的邮件。呃……谢谢你能那么说。不用给我回电话，我只想说：我们没事儿。对了，不是我跟图什曼先生告发你的，你知道就好了。也不是杰克和萨默尔。我也不知道他怎么发现的，不过现在也不重要了。好了，就这样啦。希望你喜欢你的新学校。祝你好运，再见！”

留言听完了。

爸爸看着我，想知道我会作何反应。

“哇，”我说，“真是没想到。”

“你打算打回去么？”爸爸问。

我摇摇头。“不会，”我回答，“我没这胆子。”

爸爸走到我身边，拍了拍我的肩膀。

“我觉得你已经证明自己的胆量了，”他说，“我为你自豪，朱利安，非常自豪。”他弯下身来抱住我：“抬头走路，笑对人生。”

我笑了起来。“但愿如此，爸爸。”

但愿如此。

第二章 冥王星奇想

当代的天文观察改变了我们对行星系统的认识，重要的是，我们对物体的命名反映了我们目前的认识。这点特别适用于“行星”的定义。“行星”这个词本来只是描述在星空中“游荡”的天体。最新发现让我们创造了一个新的定义，利用最新得到的科学信息做出的定义。

——国际天文联合会，选自《决议 B5》

我想不能怪任何人，
我们将离开这里，
事情还能再重演吗？

——欧洲“最后倒计时”

泪水的世界，多么神秘啊！

——安东尼·德·圣埃克苏佩里　《小王子》

引言

第一次见奥吉·普尔曼，我才两天大。当然我记不得那是怎样的场景，是妈妈后来告诉我的。那天，爸妈第一次从医院抱我回家，奥吉爸妈也第一次从医院抱他回家。不同的是，当时奥吉已经三个月大。先前他不能自由呼吸和吞咽，做了好些手术，才总算出院。谁会留意呼吸和吞咽，都是自然而然的动作。但对刚出生的奥吉来说，这些动作就不那么自然而然了。

爸妈带我去奥吉家看望他。奥吉在客厅里，一堆医学设备缠在身上，妈妈将我抱过去，与奥吉面对面。

“奥古斯特·马修·普尔曼，”妈妈说，“快见见克里斯托弗·安格斯·布雷克，你最老的新朋友。”

双方家长都欢欣地鼓掌，并为这喜悦的一刻举杯庆贺。

在我和奥吉出生之前，妈妈和奥吉的妈妈伊莎贝尔就是好闺蜜。当时爸妈才搬新家，她俩在阿默斯福特大道的一家商场认识，都是准妈妈，又恰好隔一条街对门住着，就打算组一个“妈妈团”。所谓妈妈团就是妈妈们一起出门散心，或者妈妈和其他小孩的妈妈约出去玩。一开始，有六七位妈妈，各自小孩出生之前，她们约了好些次。后来奥吉出生了，除了我妈妈和奥吉的妈妈，妈妈团就只剩下两位成员：扎克利的妈妈，还有阿历克斯的妈妈。其他妈妈为什么退团，我就不清楚了。

最初几年，妈妈团剩下的四位妈妈几乎每天带着我们几个小孩子约出去玩。妈妈们喜欢一边推着我们的婴儿车，一边慢步穿过公园；喜欢把我们背在襁褓里，沿河散步好久；还喜欢去嗨滋来斯餐厅，把我们放在婴儿座椅上，共进午餐。

有一次，奥吉又去医院了，他和他妈妈缺席了妈妈团的约会。除了呼吸和吞咽，还有其他好些事对奥吉来说都不是“自然而然”，这样，他得做一个又一个的手术。比如，那时他不能吃东西，说不了话，嘴巴闭合太久就必须张开。很多事，不动手术的他是做不了的。但尽管后来动了手术，奥吉仍不能像我、扎克利和阿历克斯那样正常吃饭、正常说话，以及嘴巴保持闭合。

我直到四岁都还不太明白奥吉究竟和其他人有什么不同。那年冬天，我和奥吉在外边运动场上玩，冬大衣和围巾裹得严严实实。有一会儿，我们沿着梯子爬上攀玩架顶端的弯子，排队等着滑下来。快到我们了，前面一个女孩子望着高高的滑道忽然胆怯，就侧身让我们先过。一侧身她就看到了奥吉的脸，她睁大了眼睛，下巴简直要掉下来，开始尖叫，失控一样地哭着喊着。她真的吓到了，对着梯子却爬不下来，她妈妈不得不爬上去抱她。奥吉觉得是自己把小女孩吓哭的，也跟着大哭起来，又用围巾把脸遮住，怕再有人看到。于是，奥吉的妈妈也不得不爬上梯子去抱他。具体怎样我忘记了，印象中场面乱得很。滑道周围一小撮人围过来看，你一言我一语。我还记得我们马上就离开了，伊莎贝尔抱着奥吉回家时，眼里含着泪水。

那是我第一次发觉奥吉是怎样不同于常人，但不是最后一次。就像呼吸和吞咽，大哭大喊对多数孩子来说也是自然而然的事。

早上七点零八分

不知为什么，今天早上我想起奥吉。我们三年前搬了家，而且自今年十月奥吉的保龄球派对以后，我就一直没再见过他。大概昨晚梦见他了，谁知道。这么想着，妈妈就进来了，距离我关了闹钟才不过几分钟。

“宝贝，醒了没？”她轻轻地说。

我只一把扯过枕头，盖住脑袋。

“克里斯，该醒醒了。”妈妈一边精神饱满地喊我，一边打开窗帘。即便闭着眼，脑袋压在枕头下，我也能感受屋子里的光线变亮了。

“拉上窗帘吧！”我有气无力地说。

“看来今天一整天下雨呢，”她叹了口气，窗帘仍是敞开着，接着说道，“得快点，可不能又迟到。今天还得冲个澡呢。”

“好像，那个，两天前才洗过啊。”

“才洗过！”

“唉！”我抱怨道。

“起来了，小帅哥。”妈妈轻拍枕头说道。

我把枕头从脸上扯开，大叫道：“好吧！起来了！行了吧？”

“你起床的时候可真冲，”妈妈摇着头说，“去年我那贴心的四年级小学生呢？”

“丽萨！”我回答道。

妈妈不喜欢我直呼她的名字，我盼着这就把她气走了。但她开始捡我掉在地上的衣服，然后放进洗衣篮里。

“对了，昨晚怎么了？”我问道，眼睛还闭着，“还没睡那会儿听到你和伊莎贝尔通电话，听着怪让人担心的……”

妈妈坐到床沿上。我揉着眼睛让自己清醒过来。

“不会吧？”我接着问，“真是什么不好的事？我昨晚好像梦见奥吉了。”

“没，奥吉挺好的。”妈妈脸色稍稍舒展一些，回答道。她又把头发从我的眼睛上拨开，接着说：“本来想稍晚一些再——”

“再什么！”我打断了她。

“黛西昨晚死了，亲爱的。”

“你说什么？”

“对不起，亲爱的。”

“你是说黛西！”我拿双手盖住脸。

“亲爱的，真的抱歉。我知道你很爱黛西。”

达斯·黛西

我还记得奥吉爸爸最初把黛西领回家的那天。当时我在奥吉房间，两人一起玩飞行棋，忽然大门口传来一阵尖锐的高音——是奥吉的姐姐维娅，还有伊莎贝尔和我的保姆罗德丝歇斯底里的叫喊。听到这一阵喧闹，我和奥吉跑下楼，想看看究竟是怎么一回事。

只见奥吉的爸爸内特坐在一把厨椅上，腿上有只黄毛的狗，在他怀里扭来扭去，相当怪异。维娅跪在地上，正对着狗，忍不住要去摸。可是狗有些亢奋，不住地要舔维娅的手，维娅只好不停抽回来。

“一条狗！”奥吉激动地叫起来，急忙向他爸爸跑去。

我也跑过去，但半道被罗德丝一把抓住手臂。

“可别！小祖宗。”她告诫我。当时，罗德丝照管我还没多久，我对她还不熟。我记得她会往我鞋子里扑婴儿爽肤粉，这习惯后来我自己保留到今天，为此经常会想起她。

伊莎贝尔仍是吃惊地用手捂着嘴，显然内特才进门没多久。“内特，我不敢相信你把这家伙带回来。”伊莎贝尔一遍遍重复着。她同罗德丝一起远远地躲在房间另一侧。

我问罗德丝：“为什么我不能摸它？”

“因为内特说三个钟头前这狗还跟一个流浪汉一起待在大街上，”她马上回答，“太脏了。”

“它才不脏——而且还很好看!”维娅亲吻了那狗的额头，驳诘道。

“在我的国家，狗只能待在外面。”罗德丝又说。

“这公狗真可爱!”奥吉说道。

“是母的!”维娅用肘推了奥吉一把，急忙纠正道。

“奥吉，你可当心!”伊莎贝尔说，“别叫它舔你的脸。”

说话间，那狗就把奥吉的脸舔了个遍。

“各位，兽医说这狗健康着呢。”内特对伊莎贝尔和罗德丝说。

“内特，它可是在大街上住过的!”伊莎贝尔马上追问，“谁知道它身上有什么。”

内特回答道：“该打的针兽医都给打了，洗除了虱子，还查了虫子。这小狗健康着呢。”

“内特，它才不是小狗!”伊莎贝尔反对道。

也倒是真的：这狗无论如何都不是小狗了。小狗总是很年幼的，圆圆的身体，毛茸茸的，它算不上。这狗瘦骨嶙峋，棱角分明，眼睛很大，而且发暗的长舌头就好像不可思议地从嘴巴一侧倒出来。再说，它体型也不小，都赶上我祖母家的拉布拉多犬了。

“好吧，”内特说道，“至少，它看着像小狗。”

“它是什么品种的狗?”奥吉问。

“兽医说可能是黄色的混种犬，”内特回答，“会不会是某种中国犬?”

“更像是比特斗牛犬，”伊莎贝尔说道，“兽医总该告诉你，它有多大了吧?”

内特耸耸肩回答："他也说不准。两岁或三岁？一般得根据牙齿判断年龄，但它的牙齿形状受损得厉害，你想啊，也许从来只吃垃圾食品呢。"

"垃圾和死老鼠。"罗德丝接过话来。确定无疑似的。

"噢，老天！"伊莎贝尔用手摸了摸脸，喃喃道。

"它呼出来的气味确实够重的。"维娅一边说一边拿手在鼻子前面扇了几下。

"伊莎贝尔，"内特抬起头来对她说道，"这狗注定要跟我们的。"

"等等，你是说我们家收留它？"维娅睁大了眼睛，激动地说，"还以为我们只是临时收养，然后给它找个家呢！"

"我觉得，不用找了，这儿就是它的家。"内特回答道。

"真的吗，老爸？"奥吉兴奋地叫道。

内特笑了笑，又抬头用下巴指了指伊莎贝尔，说："孩子们，这得妈妈说了算。"

奥吉和维娅跑了过去，合起双手，像在教堂祷告似的央求起来。伊莎贝尔却大叫起来："别开玩笑了，内特！"

"求你了，求你了，求你了，求你了，求你了？"他们一刻不停地央求，"求你了，求求求求求你了？"

"内特！真不敢相信你这样对我，"伊莎贝尔摇着头说，"这日子还不够乱吗？"

内特笑了，低头看看狗，狗也看着他。"亲爱的，你看看它！刚发现它的时候，它又冷又饿。那流浪汉说十块钱把它卖给我。我能怎样，说不要吗？”

“没错！”罗德丝插话道，“很简单的事。”

“救狗一命也能积累善报啊！”内特说道。

“别救，伊莎贝尔！”罗德丝说，“狗又脏，又臭，还带着细菌。你想啊，还总要带它散步，还要捡那些大便，那么多事，都要谁来做？”

“不会的，老妈！”维娅接过话来，“我带它散步，每天，我保证。”

“还有我，老妈！”奥吉也应承着。

“我们俩来负责照顾它，”维娅接着说，“给它喂食，还有其他所有的活儿。”

“其他所有的活儿！”奥吉又添一句，“求求你了，求你了，求你了，老妈？”

“求你了，求你了，求你了，老妈？”维娅也搭腔。

伊莎贝尔拿手指揉着额头，好像头痛一样。最后，她瞧了内特一眼，耸耸肩，说：“太疯狂了，不过……算了，好吧。”

“真的吗？”维娅兴奋地叫起来，又紧紧抱住伊莎贝尔，“谢谢，老妈！太谢谢了！我们一定会照顾好它的，我保证。”

“谢谢，老妈！”奥吉也抱住伊莎贝尔，跟着说。

“耶！谢谢，伊莎贝尔！”内特说着，就端起那狗两个前爪拍起掌来。

“现在我能摸它了吗？”我问罗德丝。这次她还没来得及抓住，我就一把挣脱，跑到奥吉和维娅中间去了。

这时内特把狗放到地毯上。它竟十分配合地翻了个身，背躺着，我们就一齐挠它的肚子。它眼睛闭着，像在笑，发暗的长舌头又从嘴巴一侧挂下来，拖到地毯上。

“今天刚遇到的时候它就是这个样子。”内特说道。

“我这辈子没见过这么长的舌头，”伊莎贝尔说着，在我们边上蹲下来，却仍旧没有伸手抚摸那狗，“它看上去像塔斯马尼亚魔鬼。”

“我觉得它挺好看的，”维娅说，“它叫什么？”

“你想叫它什么？”内特反问。

“就叫黛西[①]怎么样！”维娅想都不想地说，“它有黄色的毛，就像菊花一样。”

“很美的名字，”这会儿伊莎贝尔一边说着，一边已经伸手抚摸那狗了，“不过它也有点像狮子啊，可以叫它艾尔莎。”

“我想到叫它什么了，”我用手肘推了推奥吉，说，“你就叫它达斯·摩尔！”

“这简直是全世界最蠢的狗名了！”维娅嫌弃地驳斥道。

我没理会她：“奥吉，你懂了没？达斯……摩尔？懂了没？因为狗……会袭击人。”

“哈哈！”奥吉大笑起来，“这个好有意思！达斯·摩尔！”

“我们才不叫它那个！”维娅气急败坏地冲我和奥吉大叫。

“嗨！达斯·摩尔！”奥吉一边这么称呼它，一边亲吻它粉红的

① Daisy 在英文中有“雏菊”的意思。

鼻头，“我们可以直接叫它达斯。”

维娅望着内特说：“爸，我们才不这么叫它呢！”

“我觉得还挺好玩的。”内特耸耸肩回答。

“老妈！”维娅气坏了，转向伊莎贝尔大喊道。

“我赞同维娅，”伊莎贝尔说，“‘摩尔’这名字不适合狗……特别不适合这条狗。”

“那我们直接叫它达斯。”奥吉不肯让步。

“那太蠢了。”维娅说。

“我在想，既然妈妈允许我们养狗，”内特答道，“应该让妈妈决定怎么叫它。”

“叫它黛西吧，老妈？”维娅央求着。

“叫它达斯·摩尔吧？”奥吉也恳求道。

伊莎贝尔瞧了内特一眼，说：“内特，看你把我害的。”

内特笑笑。

于是大家最终为他取名达斯·黛西。

早上七点十一分

“它是怎么死的？”我问妈妈，“被车撞了吗？”

“不是，”妈妈轻抚我的手臂，“它年纪大了，小傻瓜，寿命到了。”

“也没那么老啊。”

“它生着病呢。”

“什么？所以他们就给它安乐死了？”我愤愤地问，“他们怎么忍心这么做？”

“宝贝，它当时太痛苦了，”妈妈回答道，“他们不想看它受苦。伊莎贝尔说，它躺在内特怀里，走得很平静。”

我在脑海里构想那画面——黛西躺在内特怀里死去。想象着奥吉是否也在场。

“他们家这些年本来就够受的了。”妈妈补充道。

我什么也不说，眨眨眼睛，抬头望着天花板上的夜光小星星。一些粘得不牢的已经开始脱落，只剩一两个角挂着。有几颗掉下来，落到我身上，就像长角的小雨点。

“噢，你到底没把星星弄好。”我想也不想地说。

她完全不明白：“你说什么？”

“你还说会把它们贴回去的，”我指着天花板说，“现在一个劲往我身上掉。”

她抬头一看，说："哦，对对。"妈妈大概没想到关于黛西的对话这么快结束，但我不想谈那个。

她站到我床上，抽出一把靠在书柜上的玩具激光剑，努力用剑的顶端把一枚稍大的星星顶回去。

一枚塑料星星落在她头上："你得用胶啊，丽萨。"

"哦，对，"她边回答边把星星从头发里抓出来，跳下床，"别叫我丽萨了，好不好？"

"好的，丽萨。"我回答。

她眼珠转了一圈，用激光剑指着我，像要刺过来一样。

"对了，谢谢你用那种坏消息叫醒我。"我讽刺地说。

"嘿，你自己问我的，"她收回激光剑答道，"本想今天下午告诉你的。"

"今天下午？我不是小孩子了，丽萨，"我回答道，"不是，我是说，我当然疼黛西，但它又不是我养的狗，而且反正搬家后我也见不到它了。"

"还以为你会很难过呢。"她回答。

"我是难过啊！"我说，"但也不至于哭天喊地的。"

"好吧。"她答应着，又点头看着我。

"怎么？"我不耐烦地说。

"没什么，"她回答，"没错，你不是小孩子了。"她看了一眼依旧粘在手上的塑料星星，什么也没说，倚过来贴我头上了："对了，今天下午该给奥吉通个电话。"

"为什么？"我问。

“为什么?”她惊讶地眉毛上挑,“就说黛西的事你很难过啊,表示慰问。奥吉可是你最好的朋友。”

“哦,好的。”我点头喃喃道。

“哦,好的。”她重复一遍。

“好了,丽萨,我知道啦!”我说。

“牢骚鬼,发牢骚,发牢骚,”她唱着走出门去,“克里斯,给你三分钟,到点起床,不得延误。我给你开着淋浴器。”

“把门带上!”我冲她背影大叫。

“说请!”她从楼道里喊。

“请——把门带上!”我吼道。

她“砰”的一声甩上门。

妈妈有时可烦人了!

我把额头上的星星摘下来,盯着它看。这些星星是搬家那会儿,我刚住进来妈妈就贴在天花板上的。那阵子,为了让我喜欢布里奇波特的新家,妈妈想尽了办法,甚至不惜许诺搬进新家之后养一条狗。不过后来我们没有养狗,我们养了小仓鼠。但小仓鼠不能算狗,连狗尾巴都算不上。小仓鼠基本上就是一颗热乎乎、毛茸茸的马铃薯。我是说,它也会爬来爬去,也很可爱,但要是有人糊弄你养仓鼠和养狗是一样的,千万不能相信。我给我的小仓鼠取名卢克。但它不是黛西。

说到黛西,唉!真不敢相信它就这么走了。

但现在我不要想这个。

我开始把今天下午要做的事在脑子里过一遍:课后有乐队训

练；明天有数学考试，还没复习；周五的读书报告还没动笔；还得玩会儿《光环》；晚上有《极速前进》。

我把那颗塑料星星弹出去，看它在空中旋转，飞到屋子另一边，落在门口地毯边缘。

事情太多了。今天会是相当漫长的一天。

我把今天要完成的事逐条列出。但即便这样，我也知道给奥吉通电话这一项不会出现在单子上。

友情

也不知从何时起，大概是从幼儿园开始，扎克利和阿历克斯渐渐疏远了我和奥吉。

在那之前，我们四个小朋友几乎天天玩在一起。奥吉时常生病，虽然不会传染，却禁锢了奥吉，所以妈妈们通常会把其他孩子带去他家。我们也喜欢去那儿，因为那里的地下室被奥吉父母改造成了一个巨大的游戏室，棋盘游戏、玩具列车、空气曲棍球、桌上足球，应有尽有，甚至在后面还有个迷你蹦床，几乎和玩具商店没两样。我、扎克利、阿历克斯和奥吉会在那儿玩上很久，光剑决斗和跳球竞速的欢乐让我们忘却一天的时光，我们进行气球大战，用纸牌搭起高大的山岳，享受其轰然坍塌的瞬间。我们形影不离，是妈妈们眼中的“四个火枪手”。后来，除了伊莎贝尔，其他妈妈都回到了工作岗位，但保姆阿姨们依旧会每天带我们相聚。她们领着我们游览过布朗克斯动物园，参观了南街港里停泊的海盗船，有时会在公园野餐，甚至一路南下去了几次科尼岛。

但自幼儿园开始，扎克利和阿历克斯就和其他小朋友一起玩了。他们住在公园的那一头，所以去了另一所学校，我们自然不再有频繁相见的机会。我和奥吉有时会在公园里遇到扎克利和阿历克斯，他们与新伙伴一起，其乐融融。我们也有几次尝试着加入他们，但他俩的新朋友似乎对我们没有好感。好吧，准确说来，是奥吉不受欢迎，这是扎克利告诉我的。我把这事告诉了妈妈，她解释说一些小朋友看见奥吉的样子可能会感到“不适”。“不适”是妈妈的措辞，但扎克利和阿历克斯可没这么委婉，他们说奥吉会“吓到”其他小朋友。

扎克利和阿历克斯不会有这种感觉，但这改变不了他俩疏远我们的事实。我不懂，因为我也在学校结交了新朋友，可我并没有抛弃奥吉。不过话说回来，我从未介绍我的新朋友认识奥吉，因为“人以群分”总是要遵循的。老实说，我也担心奥吉会让他们不适或害怕。

其实，奥吉也有自己的一群朋友，他们和奥吉一样都是一家为“颅面缺陷”患儿开设的机构会员。这些孩子的父母每年都会带着他们去诸如迪士尼乐园的地方游玩，奥吉特别喜欢这类行程，由此他结交了来自全美各地的朋友。可惜他们都不住在附近，所以奥吉依旧缺少朋友陪伴。

我倒是见过他们中的一员——哈德森。与奥吉不同，哈德森微微凸起的双眼间距较大。他们一家来纽约看医生时曾在奥吉家待过几天，我还记得，同我和奥吉一般大的哈德森是个十足的口袋妖怪迷。

尽管我对口袋妖怪并不“感冒”，但我们相处得倒也融洽，前提是我们得待在家里。第一天下午我们出门用餐，没想到成了众人瞩目的焦点，煞是难堪！平时和奥吉一起时，别人通常只会关注他而不是我，我已经见怪不怪。但哈德森加入后，人们会先看看奥吉，再瞧瞧哈德森，最后不由自主地将目光投向我——一个少年在打量我时，生怕找不出我的脸与他的不同。岂有此理！我几乎发声尖叫，我好想回家！

第二天放学后，我请求卢尔德带我去扎克利家而不是奥吉家，因为我知道哈德森还待在那儿。我并非不喜欢他，但我不爱口袋妖怪，更不想出门在外成为万众焦点。

那天我在扎克利家玩得很尽兴。而且阿历克斯也来了，我们三个在门廊前玩起了方格球，仿佛重新回到了过去的时光，只可惜少了奥吉。但这感觉好极了，不再有人注视我们，不再有人感到不适，更不会有人受到惊吓。和扎克利、阿历克斯在一起时，我感到悠闲自在。这让我终于明白，那驱使他们远离我和奥吉的原因——与奥吉做朋友的确不轻松。

还好，奥吉从未问及那天我没去他家的原因，我很欣慰，因为我不知该如何向他吐露我的心声——我不比常人更坚强。

上午八点二十六分

也不知为何，我上学难免迟到。真的，莫名其妙，每日如此。闹钟叫不醒我，起床只有靠爸妈；无论洗澡与否、早餐丰盛与否，即便用家乐氏饼干草草填饱肚子，最后还是手忙脚乱，在爸妈的咆哮声中匆匆披上外套、系上鞋带。哪怕出乎意料地准时出发，我又会丢三落四，结果不得不原路返回。有时忘带作业夹，有时忘带长号，我真的没有办法，这已成为常态。无论在妈妈家还是爸爸家过夜，我必迟到无疑。

今天，我匆匆洗了把澡，迅速穿上衣服，大口吞下饼干，总算准时出门。然而直到十五分钟后、学校停车场里，我才想起自己不仅落下了科学课作文，还有运动短裤和长号——我又创造了一项新纪录。

“你在开玩笑吧？”老妈在后视镜里看着我。

“没有啊！”我紧张地咬着指甲，央求道，“我们回去好吗？”

“克里斯，现在已经不早了！雨下得这么大，回去的话至少要四十分钟才赶得回来。不行，你得去上课，我可以帮你写张纸条什么的。”

“我不能没有科学课作文！”我争辩道，“第一节课就是科学课！”“你早上出门前就该想到这些！”她回答，“现在快点，快下车，不然你就彻底迟到了。看，连校车都开走了！”她指了指那些正在驶离停车场的校车。

“丽萨！”我惊恐地叫道。

“克里斯，你叫我什么？”她冲着我吼道，“你到底想让我怎样？我又不会瞬间移动。”

“那你能回去帮我取来吗？”

她捋了捋被雨淋湿的头发：“我提醒过你多少次，前一天晚上整理好东西免得忘记，嗯？”

“丽萨！”

“好吧，”她说，“赶紧去上课，我会帮你把东西拿来。现在下车，克里斯。”

“你一定要快点儿哦！”

“快去上课！”她转过身来，和往常一样朝我瞪大眼睛，像只愤怒的小鸟，“现在就给我下车去上课！”

“好！”我一边说着，一边沉重地走下车。外面雨下得更大了，而我当然也没带伞。

她摇下车窗说道：“当心，快到人行道上去！”

“长号、科学课作文，还有运动短裤。”我扳着指头数道。

“走路看好，”她边点头边说，“这里是停车场，克里斯！”

“如果第一节课下课前我不把作文交给卡斯托尔女士，她肯定要扣我五分！”我答道，“你一定要在下课前赶过来！”

“我明白，克里斯，”她迅速答道，“现在快到人行道上去，亲爱的。”

“长号、科学课作文，还有运动短裤！”我朝她喊道，背身走向人行道。

一辆自行车为了避让不撞到我，急转了个弯。老妈惊叫道："克里斯，看好路！"

"对不起！"看见系在车筐上的婴儿，我连忙抱歉。只见那骑车的男人摇了摇头，没说什么就骑走了。

"克里斯！你得看好路！"老妈尖声叫道。

"你能别叫了吗？"我喊道。

她深吸了口气，揉了揉前额。"拜托——你——走上——人行道。"她咬牙切齿地说道。

我转过身，夸张地看了看左右，然后穿过停车场，走上通往校门的人行道。这时候，最后一辆校车也离开了停车场。

"这下你满意了吧？"我对她说道。

二十米外也能听见她长舒了口气。"我会把你的东西放在中央办公室的前台上，"她边答应边发动汽车，回过头开始倒出车位，"再见，宝贝，要开心——"

"等等！"我跑向正在行驶的汽车。

老妈猛踩刹车。"克里斯！"

"我忘记拿书包了。"我边说边打开车门，取出了落在后座的书包，用余光看见她不住地摇头。

我关上车门，再次以相当夸张的方式望了望左右来往的车辆，像百米冲刺般跑回人行道。现在，雨已经相当大了，我赶紧戴上了连衣帽。

"长号！科学课作文！运动短裤！"我头也不回地大叫，然后顺着人行道向校门跑去。

“爱你哦！”我听见她大声说。

“再见，丽萨！”

在上课铃响前我总算进了教室。

上午九点十四分

科学课上我一直盯着钟，离下课还有十分钟左右，我借口上厕所跑出了教室，以最快的速度冲进中央办公室。前台是年长的丹妮丝女士，和蔼可亲，我想向她取回老妈送来的东西。

“抱歉，克里斯托弗，”她说，“你妈妈并没有来过。”

“怎么会？”我说。

“你确定她会来吗？”她看了看手表，问道，“我今早一直在这儿，你妈妈肯定没来过。”

她看见我无助的表情，赶紧招呼我到办公桌后面，指了指电话说：“宝贝，要不你给她打个电话问问？”

我拨了老妈的手机，但并没有接通，只能留言。

“嗨，老妈，是我……嗯，你到现在还没来，已经……”我瞟了眼墙上的大钟，“已经九点四十分了，如果你十分钟内再不赶到学校我就彻底完蛋了。所以，嗯，真的非常感谢，丽萨。”

我挂了电话。

“我敢说她马上就会到，”丹妮丝女士说，“高速公路最近在维修，所以肯定会塞车，再说雨下得这么大……”

“是啊。”我点点头，朝教室走去。

一开始我觉得自己撞了大运，因为卡斯托尔女士整堂课都未提及作文。然而，正当下课铃响起，行将解放之际，她还是不忘提醒我们，离开教室前把作文交到她办公桌上。

等到其他同学都离开后，我才走到白板前的老师跟前。

“呃，卡斯托尔女士？”我说。

“有什么事吗，克里斯托弗？”

“是的，呃，对不起，但我今早真的不小心把作文落在家里了。”

她继续擦着白板。

“我妈妈说好把它送来的，但外面的雨实在太大了。”我说。

不知为什么，只要和老师说话，我的语调就会因为紧张而在句尾上扬。

“这已经是你这学期第四次忘记带作业了，克里斯托弗。”她说。

“我知道，”我答道，然后耸了耸肩挤出一丝微笑，“我还以为您没注意到呢！哈哈。”

面对我的幽默，她毫无表情。

“我只是以为您没有记录这些……”我开始试图解释。

“我得扣你五分，克里斯。”她说。

“我下节课交给您都不行吗？”这会儿我真的要哭了。

“这是规矩。”

“这也太不公平了。”我摇着头嘟哝道。

这时第二节课上课铃声响了，我还没等她回答便冲向了下节课教室。

上午十点零五分

和卡斯托尔女士一样，音乐老师雷恩先生在得知我没带长号后很上火。因为我答应过他，今天我们的首席长号手凯蒂·麦凯恩可以把我的长号带回家，练习她周三晚春季音乐会上的独奏曲。凯蒂的长号坏了，而唯一的备用长号也已破旧不堪，甚至没法将滑管推过第四把位。自然，不仅雷恩先生，凯蒂也很生气。凯蒂是那种你尤其不想招惹的女孩，她的个头比其他人都要高出一截，把她惹毛绝对会让我很难堪。

还好，我告诉凯蒂，我妈正带着长号朝学校赶来，所以她并没有立马非难我。为了不让凯蒂闲着，雷恩先生只好把那摔坏的长号给她将就着上课。雷恩先生通常会让忘带乐器的学生安静地坐在一边看乐队彩排，这种只能坐着听，不能读书、做作业的感觉着实索然无味。而我，因为没有长号，自然也就只能“享受”此等待遇。

好不容易熬到了下课，我紧赶慢赶跑到中央办公室，想要取回老妈送来的东西，然而，我再次扑了个空。

“她一定是堵在了路上。”丹妮丝女士安慰我说。

“我大概知道是怎么回事了。”我摇摇头，愤愤答道。

我在百无聊赖地看彩排时突然想到了一个人——

伊莎贝尔。

咄，当然！黛西刚刚挂了，祸不单行，一定还会发生其他事，也许是奥吉？反正伊莎贝尔给老妈打了电话，然后老妈一如既往、不假思索地马上赶去了伯尔曼家。

我看，她现在一定在那儿！我敢打赌她一定是在赶来学校为我送长号、科学课作文和运动短裤的半路接到了伊莎贝尔的电话。然后，嘭！老妈把我彻底抛在了脑后。一定是这样！这已经不是第一次了。

“你需要给她再打个电话吗？”丹妮丝女士将电话递给我，亲切地问。

“不了，谢谢。”我喃喃自语。

一回到教室，凯蒂就出现在我跟前。

“长号在哪？”她蹙起眉头，问道，“你不是说你妈妈会送来吗？”

“她可能堵在路上了？”我抱歉地说，“不过，她应该会在接我放学的时候把长号带来？”回答凯蒂的时候，我竟像在老师面前一样紧张得语调上扬，“你能放学后五点半来找我吗？”

“我凭什么在这儿等到五点半？”我能听见她的舌头咯咯直响，而她的眼神简直和几周前我不小心将通气音栓里的水倒在她的迪克西纸杯里时一样可怕。“哎呀，我谢谢你，克里斯！这下我的独奏可要彻底搞砸了，都是拜你所赐！”

“这不能怪我？”我说，“我妈答应我把东西带来的！”

“你真是个……白痴。”她咕哝道。

“不，你才是。”我脱口而出。

“你这个招风耳。”她攥起拳头，双手叉腰走了回去。

“哼！”我对她翻了个白眼。

就这样，她在乐台上用那最凶煞的目光盯了我整整一节课。如果眼神能杀人，那凯蒂·麦凯恩一定会是个连环杀手。

我可算是气疯了，要是老妈信守承诺，这一切都不会发生！哼，看她今晚怎么解释。我敢肯定她来接我时一定会说“对不起，宝贝！我实在得去伯尔曼家一趟，他们如何如何需要我”云云。

我接着“呱呱呱”地抱怨。

然后她肯定会说：“别这样，宝贝，你知道他们有时需要我们的帮助。”

诸如此类……

太空

在奥吉五岁生日那天，他收到了一个宇航员头盔作为礼物，我已不记得是谁送的，但奥吉自那以后便一直戴着它，无论何时，无论何地。别人都以为他想借此遮住自己的脸，也许吧，但我更相信那是出于他对外层空间的热爱。恒星、行星、黑洞，还有阿波罗登月计划都令他如此着迷，他开始告诉所有人自己长大后要成为宇航员。起初，我很难理解他对这些玩意的痴迷，直到一次周末旅行，妈妈们带我们参观了自然历史博物馆里的天文馆，我自己竟也深陷其中。自那时起，我和奥吉的友谊迈入了“太空时期”。

说来那时我们已经走过了不少时期，从僵尸玩偶、博普舞机器人，到恐龙、忍者、恐龙战队（我都不好意思说）。但比起我们的太空时期，都是小巫见大巫。我们如饥似渴地观看所有能够找到的碟片、有关太空的视频、描绘银河的图画册，还亲手制作太阳系和火箭飞船的立体模型。我们会花上数小时探索深空，登陆冥王星——那是我们最爱的星球，冥王星就是我们的塔图因①。

在我快过六岁生日时，我们仍旧沉迷于太空，所以爸妈决定在天文馆举办生日派对。我和奥吉兴奋极了！因为我们都还没看过那里最新上映的太空秀。于是我邀请了一年级的所有同学来参加派

---

① 《星球大战》中天行者家族的故乡行星。

对，当然，还有扎克利和阿历克斯。我甚至邀请了维娅，只可惜她那天要参加另一个生日派对而没法来。

但计划赶不上变化，在我生日的当天早晨，伊莎贝尔打来电话，奥吉又病了，发高烧，眼皮肿得难以睁开。几天前，他刚刚做了个“小”手术，以修补前一次手术导致的下眼睑下垂，现在看来创口被感染了。所以伊莎贝尔和内特需要送他去医院，自然没法参加我的派对了。

这还不算！更让我郁闷的是妈妈告诉我伊莎贝尔希望她在参加我的派对前，把维娅送到另外一个派对去。

老妈根本没有征求我的意见就答应了：“当然可以，愿意效劳！”那可意味着她或许赶不上自己亲儿子的派对呀！

“为什么内特不能送维娅去派对？”我问妈妈。

“因为他要和伊莎贝尔一起开车送奥吉去医院，”妈妈回答我说，“没关系的，克里斯，我把维娅送上出租车就去赶地铁。”

“为什么是你？难道就不能找别人吗？”

“克里斯，伊莎贝尔没有时间再去找别的妈妈了！所以如果我们不去送维娅，她就得跟着一起去医院，可怜的维娅，她总是错过——”

“妈妈！”我打断她，“我才不管什么维娅！我不准你迟到我的派对！”

“克里斯，你到底想让我怎么说？”妈妈答道，“她们是我们的朋友。就像奥吉是你的好朋友一样，伊莎贝尔也是我的好朋友。当好朋友需要我们的时候，我们就得不遗余力地帮助他们，难道不是吗？好朋友不仅得有福同享，更需要有难同当！”

当我试图继续反驳的时候，她亲了亲我的手。

“我答应你只迟到一会会儿。”她说。

结果可远非一会会儿，她最后迟到超过一个小时。

“真的很对不起，宝贝……地铁A线停运了……哪儿都打不着的士……实在对不起……”

我知道她很难过，但我真的非常生气，就连老爸都很不满。

她实在迟到太多，甚至连太空秀都错过了。

下午三点五十分

看来今天注定是糟透了：因为没带运动短裤，锁柜里也没有备用的，我只好在健身房外呆坐了一节课；中饭时，从凯蒂·麦凯恩那一桌又不断投来鄙夷的目光；至于其他课程，我简直形同梦游。最后一节数学课，我想起明天的数学考试还没复习，这可是重要的考试，但周末理所当然地被我虚晃了过去。直到梅迪娜女士开始复习时，我才意识到自己有了大麻烦：我竟听得云里雾里，不知所云。真的，我不是开玩笑，梅迪娜女士就像在念天书，一本除了我好像全班都能听懂的天书：什么什么商，什么什么除数。下课前，她希望那些理解知识点有困难的学生放学后找她寻求帮助。“嗯，这指的不就是我吗？真的很感谢！”我倒是想去，只可惜放学后还有乐队排练等着我。

一下课我就跑去了楼下的礼堂，这是课后摇滚乐队每周一和周四下午集合的地方。尽管我在春季学期开始时才加入，算来也不过几个月，但我真的很享受。去年夏天我开始上吉他课，老爸作为资深吉他手教会我许多超棒的吉他乐句。所以当圣诞节收到一把电吉他时，我决定加入课后摇滚乐队。一开始我还有点儿紧张，因为乐队中的三个前辈都是音乐好手，但当我得知有个名叫约翰的四年级学生也在春季学期加入了乐队时，我确信自己并不孤独。约翰同样是吉他手，他戴着约翰·列侬式的眼镜。

乐队里的另外三个成员分别是“天才鼓手”埃尼奥，主奏吉他手哈里和低音吉他手伊莱贾。伊莱贾同时也是主唱，可以说是乐队灵魂。他们三人都来自六年级，自四年级起便参加乐队，关系紧密。

他们并没有因为我和约翰的加入而感到振奋，他们的确很酷，但他们并不友好。他们从不平等地对待我们，看不上我们的演奏水平——不过我们确实不如他们。但我们一直在努力提高水平。

“所以，B 先生，”伊莱贾在所有人调音过后说，“我们希望在星期三的春季音乐会上演奏《七国联军》①”。

鲍尔斯先生是课后摇滚乐队的指导老师，他头发灰白，扎着马尾辫，八十年代曾是一个著名民谣摇滚乐队的成员，不过我爸居然没听说过。但鲍尔斯先生相当友善，他总是试着帮助我和约翰融入集体，只是结果往往适得其反。鲍尔斯先生吃力不讨好，反而被那

① 白色条纹（The White Stripes）的单曲《七国联军》（*Seven Nation Army*）在 2003 年的 3 月发行，在 7 月初登上了美国公告牌另类摇滚榜单的第一位，蝉联 3 周冠军后就逐渐隐退。其中的 7 个音符更是偶然经由民间淌进欧洲足坛血液，随之席卷世界，成为史上最独立的体坛圣曲。这个体坛圣曲取材音乐帝国的故事开始于 2003 年 10 月 22 日。在距离底特律 4300 英里之遥的一个位于意大利米兰的小酒馆里，布鲁日足球俱乐部（Club Brugge K.V.）的球迷正在此地齐聚一堂，喝着赛前啤酒，要给在欧洲冠军联赛上的自己的球队助威，他们将面对欧洲豪门 AC 米兰。音响里正大声地播着《七国联军》里一段由 7 个音符组成的旋律：Da…da-DA-da da DAAH DAAH，而这支由布鲁日球迷组成的蓝色军团就恰恰爱上了他们听到的这段并且还真唱起来了。“这调实在是太上口了。”蓝色军团的发言人 Geert De Cang 在一封电子邮件里这样写道。8 年之后，这段重复一个调子的圣歌已经无处不在，成了全球体育文化的一部分。

三人嘲弄，从他闭眼说话的方式、他的马尾辫，到他的音乐品位，都被奚落了个遍。

“《七国联军》？”鲍尔斯先生好像很欣赏这一提议，答道，“这首歌超棒，伊莱贾。”

“也是欧洲合唱团的歌吗？”约翰问道，事实上几周前我们争论了很久，好不容易才定下在春季音乐会演唱欧洲合唱团的《最后的倒计时》。

伊莱贾窃笑，做了个鬼脸。“老兄，”他没给我和约翰一个正眼地答道，“是白线条乐团。”

伊莱贾养着金色的长头发，他真的很健谈。

“没听说过！”约翰兴致勃勃地说，却让我很尴尬。事实上，我也从未听说过白线条乐团，但在回家下载这首歌前，我会强不知以为知，不懂装懂。而约翰实在是不懂得如何与乐队其他成员搞好关系，想混得如鱼得水，他需要学的还很多。只有顺从的小羊才会被喜欢，而约翰，的确还未开窍。

伊莱贾大笑，转过身去，调起了他的吉他。

约翰透过他圆圆的小眼镜看向我，好像在说：“到底是我疯了，还是他们疯了？”

我对他耸耸肩。

我和约翰在乐队里不受待见，只好抱团。课间休息，其他三人嬉笑打闹时，我们就聚在一起自娱自乐。每周四放学后，我也会去约翰家和他一道练习；同时普及经典的摇滚乐知识，以缩小与其他人的差距；然后对我们可能演奏的曲目交换意见。目前，我们已经推荐了《黄色潜水艇》和《虎之眼》，不过都被伊莱贾、哈里和埃尼奥否决了。

其实也无所谓，因为我确实很喜欢鲍尔斯先生提议的《最后的倒计时》这首歌，其律动真可谓“倒计时”！

“我不确定，伙计们，”鲍尔斯先生说，“我不确定我们在周三前能学会这首新曲目，也许我们应该继续练习《最后的倒计时》。”他在键盘上弹起《最后的倒计时》的序曲，约翰不由得跟着晃起脑袋。

但伊莱贾并不买账，他开始在低音吉他上弹奏一段扣人心弦的重复乐段，是《七国联军》的序曲。随后哈里与埃尼奥也心照不宣地加入了他。很显然他们之前已经练习这首歌很多遍了。不得不说，他们演奏得实在太棒了。

在第二副歌结束前，鲍尔斯先生举起手来示意他们停下。

“好吧，老兄，”他点头道，“你们演奏得相当精彩，伊莱贾，你简直是低音杀手。但每个人都应该得到在春季音乐会上演奏的机会，不是吗？这两位伙计也得学会这首歌。”他指了指我和约翰。

“但这只是基本的和弦！”伊莱贾说，“就像 C 调和 G 调！还有 B 调、D 调，你是知道 D 调的，不是吗？”他像发现外星人一样看着我们：“你们难道这都不会吗？”

“我会。”我脱口而出，在吉他上弹出了和弦。

“我讨厌 B 调！”约翰说。

“这太简单了！”伊莱贾说。

“但为什么不唱《最后的倒计时》呢？我都练习好几周了！”

说着，他开始弹起B先生刚刚弹过的序曲，但说实话真的不怎样。

“太棒了，老兄！”B先生与约翰击掌。

我注意到伊莱贾对着哈里大笑，而哈里也低着头忍俊不禁。

“各位，我们必须公平对待。”B先生对伊莱贾说。

“是这样的，”伊莱贾答道，“我们在春季音乐会上只能演奏一首曲目，而我们三个选择《七国联军》，少数得服从多数。”

“你们怎么能说变就变！”约翰叫出声来，“这不公平，你们可是说好了演奏《最后的倒计时》的，我和克里斯花了好长时间学它……”

我不得不承认，约翰足够勇敢，居然敢如此顶撞六年级学生。

“那可真不好意思，老兄。”伊莱贾调试着他的电吉他，漫不经心地说。

“好吧各位，让我们做个决定吧。”B先生闭目说道。

“B先生？”埃尼奥像在上课时一样举起手来，“问题在于，这是我们毕业前最后一次春季音乐会。”他用鼓棒指了指哈里、伊莱贾和他自己。

“是呀，我们明年就上中学了！”伊莱贾赞成道。

“我们想演奏一首我们真正热爱的歌，”埃尼奥总结道，“《最后的倒计时》缺乏代表我们的音乐表现力。”

“但这不公平！”约翰说，“这里是课后乐队，不是你们自己的乐队！由不得你们随心所欲！”

“老兄，你明年还有机会，”伊莱贾恶狠狠地回道，就差掀掉约翰的眼镜了，“到时候我才不管你唱不唱《神龙帕夫》。”

这话把其他两人逗乐了。

鲍尔斯先生终于睁开了眼睛。“够了，各位，”他举起手说，“我们干脆这么办，你们俩先试试今明两天能不能把《七国联军》学会。”他指了指我和约翰：“我们今天会练习一下，但也会加强巩固《最后的倒计时》，然后到明天再看哪一首弹得好，我会依此做出最终决定，怎样？大家同意吗？”

约翰急切地点点头，但伊莱贾翻了个白眼。

“所以，我们先来《最后的倒计时》，”他拍了拍手，说道，“伙计们，让我们从头开始，倒计时！从头，埃尼奥，醒醒！哈里！伊莱贾，带着大家一起来！数到四。一，二，三……”

我们开始了演奏，尽管伊莱贾和他的伙伴们并没有投入，但他们完全摇滚了起来。事实上，我觉得我们合作得相当棒。

“好极了！”约翰在结束后说。他举起手来想要和我击掌，我有点不情愿地应付了下。

“切。”伊莱贾把头发向后一甩。

随后我们一直在练习《七国联军》，但约翰总是犯错，导致我们不断从头返工，感觉一点儿不好。

“你们几个真是帅呆了！”约翰的妈妈说道。她刚刚走进练习室，手里拿着湿漉漉的雨伞，正试着鼓掌。

B 先生看了看表：“哇，都五点半了？天哪！伙计们，今晚我还有场演出，得赶紧结束了。我们快走吧，记得把所有东西锁在房间里。”

我开始把吉他装进箱子。

“伙计们快点！”B 先生拿开麦克风，说道。

我们都加紧了节奏，把乐器都锁在了房间里。

“明天见，B 先生！”约翰第一个准备离开，“再见，伊莱贾，再见，埃尼奥，再见，哈里！”他朝他们招招手：“明天见！”

只见他们仨对目相视了会，还是对约翰点了点头。

“再见，克里斯！”约翰在门边大声说。

“拜拜。”我喃喃自语。我挺喜欢这小子，和他独处的感觉真的不错，但他有时也太过天真了，简直就像个海绵宝宝。

约翰和他妈妈离开后，伊莱贾走向正在收卷麦克风线的鲍尔斯先生。

“B 先生，”他彬彬有礼地说，“请您答应我们周三演奏《七国联军》，好吗？”

这时候，来接他们仨的埃尼奥妈妈到了。

“明天再说吧，老兄。”鲍尔斯先生把最后一件器材锁进房间，心不在焉地答道。

“是啊，反正你会选《最后的倒计时》。”伊莱贾说着走出门去。

“伙计们再见。”我对跟着伊莱贾出门的哈里和埃尼奥说道。

“再见，老兄。”他们异口同声。

B 先生把房间锁上，然后看了看我，似乎很惊讶我还在他身边。

“你妈妈呢？”

“我想她迟到了。”

“你有手机吗？”

我点点头，从书包里掏出手机，打开后，并没有老妈的短信或未接来电。

“打电话给她！”几分钟后他说，“我得赶紧走了，老兄。”

下午五点四十八分

正当我要拨通电话的时候，老爸敲响了练习室的门。我很惊讶，因为他从没有在周一放学接过我。

“老爸！”我说。

他微笑着走了进来。“不好意思，我迟到了。”他抖了抖雨伞，说道。

“这位是鲍尔斯先生。”我向他介绍。

“很高兴认识您！”B 先生已经走出了门，迅速说道，“不好意思，我没法和您多谈了，您的孩子很不错！”然后便离开了。

“别忘了锁门，克里斯！”几秒后只听他从走廊那头喊道。

“放心吧！”我提高嗓门，以让他听清。

我转向老爸：“你怎么来了？”

“你妈妈让我来接你。”他拎起我的书包，回答道。

“让我猜猜，”我套上夹克，冷嘲热讽地说，“她一定是去奥吉家了，对吧？”

老爸看起来很诧异。“没，”他说，“什么也没发生，克里斯。外面雨下大了，快戴上你的连衣帽。”我们开始朝外走。

“那她在哪里？她为什么不来给我送东西？”我气愤地说。

他把手搭在了我的肩头：“我不希望你操心，但……妈妈今天遇到了一个小车祸。”

我停了下来："什么？"

"她没有危险，"他捏紧我的肩膀说，"没什么好担心的，我保证。"他继续向前，让我跟上。

"那她现在在哪儿？"我问。

"还在医院。"

"医院？"我惊叫，再次停下了脚步。

"克里斯，她没事，我保证，"他答道，拉着我的手肘继续向前，"不过她的腿骨折了，上了巨大的石膏。"

"真的？"

"真的，"他边为我打开门边撑起雨伞，"戴上帽子，克里斯。"

我戴上连衣帽，和老爸在瓢泼大雨中快速穿过停车场："她是被车撞了吗？"

"不，她当时在开车，"他答道，"显然，大雨导致路面湿滑，一辆工程车开进了沟里，妈妈为了避开它猛打方向盘，结果被左车道的来车撞到了侧面。另一辆车的女驾驶员也无大碍；妈妈没什么问题，她的腿会好的。谢天谢地，所有人都没事。"

他在一辆我从未见过的红色掀背车前停了下来。

"这是你的新车吗？"我困惑地问。

"这是租的，"他快速答道，"妈妈的车彻底报销了，快上车。"

我坐在了后排，这时我的运动鞋已经湿透了。"那你的车呢？"

"我从车站直接赶到了医院。"他回道。

"我们应该起诉那个开工程车的司机。"我边系安全带边说。

"真是个奇怪的事故。"他喃喃自语，把车开出了停车场。

“什么时候发生的？”我问。

“今早。”

“今早什么时候？”

“大概九点？我也不确定。反正我正准备去上班时接到了医院的电话。”

“等等，那个打电话给你的人知道你和老妈已经离婚了吗？”

他从后视镜看了看我。“克里斯，”他说，“我和你老妈永远会守护着对方，这你也是知道的。”

“也对。”我耸耸肩说。

我望向窗外，天际残存一丝余晖，街边华灯还未初上，马路黝黑，却又在雨中闪闪发亮。放眼望去，高速公路上红白相间的车灯与水洼的倒影交相辉映。

我的眼前浮现出早晨老妈在雨中驾车的景象。她到底是在回家的路上发生了意外，还是带着我的东西赶往学校的时候？

“你为什么觉得她去了奥吉家？”老爸问我。

“我不知道，”我依旧盯着窗外，答道，“因为黛西死了，我想她也许——”

“黛西不在了？”他说，“哦，不，我不知道这些。这是什么时候的事？”

“他们让它安乐死了。”

“它生病了吗？”

“老爸，我又不知道细节！”

“好好好，别发脾气呀。”

“我只是……我只是希望你早点告诉我老妈的事故！我应该及时被通知。”

老爸再次透过后视镜看了看我：“没有必要惊动你，克里斯。所有事都是可控的，即使让你知道，你也帮不上任何忙。”

“我一上午都在等老妈给我送东西！”我抱起双臂，郁闷地说。

“今天对我们来说都是够疯狂的，克里斯，”他说，“我一整天都在应付事故报告和保险事宜，还要租车，往返医院……”

“我可以和你一起去医院的。”我说。

“嗯，那你运气不错，”他敲了敲方向盘说，“因为我们正要去那儿。”

“等等，我们要去医院？”我问。

“妈妈刚刚出院，我们得去接她，”他又从后视镜看向我，但我望向了别处，“这难道不值得高兴吗？”

“值得。”

接着是几分钟沉默，车外大雨如注，老爸调快了雨刮器，而我则靠在窗边。

“今天真是糟透了。”我轻声自语，在车窗上哈了口气，用手指画了个哭脸。

“你还好吧，克里斯？”

“还好，”我嘟囔道，“不过，我讨厌医院，就这么简单。”

探病

之前，我第一次，也是唯一一次去医院是为了看望奥吉，那时我们差不多六岁。尽管在那之前奥吉已历经无数台手术，但直到那时，老妈才认为我足够年龄去面对病房的现实。

那台手术缝合了他颈部的“扣眼”，这是一个叫作气管导管的塑料小玩意，从他喉结下方穿入颈部，奥吉喜欢叫它“扣眼”。这是在奥吉出生时，医生为了帮助他呼吸而留下的，现在系铃人来解铃了，因为他们确信奥吉已具有自主呼吸的能力。

奥吉迫不及待地想要上手术台，因为他讨厌这个扣眼，简直恨透了：医生不允许他遮盖它，所以分外显眼；扣眼不能进水，所以他没法游泳；更可怕的是，有时扣眼会莫名其妙地阻塞，他就会像被呛到一样猛烈咳嗽，简直就要窒息。这时伊莎贝尔和内特就必须戳进一根管子吸出淤痰，我曾亲眼看见过几次，那场面实在触目惊心。

我记得那次，能够去看望术后的奥吉让我高兴了半天。医院在城里，令我意外的是，妈妈带我去了施瓦兹玩具店为奥吉挑选大礼物（一个星球大战主题的乐高玩具），顺便还为我买了小礼物（一个毛绒伊沃克人）。逛完玩具店，妈妈又带我去了最赞的餐厅午餐，吃了全世界最棒的超大热狗和热巧克力奶昔。

午饭后，我们来到了医院。

“克里斯，这里还有其他接受面部整形的小朋友，”妈妈推开医院大门时轻声对我说，“就像奥吉的朋友哈德森一样，知道了吗？记得不要盯着别人看。”

“我才不会呢！”我答道，“我讨厌别的小朋友盯着奥吉，妈妈。”

我们顺着过道走向奥吉的病房，只见走廊里到处都漂浮着气球，墙上贴满了迪士尼公主和超级英雄的画报。简直就像个盛大的生日派对，真是太酷了。

直到我偷偷朝经过的病房里瞟了一眼，我才想起老妈的话。这些小朋友就像奥吉，虽然不全同奥吉一样的症状，但都或多或少有面部缺陷。有些小朋友的脸被绷带包得严严实实，我还瞥见一个小女孩，她的脸颊长了个柠檬大小的肿块。

我攥紧老妈的手，再也不敢东张西望，只好低着头，看着重复的脚步，手里紧握着毛绒伊沃克人。

当我们来到奥吉的病房时，我可算舒了口气。伊莎贝尔和维娅都在，她们走上前来亲吻我们，高兴地和我们打招呼。

她们让我们去看窗边病床上的奥吉。当我们经过靠门的病床时，我留意到伊莎贝尔故意挡住了那一床的小朋友。好奇心驱使我偷偷朝后瞟了一眼，发现那个小朋友也在看我，他大概只有四岁，但他的鼻子下面缺了一块，只剩下一个红色的大洞，里面看起来像是一块镶着牙的生肉，洞口外只挂着一层凹凸不平的皮。吓得我赶紧看向了别处。

奥吉熟睡着，他在巨大的病床上看起来如此的小！他的脖子处包着纱布，上面透着血迹。他的手臂插了几根管子，鼻孔里也有一根，他的嘴大张着，舌头几乎搭在了下巴上，微黄如干柴。这可绝不是我以前认识的熟睡的奥吉。

我听见妈妈和伊莎贝尔轻声谈论着手术，似乎刻意不让我和奥吉听见，但零星的“并发症”“命悬一线”还是没能逃出我的耳朵。妈妈拥抱了伊莎贝尔，我也不再竖起耳朵。

我盯着奥吉，希望他能收起舌头。

维娅走到了我身旁，那时她大概十岁。“你们能来实在太好了。”她说。

我点点头。“他会死吗？”我问。

“当然不会。”她轻声回道。

“那他为什么在流血？”我问。

“那里是开刀的地方，”她回答说，“会愈合的。”

我又点点头：“那他为什么张着嘴？”

“这不是他能控制的。”

“另一张床上的小男孩怎么了？”

“他来自孟加拉国，得了唇腭裂，所以被爸爸妈妈送来手术，不过他不会说英语。”

我的脑中再次浮现出小男孩脸上那巨大的红色空洞和那片参差不齐的皮。

“你还好吧，克里斯？”维娅轻推我，温柔地说，“丽萨？丽萨，我觉得克里斯可能不舒服……”

超大热狗和热巧克力奶昔在一瞬间喷泻而出，我吐得全身都是，还弄脏了送给奥吉的乐高大盒，连他床前的地上也一塌糊涂。

“哦，天哪！”老妈惊呼，赶紧四处寻找纸巾，“哦，宝贝！”

伊莎贝尔用找来的毛巾开始帮我清理，同时老妈发狂似的用报纸擦拭着地面。

“别，丽萨！不用操心地上的，”伊莎贝尔说，“维娅，宝贝，去找个护士来，告诉她这儿需要打扫。”她一边清理着我下巴上的热狗块，一边说。

而维娅则像快吐了一样，静静地转身走出了病房。几分钟后，几个护士拿着拖把和桶进来了。

“我们能回家吗？妈妈。”我记得这么说，嘴边还是满满的胃酸味儿。

“当然，宝贝。”老妈接过伊莎贝尔的活，边清理我边说。

“实在抱歉，丽萨。”伊莎贝尔说着，在水池打湿了另一条毛巾，然后用它轻拍我的脸。

这会儿，我可算是汗流浃背。尽管老妈和伊莎贝尔还没帮我清理干净，但我急切地想要离开，结果一不小心又瞥见了那床上的小男孩，他居然还看着我。看见他嘴上那巨大的红色空洞的一瞬间，我终于哭了。

就在那时，妈妈赶紧搂着我把我拉到门外，然后她半搀着我走向了电梯间。我把脸埋在她的大衣里，号啕大哭。

伊莎贝尔和维娅也跟了出来。

“实在对不起。”伊莎贝尔对我们说。

“是我太对不起了。”老妈说。她们同时向对方抱歉。“请告诉奥吉，不能留下来，我们真的很抱歉。”

“我会的，”伊莎贝尔说着跪了下来开始帮我擦眼泪，“你还好吗，宝贝？真对不起，我知道你一时难以接受。”

我摇摇头，努力地说：“不是因为奥吉。”

她的眼眶瞬间湿润了。“我知道，”她低语道，像手捧珍宝般轻抚我的脸颊，“奥吉能有你这样的朋友真是幸运。”

电梯门开了，伊莎贝尔拥抱了我和妈妈，目送我们走进了电梯。

电梯门缓缓合上，我能看见维娅向我招手道别。我记得尽管那时只有六岁，我暗暗为维娅必须待在医院里而感到惋惜。

离开医院后，妈妈在一条长椅上坐了下来，默默拥抱我许久，不断亲吻我的额头。

我好不容易平复了心情，于是把伊沃克人递给她。

“你能回去把这个给他吗？”

“哦，宝贝，”她回答说，“你真是太可爱了，但伊莎贝尔会把乐高清理得干净如新的，不用担心。”

“不是，是给另一个小朋友。”我答道。

她看了我几秒，一时语塞。

“维娅说他不懂英语，”我说，“在医院里他一定会很害怕。”

她若有所思地点点头。“是啊，”她轻声说，“的确是这样。”

她闭上眼睛再次拥抱我，然后把我带到值班室，我就在那儿等她上去，大约五分钟后，她回来了。

“他喜欢吗？”我问。

“宝贝儿，”她轻轻拂起我脸上的头发，温柔地说，“你为他带去了快乐。”

晚上七点零四分

我们赶到妈妈病房时，她正在轮椅上看电视。只见她从大腿到脚踝都被打上了厚厚的石膏。

“我的男子汉！”见到我，她高兴地说。她把手伸向我，我便迎上前拥抱她。看到老妈的情况如老爸所言，我长舒了一口气。尽管妈妈脸上还有几道伤痕，石膏也出乎意料的大，但她看起来没什么大碍，已经整装待发。

“你感觉怎样，丽萨？”爸爸说着，靠向妈妈亲吻她的脸颊。

“好多了，”她关了电视机，回答说，“迫不及待地想回家了。”

“我们为你买了这束花。”我说着，将楼下花店买来的花送给老妈。

“谢谢你，宝贝！”她亲了亲我，说，“实在太漂亮了！”

我低头看了看她腿上的石膏，问：“你的腿疼吗？”

“一点点。”她轻快地说。

“妈妈相当勇敢。”老爸说。

“我真的很走运。”妈妈敲了敲一侧的脑袋说。

“我们都很幸运。”爸爸静静地补充道，同时抓紧了妈妈的手。

时间好似静止了几秒。

“所以，还有出院手续或者其他什么要办吗？”老爸问。

“都搞定了，”妈妈答道，“已经可以回家了。”

老爸走到轮椅后。

“等等，能让我来推老妈吗?”我抓住轮椅的一只把手，问老爸。

“让我先把她推出门，”老爸回道，“在房间里不能碰到她的腿。”

“今天怎么样，克里斯?”到了走廊里，老妈问道。

今天经历的种种不快再次浮现于眼前，一天都糟透了，彻头彻尾。科学课、音乐课、数学课、摇滚乐队，不能再糟糕。

“挺好。”我回答。

“乐队排练得怎样？伊莱贾有为难你吗?”她问。

“挺好的。他也很好。”我耸耸肩。

“没能把东西给你送去学校，真的很抱歉，”她边说边拍了拍我的手臂，“你一定在想，我到底在干什么!”

“我以为你在为别人跑腿。”我回答。

“他以为你去了伊莎贝尔家。”爸爸笑道。

“我没有!”我对他说。

我们正经过护士站，老妈向护士们道别，她们也挥手致意，因而她并没有听见老爸说的话。

“你不是问我妈妈有没有去——”老爸疑惑地问我。

“不管啦!”我打断他，转而对老妈说，“乐队一切正常，我们准备在星期三的春季音乐会上演奏《七国联军》，你还能来参加吗?”

“当然能!”她回道，“我以为你们会唱《最后的倒计时》。”

“《七国联军》是首好歌。”老爸说着，在电梯间边哼低音线边假想着弹起了吉他。

妈妈看着他，笑了：“我记得你曾在‘起居室’唱过这首歌。”

“‘起居室’是哪里？”

“我们寝室楼那条路尽头的一间酒吧。”妈妈回答道。

“在你出生前，小子。”老爸说。

电梯门开了，我们走了进去。

“我饿坏了。”我说。

“你们还没吃饭吗？”老妈看着老爸问道。

“我们是从学校直接赶来的，”他回道，“怎么会有时间吃饭？”

“我们能在回家的路上找家麦当劳吗？”我问。

“我不反对。”老爸回答。

我们到了一楼，电梯门开了。

“我现在可以推轮椅了吗？”我问。

“当然，”他回答，“你们俩在那里等我好吗？”他指了指最远处的出口：“我会把车停在那儿。”

他从正门跑向了停车场，而我把妈妈推向了他指的地方。

“难以置信，居然还在下雨。”老妈透过大厅的玻璃看向外面，说道。

“我打赌你能前轮离地保持平衡！”我说。

“嘿，嘿！别！”当我把轮椅向后倾时，老妈惊叫道，抓紧了轮椅的两侧，“克里斯！我今天已经受够了刺激。”

我把轮椅放下。“对不起，妈妈。”我拍拍她的头。

她用手掌揉了揉眼睛："对不起，只是今天实在太漫长了。"

"你知道冥王星上一天有一百五十三点三小时吗？"我问。

"不，我不知道。"

我们沉默了几分钟。

"对了，你给奥吉打电话了吗？"她忧郁地说。

"妈！"我呻吟着摇了摇头。

"什么？"她说，试图在轮椅上转过身来看我，"克里斯，我不明白，你和奥吉是打了一架还是怎么了？"

"没！只是现在的事太多了。"

"克里斯……"她叹了口气，但似乎又累得说不出话来。

我开始哼起《七国联军》的低音部分。

几分钟后，红色的掀背车停在了出口处，老爸撑开一把伞跑了出来。我把妈妈推出前门，爸爸让她拿着伞，然后将轮椅顺着斜坡推到台阶下，转了一圈来到车右边。狂风呼啸而来，把老妈拿着的伞吹了个底朝天。

"克里斯，快上车！"老爸说着，撑着老妈的手臂帮助她站起来，并把她送上了副驾驶座。

"被服侍的感觉真不错。"老妈开起了玩笑，但我知道她一定很疼。

"股骨断裂也值了？"老爸气喘吁吁地回击道。

"股骨是什么？"我挪进了后座，问道。

"就是大腿骨。"老爸回答，他还在车外帮老妈系安全带，全身已经彻底湿透了。

“听起来像某种动物，”我答道，“狮子、老虎和股骨”。

妈妈试着挤出一丝笑容，但她已汗如雨注。

老爸急匆匆地绕到车后试着把轮椅放进后备箱，然后他回到驾驶座，坐下，关上车门。车里静得很，狂风夹着暴雨在窗外呼啸。老爸终于发动了引擎，我们都浑身湿透了。

“妈咪，”几分钟后我问，“你是在从学校回家的时候出的事故？还是带着我的东西来学校的时候？”

老妈顿了顿。“我真的记不清了，宝贝。”她回答，把手朝后伸向我，我紧紧地握住她的手。

“克里斯，”老爸说，“妈妈累了，我觉得她不想再去回忆。”

“我只想知道。”

“克里斯，现在不是时候，”老爸说，从后视镜严厉地看了我一眼，“现在最重要的在于一切都照常，妈妈还安然在我们身边，好吗？我们真的应该心怀感激，今天本可能更糟糕。”

我沉默了几秒，突然明白了老爸的话，不禁毛骨悚然。

视频聊天

我们家搬到桥港的第一年，我的父母和奥吉的父母都会尽力让我们一个月至少聚几次——有时在我家，有时在奥吉家。我经常在奥吉家过夜，奥吉也曾试着在我家过夜，只是从未实现过。可是从桥港到北河高地有很长的一段车程，最终我们只能几个月聚一回。那段时间，我们经常视频聊天。比如三年级的时候，我和奥吉几乎天天视频聊天。我没有搬走前，我们俩决定留那种学徒辫子（电影星球大战中的人物留这种辫子），所以通过视频，我们能看看这些辫子长了多长，这真是个好方法。有时候我们甚至不说话：只是开着视频，一起看电视节目，或者同时垒乐高积木。有时候我们会猜谜语给对方听。比如什么东西没有腿但是有脚？还有，什么东西穷人拥有，富人需要，而如果你吃了就会死掉？像这类东西我们能聊很久。

到了四年级，我们就很少视频聊天了。我们也不是有意这样做。只是学校里的事情逐渐多了起来。现在我不仅有很多家庭作业，而且还有课外活动。我每周踢会儿球。上网球课。春天学点儿机器人技术。好像我经常错过奥吉的视频聊天请求，最后我们决定把聊天放在周三和周六的晚饭前。

这样的安排很好，虽然最终我们也只是周三晚上聊聊天，因为周六我的事情太多了。大概是四年级快要结束的时候，我告诉奥吉我已经剪掉了学徒辫子。他什么也没说，但是我感觉这有点儿伤了他的心。

今年，奥吉也开始上学了。

我几乎无法想象奥吉在学校的场景，或者说他是怎么熬过来的。我是说，一个小孩要去上学了，可不容易，何况一个长成奥吉这样的小孩去上学？那可真可怕啊。而且他不仅上学了，他上的还是中学！在他们学校里——五年级的学生和九年级的学生会共同经过同一条走廊。不可思议！你需要支持奥吉——那可是需要勇气的。

我和奥吉在九月份只视频过一次，那是在开学一段时间之后，但是奥吉看起来并不想聊什么。我注意到他也把绝地学徒式发辫剪掉了，但我并没有问他原因。我猜是因为我把辫子剪了的原因。我是说，你懂的，人们会说，看那个留着辫子的呆瓜。

万圣节前几周，我特别想去参加奥吉的保龄球聚会。我见到了他的新朋友，他们看起来人都超级好。有个叫杰克·威尔的男生很搞笑。可是之后我想杰克和奥吉之间一定发生了什么事，因为万圣节后我和奥吉视频聊天，他告诉我他们不再是朋友了。

我最后一次和奥吉视频刚好在寒假结束后。我的朋友杰克和泰勒来我家里玩，我们玩战争进化史 2 的游戏时，奥吉的视频聊天请求出现在了我的屏幕上。

“哥们儿，”我将笔记本电脑朝我的方向转过来，“我得接受这个聊天请求。”

“我们能玩你的电视游戏机吗？”杰克问。

“当然。”我一边说，一边指着放另一个手柄控制器的地方。然后我调整了方向，因为我不想让他们知道奥吉的长相。我点了屏幕上的“接受”，几秒钟之后奥吉的脸便出现在屏幕上。

“嗨，克里斯。”他说。

“你好，奥吉。”我回应着。

“好久不见你了。”

“是啊。”我回答道。

然后他开始说了其他什么事。好像是关于在学校里打架的杰克·威尔？我真的没注意他到底说了什么。因为我的心思完全在杰克和泰勒那儿，奥吉出现在屏幕上的时候，他俩开始用肘子推来搡去，嘴巴吃惊地张着，时而坏笑。我知道他俩肯定看到了奥吉的样子，所以就拿着电脑走到了屋子里的另一侧。

“嗨，嗨。”我跟奥吉说着，不想让他听到杰克和泰勒说的悄悄话。但是我听到的却更多了：

“你看到了吗？”

“那是个面具？”

“……火烧了？”

“你旁边有人是吗？”奥吉说。

我想他一定是察觉出我并没有在听他说话。

我转向我的朋友们说：“哥们儿，小声点儿！”

这反而引起了他们的一阵大笑。他们明显想要靠近屏幕来看。

“是，只是些朋友。”我快速地嘟囔着，又走到了屋子的另外一侧。

“你好，克里斯的朋友！”杰克跟着我说。

“我们能见见你的朋友吗？”泰勒故意大声地问，好让奥吉听见。

我向他们摇摇头：“不行！”

“可以啊！”奥吉从视频那头说道。

杰克和泰勒立即凑到我的两旁，我们三个就这样对着屏幕，看着奥吉的脸。

“嗨！”奥吉说。我知道他在微笑，但是有时候，不了解他的人并不知道他在笑。

“嗨。”杰克和泰勒轻声说着，都很有礼貌地点头示意。我注意到他俩不再狂笑了。

“他们是我的朋友杰克和泰勒，”我用手指一前一后指着他们，对奥吉说，“这是奥吉，我以前的邻居。”

“嗨。”奥吉说着挥了挥手。

“嗨。”杰克和泰勒说着，并不直视他。

“那么，”奥吉尴尬地点点头说，“你们在干吗呢？”

“我们刚把电视游戏机打开。”我回答。

“哦，那很棒啊！”奥吉回答道，“在玩什么游戏？”

“星座之家。”

“酷。你们打到几级了？”

“额，具体我也不知道，”我一边说，一边挠头，“我记得到第二个迷宫了。”

“哦，那个很难，”奥吉回答，“我差不多已经封锁了地狱塔尔塔罗斯。”

“真酷。”

我从眼角余光感觉到，杰克和泰勒正在我的背后做小动作。

“是的，”我说，“我想我们现在就开始玩了。”

“哦！是的，”奥吉说，“当然了，祝你顺利通过第二层迷宫！”

“好的，再见，”我说，“希望打架那事能解决好。”

“谢谢，很高兴见到你们。”奥吉有礼貌地说道。

“再见，奥吉！”杰克一边说，一边偷笑。

泰勒也开始笑了起来，我用胳膊肘将他推到了视频外。

“再见。”奥吉说。但是我知道他看到了他们对他的取笑。奥吉总是能注意到这些，虽然他装作没有看见。

我挂断了视频聊天。刚挂断，杰克和泰勒就开始大笑起来。

“怎么回事？”我生气地对他说。

“哦，老兄，”杰克说，“那个小孩怎么了？”

“我从来没见过那么丑的家伙。”泰勒说。

“喂！别这样！”我护着奥吉说，“拜托。”

“他是被火烧的吗？”杰克说。

“不是，他生下来就这样，”我解释说，“他也没法控制这些，这是一种病。”

“等等，这会传染吗？”泰勒说，假装很害怕的样子。

“干吗啊？”我摇摇头。

“你是他的朋友？”泰勒看着我，好像我是外星人一样。“哇！老兄！”他偷笑。

“干什么呀?”我严肃地看着他。

他睁大眼睛，耸了耸肩说：“没什么，哥们儿，我只是问问。”

我看他看着杰克，杰克的嘴唇挤在一起，像条鱼一样。接着是一阵尴尬的沉默。

“我们玩还是不玩?”几秒钟后我问道。我把其中一个游戏控制器抢了过来。

我们开始玩了，结果并不好玩。我心情不好，可是他们还是继续像个傻子一样，真烦。

他们走了之后，我开始想起扎克利和阿历克斯。想起很多年前他们是怎样避开奥吉的。

虽然过了这么久，还是很难做奥吉的朋友。

晚上八点二十二分

爸爸刚将妈妈推到了屋子里，我就扑通一声一屁股坐在了沙发上，坐在电视机前，继续吃着我那吃了一半的麦当劳开心套餐，用遥控器打开电视。

“等下，”爸爸抖落雨伞上的水，说，“我想你该做作业了。”

“我只想边吃边把《极速前进》看完，”我回答，“看完我就写作业。”

爸爸对妈妈说：“他这样做行吗？”

“就快看完了，妈妈！”我对妈妈说，“妈妈，求你了？”

“看完电视，你立刻就去写作业。”她说。但是我知道她的注意力根本不在我身上，她抬头看着上楼的台阶，轻轻地摇了摇头。“安格斯，我该怎么上去？”她对爸爸说，看起来非常累。

“这也就是我来这儿的原因啊。”爸爸回答道。他将轮椅转向自己，用手抬起她的腿，用胳膊抱住她的背，将她从轮椅上抱了下来。这让妈妈傻笑着尖叫了一声。

“哇，爸爸，你真强壮！”我看着他们，咯吱一声咬着薯条，“你们俩真应该去参加《极速前进》。经常有离过婚的夫妻参加这个节目。”

爸爸将妈妈抱在怀中，开始上楼。他们不小心撞到栏杆的扶手或者墙壁时，都忍不住大笑起来。看着他们这样真好。上一次我们在一起的时候，他们还在互相吵闹。

我转过身继续看电视。电视里的主持人菲利普讲道，最后一对夫妻到达了上次他们被淘汰的加油站，这时候我的手机嗡嗡响了。

是伊莱贾发的一条短信：

嗨，克里斯。我和哥儿几个决定退出课外摇滚乐队。我们打算组建自己的乐队。星期三我们将演奏《七国联军》。

我把短信重新读了一遍，嘴巴大张着。退出了？他们这样做行吗？要是明天他们都不去，约翰肯定会大发脾气的。这对课外摇滚乐团来说意味着什么？那不就剩我和约翰演奏《最后的倒计时》了吗？那真是太可怕了！

接着另一条短信发了过来。

你想加入我们的乐队吗？我们希望你加入。但是不要带上约翰，他很差劲。明天放学我们会在我家里排练。带上你的吉他。

爸爸从楼上下来了。“克里斯，该做作业了。”他轻声地说，然后看到了我的脸色。“发生什么了？”

“没事。”我说，关上了手机。我有点惊讶。他们想让我加入他们的乐队？“我刚想起来，我要为春季音乐会排练。”

“可以，但是你要轻点儿，”爸爸回答说，“妈妈已经睡着了，我们让她好好休息，好吗？不要在楼上发出很吵的声音，有事情找我的话，我就在客厅。”

“等等，你今天在这儿过夜吗？”我问。

“待一些日子，”他回答，“直到你妈妈能够随意走动。”

他拿着妈妈在医院用的拐杖，开始上楼。

“你能帮我打出《七国联军》的谱子吗？”我问，“明天前我要学会。”

“当然，”他站在最高的楼梯上说，“可是记住，要小声点！”

北河高地

我的新家要比在北河高地的家大很多。北河高地的那个家，实际上是个褐色的沙石建筑，我们住在一楼。那时候我们家只有一个浴室和一个小院子。但是我很爱那栋房子，爱那个街区。我怀念那时候能到处玩。我甚至还想念那里的银杏树。如果你不知道什么是银杏树，我跟你说，就是那种结着黏糊糊的果子的树。一脚踩在果子上，就散发出像是狗屎、猫尿和一些毒药的混合物的气味。以前奥吉说这气味就像是怪兽的呕吐物，我时常觉得很好笑。总而言之，我怀念那个街区的一切，包括这样的银杏树。

我们住在北河高地的时候，妈妈在阿默斯福特大街经营一家小花店，花店的名字叫花见地球笑。她每天都要工作很久，就给我请了个保姆，这是我怀念的另一件事，我的保姆罗德丝。我怀念她做的肉馅卷饼。我怀念她常常叫我小帅哥。但是我们搬到桥港之后就用不到罗德丝了。因为妈妈那时候卖掉了她的花店，也不再整天工作了。现在妈妈周一到周三会到学校接我。周四晚上，她把我从约翰家接走，然后把我送到爸爸家，我就在爸爸家里待到周末。

那时爸爸经常晚上七点回家。但是现在他九点之前是不会回家的。因为从市区到这里太远了。一开始的计划就是，爸爸回家晚是暂时的，因为他不久会被调到康涅狄格州政府工作，可是三年了，他还是在曼哈顿做着同样的工作。爸爸和妈妈经常为这事吵架。

每周五，爸爸都会早些下班，把我从学校早早地接回来。晚饭我们常吃中餐，闲弹吉他娱乐，看看电影。每次我跟爸爸一起过周末，他都不让我写作业，妈妈对此很生气。所以每次周末晚上回到家，我都得和妈妈一起赶作业，我常常会发脾气。比如这个周末，我本应该准备数学考试的，但是爸爸和我去打了保龄球，我就没有时间准备了。我的错啊。

虽然如此，我也已经习惯了桥港的新房子，还有我的新朋友。我不会小题大做。但是我最想念的是，在北河高地的时候，爸爸妈妈那时候还在一起。

爸爸去年夏天从家里搬了出去。之前他们经常吵架，但是我不知道他为什么等到夏天才搬出去。有那么一天，不知道怎么回事，他们告诉我他们分居了。他们“需要一段时间的分别”来思考是否还想继续住在一起。他们告诉我这件事和我无关，他们会“继续爱我”，会和从前一样经常看我，还说他们仍旧爱着对方，但是有时候婚姻就像是友谊一样，经常面临考验，人们必须学会经得住考验。

“美好的友谊值得人为之再加把劲儿。”我记得当时自己这样跟他们说。

我想妈妈应该已经忘了，这话其实是她告诉我的。

晚上九点五十六分

我一边做作业，一边听《七国联军》。我试着不去多想，要是告诉约翰我加入另一个乐队，他会是什么反应。我是说，我已经别无选择了。如果我继续留在课外乐队，到时候就只有我和约翰在春季音乐会上演奏《最后的倒计时》，鲍尔斯先生打架子鼓，我们看起来会是世界上最逊的傻瓜。我们几个并没有能力独奏。我还记得今天约翰吉他独奏的时候，哈里忍俊不禁。要是只有我们俩在那表演，所有的观众都会是这副表情。

我还想不通的是，约翰知道后会怎么做。任何有理智的人可能都会把在周三的春季音乐会演出这事抛到脑后。但是我了解约翰，我敢打赌他肯定会像什么事都没发生一样，继续演奏《最后的倒计时》。我能够想象出，他尽情演唱，漫不经心地弹拨着吉他，鲍尔斯先生在他后面按着键盘尽情摇摆。女士们先生们，让我们有请课外摇滚乐团！想到这里我都为他打寒噤。他绝对不想丢人现眼。

我很难静下心来看书，也没有想到时间过得这么快。直到十点钟我才开始准备数学考试。这时候我想起来我的数学真是一塌糊涂。一拖再拖才去学习，而且我什么也不懂。

我推开客厅门，看到爸爸正在床上用电脑工作。我手里拿着一本五年级的重得可笑的数学课本。

"嗨，爸爸。"

"还没去睡觉啊？"他问，透过他的眼镜看着我。

"我在准备明天的数学考试，需要你的帮助。"

他瞥了一眼床头桌子上的闹钟。"现在才发现这个问题是不是有点儿晚了呢？"

"我有很多作业，"我回答道，"我还得为春季音乐会准备新歌，就是在后天，很多事情啊爸爸。"

他点了点头，然后，将电脑放下，拍了拍床让我坐在他的身边，我就坐过去了，把书翻到了第一百五十一页。

"呃，"我说，"我的算术有问题。"

"哦，我非常擅长算术！"他笑着说，"放马过来吧。"

我开始读课本上的习题："吉尔想在露天市场买蜂蜜。一个小贩二十六盎司卖三点一二美元，另一个小贩十六盎司卖二点四零美元，哪个更划算？并计算吉尔每盎司可以节省多少钱？"

我把课本放了下来，看着爸爸，他一脸茫然地看着我。

"好的，这……"他抠着耳朵说，"所以二十六盎司的什么来着？什么？我需要一张纸，把笔记本递给我好吗？"

我把床头另一侧的笔记本拿了过来，并把它递给了爸爸。他开始在上面打草稿，并让我把问题复述一遍，又继续打演算。

"好了，好了，所以是……"他说着，把他的笔记本转过来，好让我看他草稿上的数字，"所以首先你得用除法来计算每盎司的价格，然后你……"

"等下，等下，"我摇了摇头，"这就是我不明白的地方。你怎么知道要用除法呢？你是怎么知道的？又是从哪里知道的呢？”

他低头看了看那些潦草的字迹，好像答案在那里。

“让我再看看题目？”他说着，把眼镜推回到鼻子上面，看着我手指的地方，“那么，你知道要用除法，因为，这，你想知道每盎司的价格……因为这里说了。”他指向问题。

我快速地扫了一眼他指的问题，摇了摇头：“我不明白。”

“嗯，看啊，克里斯，在这儿，它问你每盎司多少钱。”

我又摇了摇头。“我不明白！”我大声说，“我讨厌这些！我做这些逊毙了！”

“不，不是那样的，克里斯，”他冷静地说，“你要做的只是进行一次深呼吸，然后——”

“不，你不理解，”我说，“我什么都不懂！”

“正因为如此我才要跟你解释啊。”

“我能问妈妈吗？”

他摘下眼镜，用手揉了揉眼睛。“克里斯，她睡着了。我们今晚应该让她好好休息，”他慢慢地答道，“我保证我们能自己解决这个问题。”

我开始用手指抠自己的眼睛，他轻轻地把我的手从脸上放下来：“为什么不打电话给你的朋友们，找他们帮忙呢？约翰怎么样？”

“他读四年级啊。”我不耐烦地说。

“那么，其他人呢？”他说。

“不！”我摇了摇头，“我不能打电话给任何人。今年不像以往，我没有特别要好的朋友。我是说，我真正的好朋友和我不在一个数学班里。我跟这个数学班里的同学玩得也没那么好。”

“那就打电话给你别的同学，克里斯，”他说着，伸手去拿手机，“伊莱贾和乐队里的其他人呢？我确信他们都上过那个班的课。”

“不，爸爸，啊！”我用手捂住脸，“我肯定考不及格。我不会，我什么都不会！”

“好吧，你冷静下来，”他说，“你去问问奥吉呢？他是那种数学小天才，不是吗？”

“算了！”我摇着头说，把他手中的作业本拿了回来，“我自己解决！”

“克里斯托弗。”他说。

“没事的，爸爸，”我起身，“我会自己解决的。或者等下我会发短信给他们。没有关系。”

“就这样吗？”

“我很好，爸爸，谢谢。”我合上课本，站了起来。

“很遗憾我没能帮上忙。”他说。过了一秒后，我突然为他感到难过，他的声音听起来有些挫败感：“我的意思是说，如果你再给我一次的机会的话，我相信我们能够一起解决的。”

“不用了，没事！”我说着，走向了门口。

“晚安，克里斯。”

“晚安，爸爸。”

我回到了房间，坐在书桌旁，又把书翻到了一百五十一页，我尝试着重读那些数字，但是我脑海里的文字是《七国联军》，这些文字同样对我来说毫无意义。

不论我多么努力地盯着这个问题看，我就是不知道该怎么做。

冥王星

我们搬去桥港的几周前，奥吉的父母来到我们家，帮助我的父母为这次搬家打包行李。那时候，我们整栋房子都堆满了箱子。

奥吉和我在客厅里玩飞镖战争游戏。我们把这些箱子看成是冥王星上不怀好意的外星人，有时候，我们的飞镖也会击中维娅，她正在沙发上看书。好吧，我承认，我们或许是有那么一点点故意为之，嘻嘻。

“别烦了！”我的飞镖从她的书旁呼啸而过，她终于忍不住大叫起来。“妈妈！”她喊道。

可是伊莎贝尔和内特正朝着公寓的另一侧走去，和我的父母一起，在厨房里喝咖啡，稍事休息。

“请你们俩不要再打扰我了，好吗？”维娅看着我们严肃地说。

我点点头，可是奥吉又在她书上射了一个飞镖。

“那是个放屁飞镖。”奥吉说。这句话让我们俩大笑起来。

维娅很生气。“你们两个呆瓜，”她说着，摇摇头，“星球大战。”

“不是星球大战，是冥王星！”奥吉用他的飞镖枪指着维娅说。

“那都不能称为是行星。”维娅打开书继续读她的。

奥吉又在她书上射了一个飞镖：“你说什么呢？是的，它就是真正的行星。”

“别这样了，奥吉，不然我发誓我一定会……”

奥吉放低了他的飞镖枪。“是的，它是。”他重复道。

“不，它不是，”维娅答道，“它曾经是个行星，真是不敢相信你们两个天才，看了那么多太空影像居然连这都不知道！”

奥吉并没有立刻回答，他好像思考着她说的话。“但是我受过良好教育的妈妈以前告诉过我们九大行星！那时候妈妈说，这就是人们对太阳系中行星的认知。”

“我们受过良好教育的妈妈只会给我们做玉米片！”维娅回答道，“查一查就知道，我是对的。”她开始用手机查。

或许在我们读过的自然科学书籍和看过的视频中，提到过这个信息。但是我想，我们从未理解那是什么意思。当我们沉浸在自己的外太空世界当中，我们还只是个小孩子。我们几乎不知道怎么阅读。

维娅开始看着手机大声朗读：“这是从维基百科上找的，‘冥王星只是外太阳系中众多庞大冰态天体中的一颗，国际天文联合会因此在2006年正式定义这个“行星”，将冥王星放在九大行星之外，把它重新划分为“矮行星”范畴中的一个新成员（称为类冥矮行星）。’我还需要继续读下去吗？这里的意思就是说，冥王星太小了，不能把它当成一颗行星看待。看吧，我是对的。”

奥吉看起来非常难过。

“妈妈！”他大喊。

“这没什么大不了的，奥吉。”维娅看到他那样失落，说道。

“不是的，它是！”他一边说，一边跑下走廊。

维娅和我跟在他后面来到了厨房，我们的父母们都坐在桌子旁边，桌上摆着硬面包圈和奶油干酪。

“你说的：‘我受过良好教育的妈妈告诉过我们九大行星的！’奥吉说着，像是在责问伊莎贝尔。”

伊莎贝尔差点把咖啡吐了出来。“什么——”她说。

“奥吉，你为啥这么小题大做？”维娅插了一句。

“发生什么事了，孩子们？”伊莎贝尔问，她的目光从奥吉转向维娅。

“这件事就是很重要！”奥吉尖叫着，他的声音是从上肺部发出的。这声音很大，让我们始料未及，房间里的所有人都你看看我，我看看你。

“哇哦，奥吉。”内特说着，将手放在奥吉的肩膀上。但是奥吉躲开了。

“是你告诉我冥王星是九大行星之一的！”奥吉冲伊莎贝尔吼着，“你说它是太阳系中最小的行星。”

“它是，宝贝。”伊莎贝尔回答说，想让他平静下来。

“不，不是的，妈妈，”维娅说，“他们在2006年就改变了冥王星的行星地位。它不再被视为太阳系的九大行星之一。”

伊莎贝尔朝维娅使了个眼色，然后看着内特：“真的吗？”

“我知道这个，”内特严肃地答道，“很多年前他们也是这样对待高飞的（迪士尼动画形象）。”

这话让在座的大人们都笑了起来。

“爸爸，这并不好笑！”奥吉尖叫道。然后，他突然大哭起来，泪如雨下，阵阵呜咽。

没有人能够理解到底发生了什么。伊莎贝尔抱着奥吉，他开始搂着她的脖子抽泣。

“奥吉·多吉，”内特说着，轻轻地揉着奥吉的背，“发生什么事了，小伙子？”

“维娅，到底怎么回事？”伊莎贝尔严厉地问道。

“我不知道！”维娅睁大眼睛说，“我什么都没做！”

“一定发生了什么！”伊莎贝尔说。

“克里斯，你知道奥吉为什么这么伤心吗？”我妈妈问我。

“因为冥王星。”我回答道。

“可是那究竟是什么意思啊？”妈妈问。

我耸耸肩。我能明白他为什么这么伤心，但是我不知道怎么跟他们解释清楚。

“你说过……它是……一颗行星……”奥吉最终哽咽地说出这么几个字。就算是正常情况下，奥吉的话有时候也很难听明白。在阵阵抽泣中，想要听懂这话就更难了。

“宝贝，你说什么？”

“你说过……它是……一颗行星……”奥吉又重复了一遍，抬头看着她。

“我认为它是，奥吉，”她答道，用指尖抹去了奥吉的眼泪，“我并不知道，宝贝，我不是一个真正的自然科学老师。我小的时候，有九大行星。我从未想过这些会改变。”

内特在他的身旁半蹲着：“可是即使它不再是一颗行星了，奥吉，我还是不明白为什么这件事让你那么伤心。”

奥吉低下头。但我知道，他没法解释冥王星守护者的眼泪。

晚上十点二十八分

十点三十分的时候，我对明天的数学考试焦虑不堪。我已经给杰克发了短信，他是我数学课上的同学，也在脸书上给其他小伙伴发了消息。手机响的时候，我以为是其中的某一个同学发来的，但不是。是奥吉发来的。

嗨，克里斯，刚听说你妈妈住院了，我为她感到难过，希望她健康。

我简直无法相信他真的发信息给我了。而当时我就在想着他。真是心灵感应啊。

我回复道：嗨，奥吉，谢谢，她很好，只是伤了股骨了。她伤得很重。

他回了我一个哭脸的表情。

我回复道：我爸爸得抱着她上楼梯，他们俩时不时地撞到墙上。

哈哈。他回了我一个笑脸的表情。

我说：我今天本来准备打电话给你。想告诉你我为黛西感到抱歉。并发了一个哭脸。

嗯。谢谢。他回了一连串哭脸的表情。

我回的短信：嗨，还记得达斯·黛西的银河奇遇记吗？

有一本连环漫画，我们从前一起画过，讲的是两名住在冥王星上的宇航员格利博和汤姆与一条名叫达斯·黛西的狗的奇幻故事。

哈哈。记得，格利博船长。

汤姆船长。

美好时光，美好时光。他回复道。

黛西是全世界最棒的狗！我激动地敲打着手机键盘，脸上挂着笑容。

他发给我一张黛西的照片。我上次见它也是很久以前了。在这张照片中，它的脸已经全白了，眼睛雾蒙蒙的，但它的鼻子依旧是粉红色的，舌头还是长得吓人，耷拉在嘴边。

好可爱!!!!! 我回复道。

达斯·黛西!!!!!

哈哈，接着，维娅！我写道。

还记得那些狗屁飞镖吗?

哈哈哈哈哈哈。这时候我大笑起来，说实话，这是今天我最快乐的时候。那时候我们俩还在沉迷冥王星。

我们那时候喜欢星球大战吗?

渐渐喜欢了。那时候的模型都还在吗?

在，但是我也把一部分收起来了。格利博船长，我妈妈喊我睡觉了。知道你妈妈没事真好。

我点点头。此刻我绝对不会在数学问题上请他帮忙。因为这会显得我太差劲了。我坐在床边，打算回他的信息。

我还没有发完，他又回了一条信息：我妈妈想跟你视频聊天，你现在有空吗?

我站了起来。当然可以。

两秒钟后，我收到了视频聊天的请求。在手机上看到了伊莎贝尔。

“哦，伊莎贝尔，你好。”我说。

“嗨，克里斯，”她回答道，我能看出她正在厨房，“你最近好吗？我之前跟你妈妈通过电话了，只是确认下你们几个已经平安到家了。”

“是的，我们已经到家了。”

“她现在还好吗？如果她睡着了，就不要吵醒她了。”

“是的，她正在睡觉。”我回答道。

“哦，好的，她需要休息。真是太糟糕了。”

“爸爸今天晚上会在这过夜。”

“哦，那太棒了！”她高兴地回答道，“我很高兴。克里斯，你最近怎么样？”

“我很好。”

“学校生活愉快吗？”

“很好。”

伊莎贝尔笑了：“丽莎告诉我你今天送给她一束很美的花。”

“是的。”我答道，笑着点点头。

“好的，我只是想看看你们还好吗，来问声好，克里斯。我想让你知道我们一直想着你们，如果有什么需要我们帮忙的——”

“我为黛西感到难过。”我脱口而出。

伊莎贝尔点点头：“谢谢你，克里斯。”

“你们应该很伤心吧。”

“是的，很伤心，她对于我们那么重要，你懂的，我们刚开始养它的时候你在场的，还记得吗？”

“它太瘦了！”我说道，笑了笑，但是突然不知道怎么回事，我的声音竟然有些颤抖。

“还有它那老长的舌头！”她笑着说。

我点了点头。感觉如鲠在喉，我好像要哭了。

她仔细地看着我，温柔地说：“宝贝，没事的。”

奥吉的妈妈一直以来就像是我的第二个妈妈，我的意思是说，除了我的父母，或许还有我的外婆之外，伊莎贝尔比任何人都要了解我。

“我知道。”我低声说，我依然在笑，可是我的下巴开始颤抖。

“宝贝，你爸爸呢？”她问道，“你能让他接电话吗？”

我耸耸肩：“我想……他现在应该睡着了。”

“我想你叫醒他的话，他是不会介意的，”她温柔地说道，“去叫他过来吧，我等着。”

奥吉慢慢靠近屏幕看着我。

“怎么了，克里斯？”他问道。

我摇了摇头，努力控制住眼泪。我没办法说话，我知道我一说话就会哭的。

“克里斯托弗，”伊莎贝尔说着，渐渐靠近屏幕，“你妈妈会没事的，宝贝。”

“我知道，”我说着，声音逐渐失去控制，最后终于控制不住了，“但她是因为我才出了车祸！因为我忘记带长号了！如果我没有这么丢三落四，她就不会出车祸！这都是我的错啊，伊莎贝尔！她完全有可能会死掉的！”

我将这些情感全部倾泻出来，大哭了一场。

晚上十点五十二分

伊莎贝尔让奥吉与我视频，与此同时，她给爸爸打了电话，告诉他我在屋里哭得一塌糊涂。一分钟后，爸爸走了进来，我随机挂断了奥吉的通话。爸爸用手臂紧紧地拥抱着我。

“克里斯。”爸爸说。

“这都是我的错，爸爸！她开车出事是我的错。”

爸爸不再抱紧我，把我慢慢推开，他的目光注视着我的目光。

“看着我，克里斯，”他说，“这不是你的错。”

“她回学校的路上，拿着的是我的东西，”我抽噎着，“我告诉她要赶快，她很有可能一直在加速。”

“不是的，她没有，克里斯，”他回答道，“我向你保证，今天发生的一切都只是偶然。这不是任何人的错。这仅仅是个意外。”

我的目光避开了他。

“对吗？”他重复道。

我点了点头。

“最重要的是，她的伤势不是很严重。妈妈会没事的。克里斯，你明白吗？”

我点了点头，他帮我擦掉了眼泪。

“我一直叫她丽莎，”我说，“她不喜欢我这样叫她。她对我说的最后一句话是‘爱你’！可我说的却是‘丽莎，再见’。我甚至连头也不回！”

爸爸清了清嗓子。“克里斯，不要再为这件事情感到自责了，”他缓缓地说道，“妈妈知道你很爱她。听着，今天发生的事情很可怕。你感到难过也实属正常。这类可怕事情的发生，它的意义就像闹钟一样，你知道吗？它让我们重新审视，在我们的人生中，什么是重要的事情。我们的家人、朋友和那些我们爱的人。”他说这些的时候一直在看着我，但是我又觉得他是说给自己听。他的眼睛已经湿润了：“克里斯，我们只需要感恩上天她没事，好吗？我们俩也会好好照顾她的，好吗？”

我点点头。尽管我什么也没有说。因为我知道，如果说了什么，我会流更多眼泪的。

爸爸又把我抱在身边，没有再说什么。或许也是因为同样的原因吧。

晚上十点五十九分

爸爸在安慰了我一阵之后，就给伊莎贝尔回了个电话，告诉她一切都好。他们聊了一会之后，爸爸把电话递给了我。

是奥吉找我。

“嗨，你爸爸告诉我妈妈，你数学作业需要帮忙。”他说。

“是的，”我不好意思地说，并擤了擤鼻子，“但是今天有些晚了，你这会不睡觉吗？”

“妈妈完全同意我现在帮助你。我们来视频聊天吧。”

两秒钟之后，他出现在我的屏幕上。

“额，我是在数字计算上出了问题，”我说着，打开了课本，“我只是……我不明白你怎么知道该怎么算，就是什么时候用乘法，什么时候用除法。我很疑惑。”

“哦，那个问题，”他点点头，“是的，我也容易弄混，但是你记过信号词语吗？它们对我来说很有帮助。”

我压根不知道他在说什么。

“我给你发个 PDF 文件吧。”他说。

两秒钟之后，我把他发来的 PDF 文件打印了出来，上面列出了一大片不同的数学词语。

“在碰到数学问题的时候，你只要寻找到信号词，就知道该怎么做了，”奥吉继续解释道，“比如看到‘每’‘每个’‘等份’这几个词，你就要用除法，而看到‘以这样的比率’‘翻倍’你就要用乘法。明白了吗？”

接着他给我一个一个地讲这些词语，后来我慢慢开始理解了。我们就把课本里的数学难题都做了一遍。我们先做例题，最后证明他是对的：我一看到每个问题的信号词，就知道该怎么做了。我能够独立完成大部分题目，虽然做完后，奥吉和我会重做一遍，只是为了保证我已经掌握了用法。

晚上十一点四十六分

我最喜欢的书一直都是推理小说。比如，在书的开头部分，你不明白一些东西，但是到了结尾，一切都明白了。线索一直在那里摆着，只是你不知道该怎么去解读。和奥吉聊天之后，我有了这样的感觉。之前我还不懂的神秘的信号词，现在突然间一下子解决了。

“我真不敢相信现在我会做了，”我们讨论完最后一个问题后，我这样告诉他，“非常感谢你，奥吉，真的，谢谢。”

他笑了笑，靠近屏幕说：“太酷了。”

“我欠你一个人情。”

奥吉耸耸肩：“没事儿，朋友就应该这样，不是吗？”

我点点头：“没错。”

“晚安，克里斯。有空聊！”

“晚安，奥吉！再次感谢！再见！”

他挂断了电话。我合上了课本。

我想到客厅告诉爸爸奥吉已经帮我解决了所有的数学问题，可是他不在客厅。我敲了敲浴室的门，他也不在里面。然后我注意到妈妈卧室的门还开着。我看到爸爸的腿搭在化妆台旁边的凳子上。从走廊上，我看不到他的脸，所以我轻轻地走过去，想跟他说我和奥吉已经视频结束了。

这时候我才发现爸爸在椅子上睡着了。他的头耷拉在了一边。他的眼镜滑到了鼻子的边缘，电脑还在大腿上放着。

我蹑手蹑脚地走到壁橱边，拿了一条毯子盖在了爸爸的腿上。我放得很轻，不想吵醒他。我把他腿上的电脑收了起来，放到了壁橱里。

然后我走到妈妈的床边。小时候，妈妈常常在给我讲故事的时候睡着。如果故事没讲完她就睡着了，我便用胳膊肘推她醒来，可她总是又睡过去。她会睡在我的旁边，我就听着她轻轻的呼吸声进入梦乡。

虽然我很久都没有看过她睡觉了。现在我看着她，感觉她对我来说很娇小。我甚至不记得她脸上还有斑点。我从未像现在这样注意过她额头上的皱纹。

我看她睡了几秒钟。

“我爱你，妈妈。”

我轻声说，不想吵醒她。

晚上十一点五十九分

我回到自己的房间已经是午夜了。房间里的一切和我走的时候没什么两样。我的床没有铺好，我的睡衣乱糟糟地放在地上，我衣柜的门还是开着的，要是在往常，早上妈妈在送完我之后，都会把我的房间收拾得很干净。可是今天，当然，她今天没法做这些了。

从早上妈妈叫醒我开始到现在，我感觉过了好多天。

我把门关上的时候，注意到了长号就靠在墙边。所以早上事故发生的时候她并不是带着我的东西。不知道为什么，这样想我感觉好多了。

我把长号放在卧室门旁，这样明天我去学校的时候就不会忘记长号了。同时也把自然课试卷和体操短裤都装进了背包里。

然后我坐在了桌子上。

没有任何犹豫，我给伊莱贾发了一条消息：

嗨。多谢你的好意，谢谢你邀请我加入你们的乐队。但是在春季音乐会上，我还是打算跟约翰一起演奏。祝你们七国联军的演出圆满成功。

就算在春季音乐会上会像个傻子一样，我也不能抛弃约翰，让他失望伤心。这就是朋友的意义，不是吗？这就是最后的倒计时！

有时候，友谊面临的考验确实艰难。

我穿上睡衣，刷了刷牙，躺到了床上。然后关上了床边上的台灯。天花板上的星星现在散发出明媚的霓虹绿色，这是我关灯之后经常出现的颜色。

我翻过身来，眼睛盯着地板上的小星星状的绿色亮光。这是今天早上妈妈放在我额头上的那颗星星，后来被我用手弹掉了。

我从床上下来，将这枚星星捡了起来，然后又把它粘在了我的额头上。然后我回到了床上，闭上了眼睛。

我们将一起离开。
但这仍旧是场告别。
或许我们会回来，
回到地球上，可是谁知道呢。
我想不能怪任何人。
我们将离开这里，
事情还能再重演吗？

这是最后的倒计时……

第三章 布加洛舞

但每到春天，
生机重新焕发，
仙女们开始歌唱。

——《春天的花仙子》[1]，1923 年

没有人像我那样跳布加洛舞。

——艾斯利兄弟合唱团[2]，《没有人只有我》[3]

---

① 《春天的花仙子》是西瑟丽·玛丽·巴克（Cicely Mary Barker 1895 ~ 1973 年）于 1923 年出版的处女作。西瑟丽是英国绘本画家，儿童文学作家。

② 早在二十世纪五十年代早期就已经成名的艾斯利兄弟合唱团（The Isley Brothers）是音乐史上少数能同时横跨流行音乐、灵魂歌曲、摩城音乐，甚至是放客音乐的先驱重量级团体。自出道以来直到现在，一直是最具影响力的黑人灵魂团体之一。

③ 《没有人只有我》（*Nobody but Me*）是艾斯利兄弟合唱团的奥凯利、鲁道夫和罗纳德写的一首歌，于 1962 年首次灌唱。

我是怎么走到学校的

在缅因街上，有一个拉手风琴的盲人老头，上学路上我每天都会见到他。他坐在摩尔大街拐角处的A & P超市[①]前帆布遮阳棚下的凳子上，导盲犬卧在他面前的一块毯子上，脖子上系着一条红色的轧染印花大方巾。那是一只黑色的拉布拉多犬，我之所以知道，是因为我姐姐比阿特丽克斯有一天问他了。

“打扰一下，先生。这狗是什么品种？”

“乔妮是一条黑色的拉布拉多犬，小姑娘。”他回答道。

“它好可爱。我能摸摸它吗？”

“最好不要。它正在工作呢。”

“好吧，谢谢您。祝您今天愉快！”

“再见，小姑娘。”

我姐姐向他挥挥手。他当然看不见，因此，也没有挥手回应。

比阿特丽克斯那时候八岁。我记得很清楚，因为那是我在毕彻预科学校上学的第一年，也就是说我上幼儿园。

我自己从来没有和拉手风琴的人说过话。虽然不想承认，可那时候我有点怕他。他的眼睛老是睁着，有些呆滞浑浊。眼珠是奶油

---

① A&P超市：A&P全称为The Great Atlantic and Pacific Tea Company（大西洋和太平洋食品公司），在美国历史上曾经是全国最大的食品零售商，也曾经是极为风靡、占主导地位的超市之一。

色的，就像白褐色的弹球。这吓着我了。我甚至还有点害怕他的狗。这倒有点说不通，因为我平时很喜欢狗。我是说，我家里也养狗！但是我害怕他的狗。那条狗的嘴和鼻子是灰色的，眼睛也有点呆呆的。但是——这个“但是”可是强调的语气哦——即便我很害怕他们俩，害怕拉手风琴的盲人老头和他的狗，我还是经常会在他们面前那个打开的手风琴盒子里放上一美元。不知为什么，即使他正在拉着手风琴，即使我尽可能蹑手蹑脚，他总能听到一美元落进手风琴盒子的声音。

“上帝保佑美国。”他会对着空气说，冲着我的方向点点头。

这总是让我很好奇。他怎么能听到呢？他怎么知道要向哪个方向点头呢？

我妈妈的解释是，盲人会发展其他感觉功能来弥补缺失的功能。因此，由于他的视力不好，所以听力就会超好。

这，当然就让我好奇，他是否还有其他超能力。比如说，在特别寒冷的冬天，他是否有什么魔法让他按下琴键的手指保暖呢？他的其他身体部位怎么保暖呢？有时候天气特别冷，我迎着凛冽的寒风走上几个街区就会牙齿打战，他又是如何保暖，仍旧拉手风琴呢？有时，我看到他唇上的胡子和下巴的大胡子都冻成冰了，却依然伸手去摸摸他的狗是否裹好了毯子。所以，我知道他能感觉到冷，但是他如何能继续拉琴呢？如果这不是超能力，又是什么呢？

冬天，我经常向妈妈要两美元，投在他的手风琴盒子里，而不是投一块钱硬币。

嗖，嗖。

“上帝保佑美国。”

他总是拉着同样的曲子，大约八到十支，圣诞节则例外，每逢圣诞，他会演奏《红鼻子驯鹿鲁道夫》和《听啊！天使高声唱》这两首曲子。其他时间都拉相同的歌曲。我妈妈知道其中几首歌的歌名，如《黛利拉》《拉拉主题曲》《往日情怀》。我按照妈妈给的歌名下载了所有的歌曲，她是对的，就是那些歌。但是为什么是那些歌呢？他只会拉那几首曲子吗？这是他唯一能记住的几首曲子？还是他知道很多歌曲，但只选择拉那些曲子呢？

这些想法让我更加好奇！他什么时候开始学习拉手风琴的呢？从他是个小男孩的时候吗？他那时候能看见吗？如果他看不见，怎么读乐谱呢？他在哪里长大的？他不在缅因街和摩尔大街拐弯处的时候，住在哪里呢？我有时候会看到他和他的狗走在一起，他的右手牵着狗绳，左手拿着手风琴盒子。他们走得很慢！看起来他们也不像可以走得很远的样子。他们要去哪里呢？

如果我不是那么怕他，也许我会问他很多问题。但是我从来没有问过。我只是给他钱。

嗖。

“上帝保佑美国。”

总是这样。

然后，我长大了一点，也不再那么怕他了，我以前想过的关于他的那些问题对我来说也没有那么重要了。我想我已经习惯看到他，不再对他雾蒙蒙的眼睛，或者他是否有超能力感兴趣了。倒也不是我经过他，不再给他一块钱之类的。而是现在这样做更像是一种习惯，就像过地铁站的旋转栅门时要刷卡一样。

嗖。

“上帝保佑美国。”

等到我开始上五年级的时候，我就完全看不到他了，因为上学不再路过那里了。

毕彻预科中学要比小学离我家近几个街区，因此我上学时，跟着二姐比阿特丽克斯、大姐艾梅一起步行去学校。放学回家的时候，我就和最好的朋友艾莉，还有和我住得很近的玛雅、莉娜一起走回家。偶尔，在新学年一开始的时候，放学后我们会去 A&P 超市买点零食，然后再回家。我会看到拉手风琴的盲人老头在那里，给他一美元，听他说保佑美国。但是天气渐冷的时候，我们就不常去了。圣诞节假期后，有一天下午，我和妈妈去 A&P，我才意识到那个在缅因街拉手风琴的盲人老头已经不在那里了。

他不见了。

我是怎么过寒假的

认识我的人总是说我太爱大惊小怪。我不知道他们为什么这样说，因为我真的、真的、真的不是大惊小怪。但我发现那个拉手风琴的盲人老头不见了，就是有点失落！我真的不知道为什么，就是无法从担心他出了什么事的困扰中走出来。这就像是我必须要解开的一个谜一样！在缅因街上拉手风琴的那个盲人老头到底怎么了？

似乎没有人知道。妈妈和我问了超市的收银员，问了干洗店的小姐，问了马路对面眼部护理店的男店主，问他们是否知道他怎么了。我们甚至还问了在那个街区开违章停车罚单的警察。人人都知道他是谁，但是没有人知道他发生什么事情了。只是在某一天——噗！——他就不在那里了。那个警察告诉我：天气特别寒冷时，无家可归的人会被带到城市避难所，以免被冻死。他想这个拉手风琴的人可能是被带到避难所去了吧。但是干洗店的小姐说她可以肯定拉手风琴的盲人老头不是无家可归的人。她想他可能住在里弗代尔的某个地方，因为她看到他和他的狗一大早是从 Bx3① 路公共汽车下来的。眼部护理店的店主说他可以肯定拉手风琴的人曾经是位著名的爵士音乐家，实际上很富有，因此我不用担心他。

---

① 纽约市市内所有地铁和巴士都由大都会捷运局管理 (Metropolitan Transportation Authority - MTA)，纽约市共 5 个区，每个区的巴士都有自己特定的表示。Bx 代表 Bronx（布朗士区）。

你会认为这些答案可以让我放心了，对吧？但是没有！这些答案只是让我有了更多的疑问，让我对他更加好奇。比如说，他是待在无家可归庇护所过冬吗？他住在里弗代尔自己漂亮的房子里吗？他真的是位著名的爵士音乐家吗？他富有吗？如果他很有钱的话，那他为什么还要卖艺谋生呢？

顺便说一下，我们全家人都对我不停谈论此事感到头疼和厌倦。

比阿特丽克斯这样说："夏洛特，你要再谈这件事，我就吐得你满身都是。"

艾梅说："夏洛特，你能不能不要再说了？"

为了分散我的精力，妈妈建议，还不如在我们社区发起衣物捐助来帮助无家可归的人。我们贴上海报，请求人们捐献不太穿的衣物，只需要将它们放进塑料袋中，投在我们家的褐砂石房屋前面的巨形箱就可以了。我们收集到大约十大袋衣物的时候，爸爸、妈妈和我开车一路进城到包厘救济所①去捐赠衣物。我不得不说，把所有那些衣服送给真正需要它们的人，这种感觉真的很棒！和爸爸、妈妈在救济所的时候，我还去找了一圈，看看那个拉手风琴的人是否可能在那里，但是没找到。最起码，我知道他已经有了一件很好的外套：一件亮橙色加拿大鹅长款派克防寒羽绒大衣。这让妈妈满

① 包厘救济所（Bowery Mission），位于曼哈顿南部的一座红瓦墙砖的老楼房，有两扇很醒目的红漆木门，其所在地毗邻现代艺术博物馆。从 1879 年开始就给曼哈顿南部一些弱势群体提供各方面的帮助，1903 年成为纽约第一间非政府性的流浪汉收容所，为成年男性、成年女性和儿童提供帮助。

怀希望，那些关于他很有钱的传言可能是真的。

“你是看不到几个无家可归的人穿着加拿大鹅大衣的。”妈妈评论道。

寒假结束后，我返回学校，校长图什曼先生就发起衣物捐助这件事向我表示祝贺。我不知道他是怎么知道这件事情的，但是他就是知道。大家都认为他肯定有个无人机秘密监控毕彻预科的一切。要不然，他怎么能知道他所了解的一切呢。

“以这样的方式过寒假，太好啦，夏洛特。”他说。

“哦，谢谢您，图什曼先生！”

我爱死图什曼先生啦。他总是特别和蔼可亲。我喜欢他，因为他和你说话的时候从来不会把你当作小孩子。他总会用很大的词，认为你知道、明白。你和他说话时，他从来不会东张西望。我也很喜欢看他穿着吊带裤，戴着一个蝶形领结，脚上蹬着一双鲜红色的运动鞋。

“你可以帮我在毕彻预科这里也组织一场衣物捐赠吗？”他问道，“既然你在这方面很在行，我会很喜欢你提供的建议和信息。”

“没问题！”我回答道。

这就是我如何最终参与组织首届毕彻预科年度衣物捐赠活动的。

无论如何，寒假返校后，不管是学校的衣物捐赠，还是发生了其他的戏剧性事情（很快我就会讲到了！），我就是没有真正的机会解开那个谜团，那就是缅因街上拉手风琴的盲人老头到底发生什么事情了。对于帮助我揭开这个谜，艾莉连一丁点的兴趣都没有，尽管可能几个月前，这种事情她会愿意出手的。玛雅和莉娜都不记得这个盲人老头了。事实上，至少看上去没有人关心这个人到底怎么了，因此最终我也放弃了。

然而，我有时候还会想起那个拉手风琴的老人。偶尔，他以前手风琴上常拉的某首歌又回响在我的耳边，然后我就会一整天哼唱。

男孩之战是怎么打起来的？

寒假返校后唯一可以人人谈论的事情就是“那战争”，也叫作“男孩战争”。整个事件开始于寒假前。就在放假前几天，杰克·威尔因为冲着朱利安·奥尔本斯打了一拳而被停学了。这事像戏剧一样传开了！每个人都在八卦这件事。但是没有人真正知道杰克为什么这样做。大多数人认为这和奥吉·普尔曼有关。要解释这一点，你得知道，奥吉·普尔曼是我们学校里那个天生面部有严重问题的孩子。严重的意思就是**严重**，就是，**相当**严重。所有的面部器官都不在应有的位置。你第一次看到他时，会非常震惊，因为他就像戴着一个面具或什么的。所以当他来毕彻预科开始上学的时候，**人人**都注意到他。他不可能不被人注意。

少数人——像杰克，萨默尔和**我**——从一开始就对奥吉很好。比如，我在走廊上遇到他的时候，我总是会说：“嗨，奥吉，你还好吧？”现在，当然，部分原因是因为图什曼先生在开学前就让我做奥吉的欢迎朋友，但是即便没有他的请求，我也会这么对待奥吉的。

但是，大多数人——就像朱利安和他的小团体——对奥吉就一点也不友好，尤其是在一开始的时候。我认为他们倒不一定是想方设法对他刻薄，只是对奥吉那张脸感到不自在。他们在奥吉的背后说过一些蠢话，把奥吉叫作**怪胎**。玩一个叫作“鼠疫”的游戏。顺便说一下，我根本没有参与！（要说我从来没有碰过奥吉·普尔曼，那仅仅因为我没有理由这么做——仅此而已！）没有人愿意和他出去玩，或者做课程项目的时候与他做搭档，至少在开学初的时候。但是几个月后，人们也就习惯了奥吉。并不是说他们真的变得友善了，但至少不那么刻薄了。每个人，就是说，**除了**朱利安，他还继续把奥吉当大事儿！看来他还是接受不了奥吉长成那个样子！好像长相这种事情那个可怜人可以说了算似的！

不管怎样，就这样，每个人都认为事情发生的起因是朱利安对杰克说了一些很过分的话，然后杰克——作为一个好朋友——给了朱利安一拳。嘭嘭嘭。

然后杰克就被停学了。嘭嘭嘭。

现在杰克的停学期结束了，又返校了！嘭嘭嘭！

这就是**谣传的戏剧情节**！

其实，根本不是这么回事。

事情的真相是这样的：寒假里，朱利安举办了一个盛大聚会，让五年级的每一个人都与杰克为敌。他散布了一个谣言，说学校的心理医生告诉他妈妈，杰克情绪不稳定，与奥吉做朋友，让杰克精神突然崩溃，变成了一个愤怒的躁狂分子。说的什么疯话！ 当然，没有一句是真的，大多数人都是心知肚明的，但这并不妨碍他散布这个谎言。

现在所有男孩都被卷入这场战争。这就是这场战争的始末。真是愚蠢至极！

我是怎么保持中立的

我知道人们说我是假清高。我不知道他们为什么这么说，因为我真的**不是**那么假清高。但我也不是那种对一个人刻薄只是因为**另一个人**说我应该对这个人刻薄。我讨厌人们这样做事情。

因此，当所有的男孩开始对杰克冷冰冰而杰克也不知道为什么的时候，我想至少我可以告诉他是怎么回事。我的意思是说，我从幼儿园就认识杰克了，他是个好孩子！

最重要的是，我不想让任何人看到我和他说话。有一些女孩——萨凡娜那一群——已经开始和朱利安他们那些男孩统一战线了。我真的想保持中立，我不想他们任何一方冲**我**发火。我还希望，可能有一天，我以自己的方式进入萨凡娜那个群体。我最不想做的事情就是搞砸我和萨凡娜她们的关系。

因此，有一天，最后一节课之前，我给杰克塞了张纸条，让他放学后在 301 室见我。然后，他来了，我就一五一十地告诉他是怎么回事。你应该看看当时杰克那张脸！通红通红的！一点不假！可怜的孩子！我们俩都认为整件事情是**如此**混乱！我真的替他难过。

然后，我们说完话，我就悄悄溜出去，没有一个人看到我。

我为什么想告诉艾莉我和杰克·威尔说过话了

第二天吃午饭的时候，我打算告诉艾莉我已经和杰克说过话了。四年级的时候，艾莉和我都有一点点**暗恋**杰克·威尔，他在**《雾都孤儿》**中扮演神偷阿福特！我们都觉得他戴着大礼帽的样子简直太可爱了。

艾莉吃完餐盘里的食物时，我朝她走过去。我们不再坐在一张桌子上吃午饭了。万圣节前后，她坐到了萨凡娜那桌之后，我们就再也没有同桌吃饭了。但是我还是很信任她。我们从一年级开始就是永远的最好朋友！这很重要！

“嗨。”我说，我用肩膀轻轻碰碰她。

“嗨。”她说，也用肩膀轻轻碰碰我。

“昨天在合唱团怎么没见到你？”

“哦，我没有告诉你吗？”她说，“寒假回来我换了选修课。我现在在乐队。”

“乐队？当真？”

“我吹单簧管！”她回答道。

“哇，”我点点头，说，“厉害。”

这个消息真的让我很吃惊，有很多原因。

“总之，你怎么样啊，莎尔莉？”她说，“我觉得寒假回来后，我很少能见到你了！”她拉起我的胳膊看着我的新手镯。

“我知道，真的是这样。”我回答道。虽然我没有指出这是因为每次我们约好放学后去逛逛的时候，都是她爽约的。

“玛雅的圆点大赛怎么样啦？”

她指的是玛雅午饭时间迷恋世界上最大的连圆点游戏。这有点像在玛雅背后戏谑她的味道。

“好着呢，”我笑着回答道，“我一直想问问你男孩战争的事情，好无聊，是不是？”

她转了转眼珠说：“完全失控了！”

“是吗？”我说，“我有点替杰克难过。你不认为朱利安应该就此收手吗？”

艾莉开始把一缕头发在手指上缠来绕去。她从台面上拿起一盒鲜果汁，把吸管扎进洞里。“我不知道，莎尔莉，”她回答道，“是杰克冲他打了一拳。朱利安有权发火。”她深深地吸了一口果汁：“我其实已经开始想杰克有严重的愤怒管理问题。”

停。什么？我有史以来就认识艾莉，我知道艾莉是不会用“愤怒管理问题”这个词的。并不是说艾莉不聪明，但是她还没有**那么**聪明。愤怒管理问题？这听起来像西蒙娜用她那种挖苦的方式说出来的话。自从艾莉开始与西蒙娜和萨凡娜交往，她的行为举止就越来越古怪了！

等会儿！我又想起了一件事情：西蒙娜就吹单簧管！这就说明了艾莉为什么换了选修课。

现在一切都说得通了！

“总之，”艾莉说，“我想我们就别掺和了，这是男孩子的事情。”

“是的，不管怎么样。”我回答道，决定自己最好不要和艾莉说自己和杰克谈过话了。

“那么你准备今天参加舞蹈选拔了吗？”她高高兴兴地问。

“是的，”我回答道，假装很兴奋，“我认为阿坦娜贝夫人是——”

“好了吗，艾莉？”西蒙娜·金不知道从哪里出现了。她冲我这边很快地点点头，但其实没有怎么看我，然后一转身，朝午餐室出口走去。

艾莉把没有喝完的果汁扔进垃圾箱，然后笨拙地把书包挂在右肩，匆忙跟在西蒙娜身后。“回头见，莎尔莉！”她走到一半时，含混地对我说了句。

“回见。”我回答道。看着她追上西蒙娜。她们一起又加入在出口等着她们的萨凡娜和六年级的格雷琴。

她们四个的个头差不多高，都留着超级长发，发梢有波浪卷。不过，头发的颜色不同。萨凡娜是金黄色的，西蒙娜是黑色的，格雷琴是红色的，艾莉是棕色的。我其实经常会想，是不是因为艾莉的头发颜色正好，长度正好，才进入那个流行组合群体的。

我的头发是淡金黄色，又直又顺，除非喷上大量的发胶，根本不会带卷。而且我的头发是短发，我的个头也不高。

如何使用维恩图（第一部分）

在罗宾小姐的科学课上，我们学习了维恩图。维恩图是用来说明不同组事物之间的关系的。举个例子，你想要看哺乳动物、爬行动物和鱼类的共同特征，你在每一个圆圈里列出它们各自的所有的属性，圆圈交汇的地方就是他们的共同点。在哺乳动物、爬行动物和鱼类的这个例子中，它们的共同点就是它们都有脊椎。

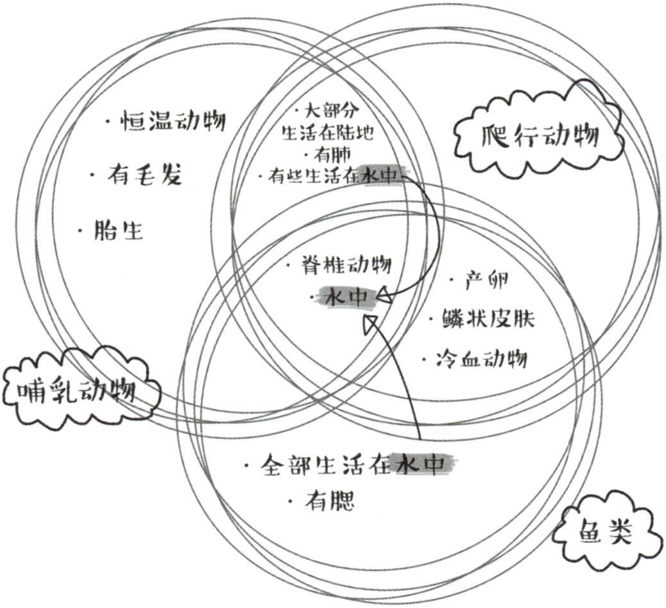

不管怎么说，我喜欢维恩图。它们非常有用，可以用来解释、说明很多事情。有时候我会画维恩图来解释友谊。

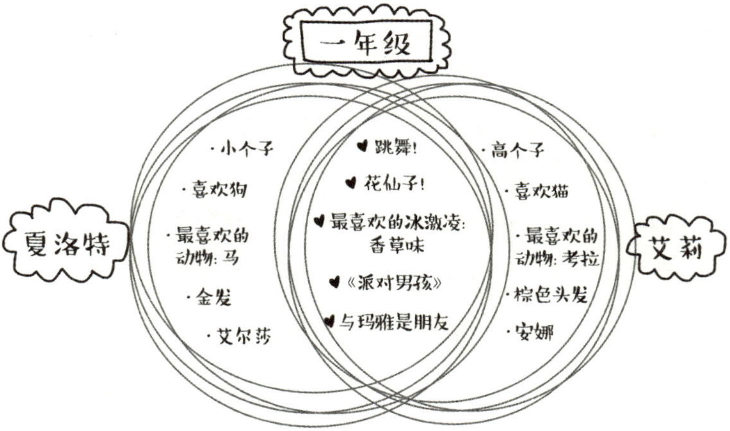

一年级的艾莉和我。

你可以看到，我们有很多共同点。我们上小学一年级的第一天起就是朋友了，从戴蒙德小姐安排我们俩同桌开始。我非常清楚地记着那一天。我不停地和艾莉说话，但是她很害羞，不想说话。吃点心时，我在我们俩的课桌桌面上用手指滑冰玩。如果你不知道怎么玩，那么可以先将掌心向外竖起食指和中指做一个 V 字形和平手势，然后指尖向下，掌心向内，让手指在光滑的桌面上滑动，就像你的手指是花样滑冰运动员一样。不管怎样，艾莉看了一小会儿，她也开始用手指滑冰了。很快，我们俩就在整张桌子上到处划着“8”字形溜冰了。从那以后，我们变得形影不离。

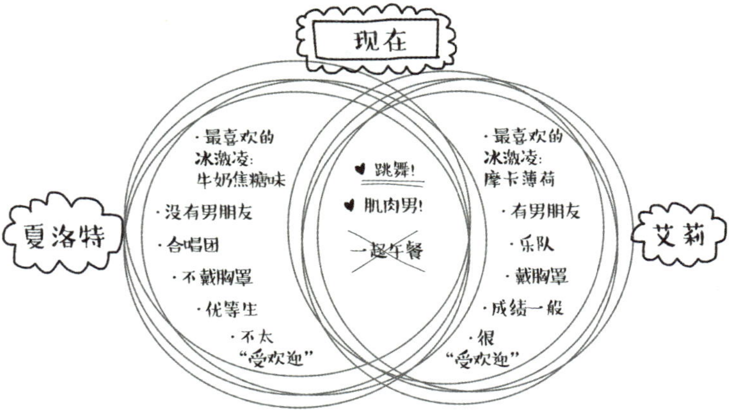
现在
夏洛特
艾莉
·最喜欢的
冰激凌：
牛奶焦糖味
·没有男朋友
·合唱团
·不戴胸罩
·优等生
·不太
“受欢迎”
♥跳舞！
♥肌肉男！
一起午餐
·最喜欢的
冰激凌：
摩卡薄荷
·有男朋友
·乐队
·戴胸罩
·成绩一般
·很
“受欢迎”

现在的艾莉和我。

我是怎么继续保持中立的

下午放学去参加舞蹈选拔的时候，艾莉，萨凡娜和西蒙娜正在演出厅外面的储物柜前晃荡。我知道她们看见我的时候，正在谈论我。

“在男孩战争中，你并没有真正站在杰克一边，是吗？”萨凡娜说道，用嘴唇弄出个“呃”的厌恶表情。

我扫了一眼艾莉，她显然把我午餐时说的话讲给萨凡娜和西蒙娜听了。她嘴里咬着一缕头发，扭头看着别的地方。

“我没有站在杰克一边，”我平静地说，打开自己的储物柜，把背包塞进去，“我只是觉得男孩战争这件事既愚蠢又烦人。”

“是的，但这是杰克引起的，”萨凡娜说，“你的意思是他打朱利安是对的啰？”

“不，他打人当然不对。”我回答道，把我的舞蹈装备掏出来。

“那么，你怎么会站在杰克一边呢？”萨凡娜快速地问了一句，还是用嘴唇弄出个“呃”的厌恶表情。

“因为你**喜欢**他吗？”西蒙娜问道，顽皮地笑着。

西蒙娜和我一年说的话可能都超不过三十个字，她现在居然问我是不是**喜欢**杰克？

“不。”我回答道，却感到自己的耳朵变红了。我坐下来穿爵士舞鞋的时候，抬头瞟了一眼艾莉。她正用手旋着另一缕头发，准备放在嘴里。我都不敢相信她居然和她们说起了杰克！真是个叛徒！

这时候，阿坦娜贝夫人走进房间，用她那一贯的戏剧化的方式拍手示意大家注意："好了，姑娘们，还没有在选拔赛的单子上签到的，现在就去签到。"她说着，指着她旁边桌子上的那个带夹子的写字板。已经有大约八个女生排队等候签到了。"如果你已经签过到了，就在舞池找个地方，开始做热身伸展运动。"

"我帮你签。"西蒙娜对萨凡娜说，走向桌子那边。

"你想让我帮你签到吗，莎尔莉？"艾莉问我。我知道她是想看看我是否生她的气。我确实很生气！

"我已经签过了。"我平静地说，没有看她。

"她当然签过了，"萨凡娜很快说着，骨碌着眼珠，"夏洛特总是第一个签到的。"

我是怎么爱上跳舞的（我为什么喜欢跳舞）

我从四岁就开始上舞蹈课了。芭蕾，踢踏舞，爵士舞。并不是因为我长大了想做芭蕾舞团的首席女演员，而是因为我想成为百老汇明星。为了实现这一目标，我必须学习唱歌、跳舞和表演。这就是为什么我在舞蹈课上下这么多功夫。声乐课也是一样。我非常认真地对待它们，因为我知道有一天，当我有重大突破的时候，我将做好准备。那么我为什么能做好准备呢？因为我一直努力做着准备——用我的一生做准备！人们似乎认为百老汇明星只是凭空出现的——但这不是真的！这些明星不停地练习，直到脚疼！他们像疯子一样不断地去排练！如果你想成为明星，你就需要比其他人付出更多的努力来实现你的目标和梦想！这是我的看法，梦想就像是你头脑里的一幅活灵活现的画卷。你首先得想象，然后需要非常努力地把它变为现实。

因此，当萨凡娜说“夏洛特总是第一个签到的”，从另一方面说，这是一种恭维，好像在说：“夏洛特总是第一名，这就是她努力的回报。”但是当她说“夏洛特总是第一签到的”时脸上还带着“呃”的厌恶表情，那么她更像是在说：“夏洛特只想得到她想要的，因为她总排在第一位。”或者至少在我听来是这个意思。这就是损人。

萨凡娜真的对这类损人的话很在行。她的眼睛里和嘴角都流露出对人的贬损。这是很糟糕的，因为她从前不是这个样子的。在小学的时候，萨凡娜、我、玛雅和萨默尔都是朋友。我们放学后一起玩，可是自从萨凡娜开始深受欢迎后，她就不如从前那么好了。

阿坦娜贝夫人怎么介绍她的舞蹈

“好了，姑娘们，”阿坦娜贝夫人拍了拍手，向我们打着手势，示意我们过去，“请大家都到舞池来！站好位置，分散开来。我们今天要做的内容是，我准备示范几种六十年代的不同舞蹈，我想让你们试一试。扭扭舞、胖子格利排舞和曼波舞，就这三种，听起来很棒吧？”

我站在萨默尔身后的位置，她笑着，冲我挥挥手，可爱地打着招呼。我小的时候，还特别迷花仙子的时候，就常常想，萨默尔·道森长得和薰衣草花仙子简直是一模一样，好像她应该出生的时候就长着一对紫色的翅膀。

“你什么时候迷上跳舞了？”我问她，因为我从来没有在舞蹈表演会上见过她。

萨默尔羞涩地耸耸肩：“我是今年夏天才开始上舞蹈课的。”

“不错嘛！”我回答道，微笑地鼓励她。

“阿坦娜贝夫人？”西蒙娜举起手来，“这是什么样的试镜选拔呢？”

“哦，我的天哪！”阿坦娜贝夫人，用她的手指点点自己的脑门，“当然，我完全忘记了要告诉你们，我们在这里要做什么。”

我个人非常喜爱阿坦娜贝夫人——喜欢她飘逸的长裙，丝巾和凌乱感的发髻。我喜欢她总是气喘吁吁的，就像刚刚结束一段很棒的旅程一样。很多人觉得她古里古怪的。她大笑的时候会仰着头，她有时候会叽里咕噜地喃喃自语。她们觉得她太像《海绵宝宝》里的泡芙夫人。她们背地里叫她肥阿坦娜贝夫人，我认为这真是刻薄得难以置信。

“他们让我排练一个舞蹈作品，在毕彻预科慈善歌舞晚会上演出，”她开始解释道，“时间是三月中旬。这个表演是其他同学看不到的。这个慈善歌舞会是为家长、教职员工和校友们举办的，是重量级的演出。今年的晚会将在卡耐基音乐厅举办。”

每个人都有些小兴奋，发出轻快的叫声。

阿坦娜贝夫人笑道。“我想你们都会喜欢，”她说，“我改编了一部几年前的编舞。这在当年还引起了相当大的关注，一点都不夸张。会很有意思的，但是也会很辛苦！也就是说：如果你们被这个节目选上，那就需要你们投入大量的时间！我希望你们从一开始就明白这一点，姑娘们。放学后九十分钟的彩排，一周三次，从现在起，一直到三月份。如果你们谁做不到这一点，就不要参加选拔了。好吗？”

“但是如果我们还要足球训练怎么办？”鲁比问道，她正在做芭蕾舞的屈膝动作。

“姑娘们，有时人生是需要做出选择的，”阿坦娜贝夫人回答道，“你不可能既参加足球训练，又参加这个舞蹈排练。就是这么简单。我也不想听到什么要写作业、要准备考试之类的借口。即便缺席一次排练也不行！记住，这不是要求你们必须为学校做的事情，你不需要必须参与，姑娘们。你可以选择不加分。如果在世界上最著名的舞台之一跳舞还不够吸引你，那么就不要参加选拔，”她伸出一只胳膊，指着出口，“我毫不介意。”

我们都互相看看。鲁比和杰奎琳对阿坦娜贝夫人抱歉地笑了笑，挥手再见，然后就离开了。我真的不相信还有人会这样做！放弃在卡耐基音乐厅跳舞？卡耐基音乐厅可是和百老汇一样著名啊！

阿坦娜贝夫人眨眨眼，但是什么也没有说。然后她揉揉自己的脑袋，好像试图去掉头痛。“最后一件事情，”她说，“如果你没有被这个舞蹈选中，请记住，春季综艺晚会中还有大量的舞蹈节目——每个人都可以上那个晚会。因此，如果你没有被这个演出选中，请不要让你妈妈给我发邮件。一共只有三个名额。”

“只有三个？”艾莉叫道，用手捂住自己的嘴巴。

“是的，只有三个。”阿坦娜贝夫人回应道。听起来就和泡芙夫人说“是的，海绵宝宝”一模一样的。

我知道艾莉在想：那么就选我们吧，就选我、西蒙娜和萨凡娜吧。

但即便她是这样希望的，她也许知道结果不会是这样的。最重要的是，人人都知道西蒙娜在整个学校是跳舞跳得最好的。她被美国芭蕾舞蹈学校的夏季密集式课程选中。她的水平是那样高。因此，西蒙娜入选这个舞蹈是相当十拿九稳的。

人人都知道萨凡娜在去年两个不同的地区赛中都进入了决赛，

差一点进入全国总决赛——因此她也非常有可能入选。

人人都知道……哦，不是吹牛，但是舞蹈真是我擅长的，我的书架上有一堆大奖杯可以证明。

那么，艾莉呢？对不起，她真的还无法与西蒙娜或者萨凡娜相提并论，也没法跟我比。当然，这些年她都能被选上，但是她总是懒得跳。我不知道，如果要四个人的话，她或许会被选中，但是若是三个名额的话，她不会被选上的。

不会的，我环顾了一周，看了看来参加选拔比赛的，结果相当清楚：最后的三个人选是西蒙娜，萨凡娜，还有我！对不起，艾莉！

或许，只是或许，这是我的机会，最终成为萨凡娜她们中的一员，而且是一劳永逸地。我就可以让艾莉做回我最好的朋友。萨凡娜有西蒙娜呢。这都会实现的。

扭扭舞，胖子格利排舞，还有曼波舞。

记住了。

怎么使用维恩图（第二部分）

在中学，一起吃午饭的朋友和你的朋友圈并不总是一样的。就像，很有可能——事实上，大有可能！——你和一群女孩朋友们坐在一起吃饭——但是她们并非一定都是你的好丽友（好基友）。你在哪一桌吃饭是完全随意的：可能你想坐的那一桌没有位置了，又或者你刚好午饭前和一群女孩一起上课。我的情况就属于这一种。上学的第一天，玛雅、梅根、莉娜、兰德、萨默尔、艾莉和我都一起上佩特莎小姐的高级数学课。午餐铃响的时候，我们一群人从楼梯冲下来，不知道怎么去餐厅。等我们最终找到餐厅，我们一堆人就在一张桌子上坐了下来。就像我们在玩抢椅子的游戏，每个人都争着抢着找个位子。每张桌子原本坐六个人，结果我们七个人挤一挤，也就坐下了。

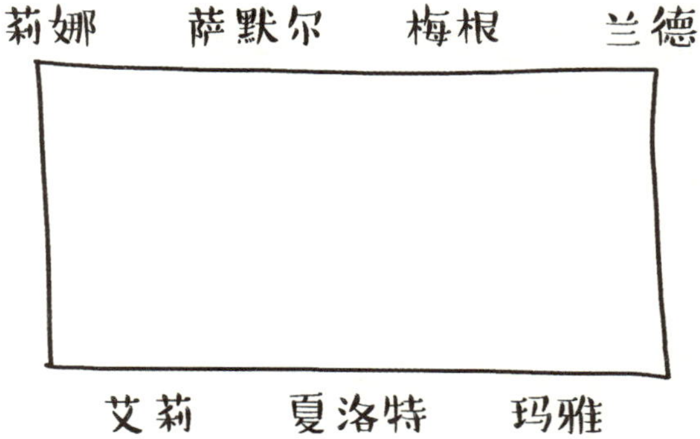

起初，我想这是午餐室最大的餐桌了！我坐在中间，一边是我一年级以来最好的朋友，另一边是小学以来最好的朋友。坐在我正对面的是萨默尔和梅根，我们也是小学就认识了，但还不是好朋友。我是从毕彻预科的夏令营认识莉娜的。我唯一不认识的人是兰德，但是她看起来人也不错。因此，总而言之，这张餐桌看起来棒极了！

不过，就在这一天，萨默尔跑去和奥吉·普尔曼同桌吃饭了，真是太让人震惊了！前一秒钟，我们还坐在一起，谈论奥吉，看着他吃饭。莉娜说了一句相当刻薄的话，我就不再重复了。下一秒钟，萨默尔，没和任何人打招呼，就端起自己的餐盘，向奥吉走过去了。真是意外啊！我记得，莉娜当时的表情就像目睹一场车祸。

“别盯着看了！”我冲她说道。

“我不敢相信她和他一起去吃饭了。”她轻声说道，吓坏了。

“也没有那么大不了的。”我转转眼珠说。

“那你怎么不去和他一起吃午饭呢？”她回答道，“难道不是你要成为他的欢迎朋友吗？”

“那也不意味着我非得和他坐在一起吃午饭啊。”我迅速地回答道。后悔我和别人说了图什曼先生选我做奥吉的欢迎朋友。是的，这是一种荣耀，他邀请了我，也邀请了朱利安和杰克——但是我并不想让别人拿这件事来说事、来攻击我！

整个餐厅，大家做的事情和我们这一桌做的事情是一样的：盯着奥吉和萨默尔，看他们俩一起吃饭。其实我们进入中学不过才几个小时而已，大家却已经开始叫奥吉**“僵尸小孩”和“怪物”了**。

美女与怪物。这就是大家悄悄议论萨默尔和奥吉时说的话。

我可不想让别人在我背后**也**这样议论我！

“另外，”我对莉娜说，咬了口恺撒沙拉，“我喜欢**这张**桌子，我不想换桌子。”

这是真的！我**真的**很喜欢这张桌子！

至少，最开始我是喜欢的。

然而，当我对每个人都有所了解之后，我意识到自己和她们的共同点并不像我想象的那么多。莉娜、梅根、兰德，她们都是体育健将。（玛雅踢足球，仅此而已。）因此，关于足球赛，游泳比赛，“客场比赛”这一类的话题，艾莉和我是插不上话的。另外她们都在乐团，我和艾莉选择的是合唱团。最后一件事，非常简单，我们喜欢的很多事情她们不喜欢！她们从来不看《美国之声》或者《美国偶像》，她们也不太关注电影明星或者老电影。她们从来没有因《悲惨世界》而大哭过！我的意思是说，我怎么可能和没有兴趣看《悲惨世界》的人发展真正的友谊呢？

但是，只要有艾莉和我谈论这些，加上玛雅，我们的队伍就很壮大，一切对我来说就十分满意。我们三个坐在桌子的这一边谈论我们感兴趣的话题，梅根、莉娜和兰德在她们那一边谈论她们感兴趣的话题。然后我们再一起聊一聊搁在桌子中间的——学校功课、家庭作业、老师、测验、不好吃的餐厅饭菜——我们共同的东西。

这就是为什么一切都是美好的。直到艾莉换了桌子！

现在只剩我和玛雅。

玛雅呢，只有在艾莉在的时候，一起聊才有意思。或者只有你想玩振奋人心的圆圆点游戏时，聊起来才有意思。

注意，我不是因为艾莉换了桌子对她生气。我真的没有责怪她，自从我们听说阿摩斯迷恋上她，她就拥有了进入受欢迎组合的免费通行证。萨凡娜请她过去和她们一起吃午饭，然后安排阿摩斯和艾莉挨着坐。整个年级的那些“一对对”，都是这样坐的。西蒙娜和迈尔斯，萨凡娜和亨利，现在，阿摩斯和艾莉。他们三对坐一张桌子。受欢迎的男孩子和受欢迎的女孩子。自然他们都喜欢聚在一起。我们年级的其他人没有约会，也没有走得很近！我知道有个事实：我们这桌的女孩，言行举止就像男孩子身上有虱子一样！据我的观察，大部分男孩子就当我们不存在。

因此，是的，我彻底明白了为什么艾莉换了餐桌。我真的明白了。我没有准备对她生气，就像玛雅那样。当你被邀请去一个更好的餐桌就座时，下定决心走是非常艰难的，没有回头路。

我所能做的就是坐着，等着，和玛雅聊天，希望有一天萨凡娜也能邀请我坐到她们受欢迎的那一桌去。

同时，我画了维恩图。玩了很多很多圆点游戏。

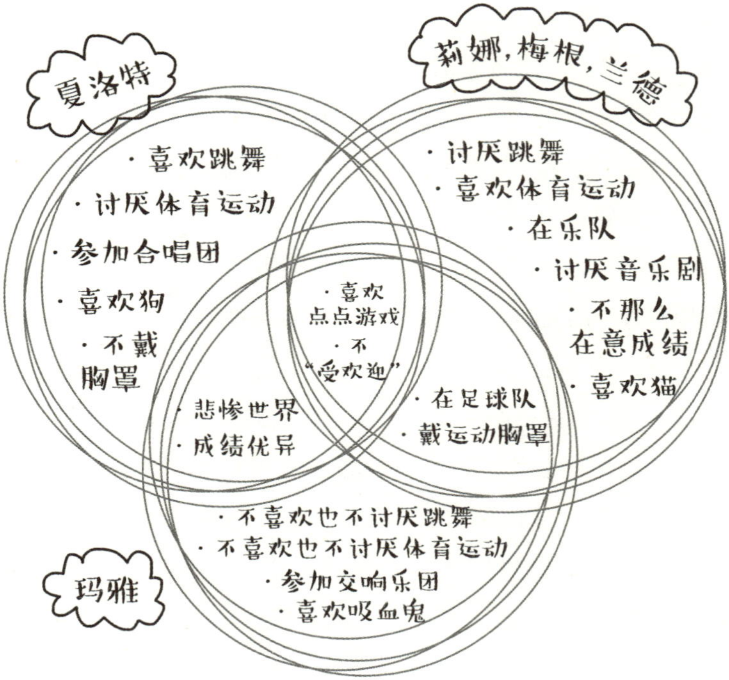
夏洛特
莉娜，梅根，兰德
·喜欢跳舞
·讨厌体育运动
·参加合唱团
·喜欢狗
·不戴胸罩
·讨厌跳舞
·喜欢体育运动
·在乐队
·讨厌音乐剧
·不那么在意成绩
·喜欢猫
·喜欢点点游戏
·不“受欢迎”
·悲惨世界
·成绩优异
·在足球队
·戴运动胸罩
·不喜欢也不讨厌跳舞
·不喜欢也不讨厌体育运动
·参加交响乐团
·喜欢吸血鬼
玛雅

一个新的小团体是怎么形成的？

第二天，就在午餐前，在图书馆门口的宣传栏里贴出了一张这样的通知：

祝贺以下几位女生，你们已经被选中参加阿坦娜贝夫人的六十年代舞蹈表演。我已经在网站上提出了排练日程安排。请在你们的日历上标注出来！不许缺席，不许找理由。我们第一次排练是明天下午四点，在演出厅。**千万别迟到**！——阿坦娜贝夫人

西蒙娜·金

夏洛特·科迪

萨默尔·道森

天啊！我入选啦！哇！！！！！！！我看到名单上自己的名字真是太高兴了！欣喜若狂！心醉神迷！太棒了！

所以，入选的是我、西蒙娜——还有萨默尔？

什——么！萨默尔？这真是太让人意外了！我曾那么确信萨凡娜会入选的！我的意思是，萨默尔才刚开始学舞蹈！她真的比萨凡娜强吗？

噢，天啊：我只能想象萨凡娜会多么生气。我敢打赌当她看到名单时，脸上会清晰地出现“呃”的厌恶表情。艾莉会怎么样？事

实上，我敢打赌她多少有点解脱的感觉。一直追赶着西蒙娜和萨凡娜让她过得很痛苦。她从来没有那么真正地热爱过跳舞。我一直觉得她热衷跳舞只是因为我一直热衷跳舞。我很高兴这种方式能让她得到解脱。我的意思是说，她可以不必装着自己喜欢跳舞，但是她还是我永远的好朋友。

我也为自己感到高兴！虽然我希望能够接近萨凡娜那个群体，但是我还是有些压力，担心若是萨凡娜和西蒙娜成双入对，会让我受冷遇。

但是，萨默尔、西蒙娜与我三人入选会怎么样呢？那就是：太棒了！也许萨默尔的友善加上我的友善，会让西蒙娜成为我们中的一员。最起码，让她抛开人人认为的那个刻薄女孩形象。不是我认为她是个刻薄女孩，事实上，我对她知之甚少！不管怎么样，萨默尔成为入选舞蹈演出的第三个成员，我非常高兴，以至于一整天都笑呵呵的。

我是怎么看到萨凡娜的？

午饭时，我挤进去，坐到玛雅和兰德的旁边，她们缩着头弓着身，看着玛雅正在玩的另一个巨大的圆点游戏。游戏现在越来越复杂、精细了。

“嗨！”我高兴地说，“好消息，朋友们！我被选中参加阿坦娜贝夫人为三月份的慈善晚会编排的六十年代舞蹈了！耶！”

“耶！”玛雅回答道，盯着她的圆点游戏，没有抬头，“那很棒，夏洛特。”

“耶，”兰德也回应道，“祝贺！”

“萨默尔也选中了。”

“哦，耶，她真棒，”玛雅说，“我喜欢萨默尔，她总是那么友好。”

兰德刚刚关上一排盒子，正在上面标上她名字的首字母，抬头看着玛雅笑道：“十五！”

“啊！”玛雅说道，咬了咬牙。她刚戴上牙套，这些日子以来有很多有趣的嘴部动作。

我把我的橡皮弹向她们。“你们的这个圆点大赛可真是激烈啊。”我不无讽刺地说道。

“哈哈！”玛雅说着，歪着肩膀倒进我的怀里，“这太好玩了，我都忘记笑了。”

“刻薄女那桌在看你呢。”兰德说。

“什么?”我说道。玛雅和我都转过去看着兰德盯着的方向。

但是，萨凡娜、西蒙娜、格雷琴和艾莉在我看她们时把目光移开了。

“她们**竟然**如此谈论你!”玛雅说，透过她的黑框眼镜用最恶狠狠的目光盯着她们。

“别那样，玛雅。”我对她说。

“为什么？我不在乎，”她回答道，“就是要让她们看见。”

她冲着她们露齿相向，就像某种发疯的小白鼬一样。

“别看她们了，玛雅!”我咬着牙轻轻地对她说。

“好吧。”她说。

她继续和兰德玩她那工程浩大的圆点游戏了。我呢，专心吃着我的意大利方饺。某一时刻，我感到有人用眼睛盯得我背上火辣辣的。所以我转过身去，又偷偷地瞟了一眼萨凡娜那一桌。

这次，西蒙娜、格雷琴和艾莉正在一起说着话，完全没有注意到我。但是萨凡娜正在瞪着我！我们四目相对的时候，她并没有移开目光。反而继续死死地盯着我。然后，她最终停止盯着我看的时候，冲我吐了一下舌头。这个举动非常突然，其他人都没有看到。这个看起来非常幼稚的举动让我几乎难以置信!

这时候我才意识到，我之前理解错了一件事情，就是萨默尔获得阿坦娜贝夫人的第三个舞蹈席位。我以前以为那个席位应该是萨凡娜而不是萨默尔的。但是在萨凡娜看来，并不是萨默尔抢了她的名额，而是**我**!“夏洛特总是第一个签到的!”她曾经说过。

萨凡娜怪**我**抢了她在舞蹈中应有的席位!

我们怎么开始尴尬地开场

第二天一整天，雪暴预警弄得大家人心惶惶的，没个数，因为有议论说如果雪暴和预报的一样糟糕的话，学校就会早早放学。幸运的是——因为在这个世界上我最不想看到的事情就是我们的第一次排练被取消！——下午的时候，雪才开始下，一点也不大。所以在放学铃声响起时，我尽快向演出厅走去。因为阿坦娜贝夫人已经发布了这么吓人的迟到警告，所以，看到萨默尔和西蒙娜已经在那里的时候，我并不觉得奇怪。

我们互相打着招呼，然后开始换上我们的舞蹈服。我猜，最开始会有点尴尬。因为我们三个人以前从来没有一起玩过。我们来自于不同的群体，就像我们是现实版的哺乳动物、两栖动物和鱼一样。萨默尔和我只有一门课在一起上。而且，就像我前面所说的，我**几乎**不认识西蒙娜。我们俩最长的对话是在 11 月份，在罗宾夫人的课上，她问我是不是愿意和她交换同伴，这样她可以和萨凡娜结对子。这就是为什么我最后和雷莫一起成为科学展的项目同伴，但这是完全不值一提的另一个故事。

我们开始做一些热身和拉伸动作来打发时间。阿坦娜贝夫人到现在已经迟到了将近半个小时！

“你们认为以后经常会这样吗？”西蒙娜说道，她正在做芭蕾舞中的巴特芒腿部运动，“阿坦娜贝夫人迟到？”

“她上戏剧课时从来没有准时过。”我摇摇头说道。

“真的?”西蒙娜说，“这正是我担心的。”

“或许她只是被雪给困住了?”萨默尔还有点满怀期望地说，“我想，现在雪已经下得很大了。”

西蒙娜做了个鬼脸。“是的，或许她需要一辆狗拉雪橇。”她迅速地回答道。

“哈哈哈!”我笑道。

但是我能感觉出自己听上去有点傻乎乎的。

拜托了，别让我在西蒙娜·金面前显得傻乎乎。

真实的情况是：西蒙娜·金让我有点紧张。我不知道真正的原因是什么。只是她**那么**酷，**那么**漂亮，她的一切都是**那么**完美。她的丝巾系得那么漂亮，她的牛仔裤是那么合身，她把自己的头发扎成整齐的自然卷。她的一切都完美无瑕!

我记得从西蒙娜今年在毕彻预科读书起，人人都想和她做朋友。包括我!我可以肯定，她可能都不记得这件事了，我在她第一天上学时帮她找到自己的柜子。我在第三节课让她借走了一支铅笔(她就没有还给我，想想吧)。但是萨凡娜却成了她最好的朋友。萨凡娜是她进学校后的第一个纳秒内进入她视线的人。然后，别在意，那就像友谊大爆炸一样，爆裂一个意会的神色，咯咯的笑声，衣服和秘密的瞬时宇宙。

那以后再也没有机会去更好地了解西蒙娜了。事实上，她也没有那么想向萨凡娜群体之外去扩展。或许她觉得她实际上不需要这么去做。人们都说她有点势利眼。

我对她真正了解是，她的坐姿腿屈伸是我见过最迷人的，她的成绩最好，她很敏锐，意味深长，她在人们背后有很多“聪明的观察”。有一群人——比如玛雅——都受不了她。但是我等不及要更好地了解她。可能还会成为她的朋友！在她讽刺的吐槽时大笑。然后，更为主要的是，我真的真的**真的**希望她喜欢我。

“我真的希望一切都值得这样耗时间，”西蒙娜说，“我的意思是说，这个月我们原本可以干很多其他事情！科学展项目？”

“我的还没有开始做呢。”萨默尔说。

“我也没有！”我说道，虽然实际上这不是真的。雷莫和我已经在寒假放假后的第一个星期就完成了我们的细胞立体模型。

“我只是想确认一下我们有足够的时间可以为这个舞蹈排练，”西蒙娜说着，看了看自己的手机，“我可不想站在卡耐基音乐厅的舞台上，看起来像个十足的傻瓜，只是因为我们没有充分地排练——而一切的原因是阿坦娜贝夫人太不靠谱，不能按时到场。”

“你知道，”我说，尽量使自己听起来是放松随意的，“如果我们需要在学校以外的地方排练的话，你们可以到我家来。我家地下室有一面墙的镜子，还有一个扶手杆。我妈妈以前在我们家教芭蕾舞。”

“我记得你家的地下室！”萨默尔快活地说，“你曾经在那里开过一次花仙子生日派对！”

“那是在二年级的时候。”我回答道，有一点尴尬，因为她在西蒙娜面前提及花仙子。

“你家离这里远吗？”西蒙娜问我，一遍翻看她的手机信息。

“离这里只有十个街区。”

“好吧，给我发一下你家的地址。”她说。

“没有问题！”我说，掏出手机，想着**给西蒙娜发我家的地址**，就像我是最大的傻瓜一样。“呃，对不起，你的号码是？”

她没有从手机上抬起头，但把一只手举到我脸旁，就像学校交通督导员一样，在她手掌的一侧，用深蓝色笔整整齐齐地写着一行数字，那是她的电话号码。我把她的号码添加进我的电话簿，然后给她发地址。

“嗨，你知道，”我一边输入地址，一边说，“你们可以明天下午放学后来我家，如果你们愿意的话。我们到时候就可以排练了。”

“好的。”西蒙娜很随意地咕噜了一句，这让我想倒吸一口气。*西蒙娜·金明天要来我家。*

“噢，明天**不行**，”萨默尔说，抱歉地向我瞥了一眼，“我明天和奥吉约好出去逛。”

“那么，星期五呢？”我问道。

“不行。”西蒙娜说着，明显已经发完信息，抬起了头。

“要不就下周吧？”我说。

“我们再找其他时间吧。”西蒙娜漠不关心地说，开始用手指梳起了头。“我忘了你和那怪胎是朋友，”她对萨默尔说，微笑着，“那像什么？”

我不认为她这样说的时候是故意刻薄。这真的是很多人一提到奥吉·普尔曼就会有的自然而然的表现。

我看着萨默尔。*别说话。*我想。

但是我知道她会说的。

为什么没有人生薰衣草花仙子的气

萨默尔叹了口气。“你能不这样说他吗?”她问道，几乎有点害羞。

西蒙娜好像没有听懂。“为什么？他又不在这里。”她说，把她的头发收成一个马尾辫。“这是一个非常糟糕的绰号，”萨默尔回答道，“让我感觉特别糟糕。”

萨默尔·道森就是这样的：她就有这样的本事，这样说的时候，人们是不会在意的。如果我说了类似的话？那就休想。他们会对我横加指责，说我是装腔作势假正经！但是薰衣草花仙子萨默尔这样说的时候，她可爱的小眉毛扬起来，就像额头在微笑，她就不是在讲经说道了，她看起来很可爱。

“哦，好吧，对不起，”西蒙娜抱歉地回答道，眼睛睁得大大的，“我并不想这么刻薄的，萨默尔。我不再这样叫他了，我保证。”

她听起来是非常真诚地道歉，但是她的表情总让你好奇她是不是完全真诚。我想这和她左边脸颊上的那个酒窝有关，她几乎看起来总很是顽皮的样子。

萨默尔半信半疑地看着她说：“好的。”

“我真的很抱歉。”西蒙娜说，几乎像是极力在抚平她的酒窝。

萨默尔微笑着。“十足的酷豆。”她说。

“我以前说过，我现在再说一遍，”西蒙娜回答道，挤了一下萨默尔，“你真的是一个圣人，萨默尔。”

有一阵，我感到强烈的嫉妒，西蒙娜看起来很喜欢萨默尔。

“我也认为任何人都不该叫他怪胎。”我唐突地说了一句。

现在，我想停下来为自己辩护几句——**我真的不知道自己为什么这么说**！它就那么脱口而出了，这一串愚蠢的话就这样令人作呕地从我的嘴里猛喷出来！我立即知道这句话让我听起来有多么可憎了。

“因此你从来没有这么叫过他。”西蒙娜说着，把一边眉毛扬得高高的。她那样看着我，就像在激我眨眼睛一样。

“呃……”我说，感到自己的耳朵都变红了。

不，我很抱歉自己这样说。别恨我，西蒙娜·金。

“让我问你一件事情，”她迅速地说，“你愿意和他出去吗？”

这简直是晴天霹雳，我几乎不知道怎么回答。

“什么？不！”我立即回答道。

“一点不错。”她说，就像她证明了一个观点。

“但不是因为他长相的缘故，”我惊慌失措地说，“只是因为我们没有什么共同点！”

“噢，少来了！”西蒙娜大笑道，“这**简直**就不可能是真的。”

我不知道她指的是什么。

“那**你**会和他出去吗？”我问道。

“当然不会，”她平静地说，“但是我不会虚伪否认这一点。”

我扫了一眼萨默尔，她给了我一个眼神，意思在说：“噢，这很伤人。”

“嗨，我不想那么刻薄，”西蒙娜继续实事求是地说，“但是当你说，噢，我从来不叫他怪胎，这就让我看起来像个混蛋，因为我显然刚这样称呼他了。这有点让人恼火，因为人人知道图什曼先生让你做他的欢迎朋友，这就是为什么你不会像其他人那样称呼他。萨默尔成为他的朋友并不是因为任何人强迫她成为他的欢迎朋友，这就是为什么她是圣人。”

“我不是圣人，”萨默尔迅速地回答道，“我认为夏洛特是不会那么称呼他的，即便图什曼先生没有叫她做欢迎朋友。”

“看到没？你到现在依然还是圣人。”西蒙娜说。

“我认为我不会叫他怪胎的。”我静静地说。

西蒙娜双臂交叉抱在胸前。她看着我，会心地微笑着。

“你知道，你在老师面前对他更好一些，”她非常严肃地说，“这个被注意到了。”

我还没来得及回答——并不是说我知道自己会怎么回答——阿坦娜贝夫人从礼堂后面的双扇门冲进了演出厅。

“实在抱歉，我迟到了，实在抱歉，我迟到了！”她上气不接下气地宣布着，浑身上下都是雪，看起来像一个小雪人。她走下台阶，手里提着四个鼓鼓囊囊的手提袋。

西蒙娜和萨默尔跑上楼梯去接她。但是我转身出去到走廊里。我假装在喷泉式饮水器那里喝水。但实际上我需要吞下的是大量的空气，冰冷的空气。因为我感到自己的双颊滚烫，似乎着了火一样。那感觉就像脸上刚刚被扇了几巴掌。我从走廊的窗户望出去，看到这时候雪下得很大，我很想跑到外面去溜冰。

其他人都是这样看待我的吗？就像我是这样虚伪的伪君子之类的？或者那只是典型的西蒙娜式尖刻的自我表露？

你在老师面前对他更好一些。这个被注意到了。

这是真的吗？这个被注意到了？我的意思是说，是有很多时候我对奥吉·普尔曼特别好，是因为我知道这会反馈给图什曼先生我是一个很好的欢迎朋友？可能吧，我不知道！

但是即便是这样，至少我可以说我对他很好！就这一点也是大部分人望尘莫及的！这也是西蒙娜做不到的！我还记得在舞蹈课上，她和奥吉做舞伴的时候看起来她都快吐了。我是从来没有这样对待过奥吉的！

好吧，就算我可能在老师在场的情况下对奥吉要更好一些，难道这就这么令人生厌吗？

这个被注意到？这是什么意思？被谁注意到？萨凡娜？艾莉？这是她们这样说我的话吗？这是她们昨天在午餐室谈论的话题吗？那时他们显然在谈论我，就连玛雅——对社交事物一无所知的玛雅——都为我感到愤愤不平？

我还在这里一厢情愿地认为西蒙娜·金甚至都不知道我是谁！现在，结果是，*我被注意到了*。远远超出我的期待。

我是怎么收到那天的第一个意外惊喜的

我又走进了演出厅，这时阿坦娜贝夫人已经脱完了她所有的御寒衣物。外套，围巾，毛衣散落在她周围的地上，已经被她带进来的雪打湿了。

“噢，我的天啊，噢，我的天啊！”她不停地一遍又一遍反复地说，用两只手当扇子扇着，“现在雪真的下得很大。”

她扑通一声一屁股坐在舞台前面的钢琴凳上，喘着气：“噢，我的天啊，我真的**痛恨**迟到！”

我看到西蒙娜和萨默尔交换了一下会心的眼神。

“我小的时候，”阿坦娜贝夫人继续说道，开启了她的话匣子模式，有的人喜欢，有的人认为这显得她疯疯癫癫，“我母亲事实上经常会在我和姐姐迟到的时候罚我们一美元。丝毫不夸张，**每次**我迟到——即便只是晚饭迟到——我也得给我妈妈付一美元！”她大笑起来，开始重新梳理她的发髻，说话的时候，嘴里叼着一对发夹。“当你一周的零花钱只有三块钱的时候，你得学会预算你的时间。这就是我为什么条件性地**痛恨**迟到！”

“可是，”西蒙娜指出，带着她特有的狡黠的微笑，“您今天还是迟到了。也许我们从现在开始也罚您一美元？”

“哈哈哈！”阿坦娜贝夫人和蔼地大笑道，踢掉她的靴子，“是的，我迟到了，西蒙娜！这其实不是个坏主意。可能我应该给你们每人一美元！”

西蒙娜笑起来，认为她只是在开玩笑。

“事实上，”阿坦娜贝夫人说着，伸手去掏她的钱夹，“我想我打算每次排练迟到的时候，都给你们三个姑娘一人一美元。从现在开始！这会迫使我准时！”

萨默尔古怪地看了我一眼。我们开始意识到，已经掏出钱包的阿坦娜贝夫人是认真的。

“噢，不，阿坦娜贝夫人，”萨默尔说，摇着她的头，“您不必这样做。”

“我知道！但是我打算这么做！”阿坦娜贝夫人说道，微笑着，“现在，问题在于：我同意每次我排练时迟到的时候，给你们一人一美元，如果你们同意每次**你们**排练迟到也给我一美元的话。”

“他们允许您这样做吗？”西蒙娜怀疑地问道，“从学生那里收钱？”

我也在想着同样的事情。

“为什么不呢？”阿坦娜贝夫人回答道，“你们上的是私立学校。你们能付得起！可能比我还有钱。”这最后一句她是喃喃自语说的。然后她就哈哈大笑起来。

阿坦娜贝夫人经常会被自己的笑话逗得哈哈大笑，这点相当有名。所以你得习惯她这一点。

她从自己的钱包里抽出三张崭新的一美元票子，高高举起来给我们看。

“那么，你们三个姑娘有什么话要说？”她说，“这交易划算吗？”

西蒙娜看着我们俩。“我知道我肯定不会迟到。”她对我们说。

“我也不会迟到的！”萨默尔说。

我耸耸肩，还是无法直视西蒙娜的眼睛。“我，也不会。”我说。

“那么成交！”阿坦娜贝夫人说道，向我们走了过来。

“给你，小姐（法语）。”她对西蒙娜说，给她了一张崭新的一美元票子。

“谢谢！（法语）”西蒙娜说，冲我们飞快地笑了一下，我假装没有看到。

然后阿坦娜贝夫人走向我和萨默尔。

“给你，还有你。”她说，给我和萨默尔一人一张一美元。

“上帝保佑美国。”我们俩同时回答道。

等等，什么？

我们互相看着，嘴巴和眼睛都睁得大大的。突然间，在过去的半小时中发生的一切都失去了意义——如果我认为刚才发生的事情真的发生了。

“拉手风琴的人？”我兴奋地悄悄说。

萨默尔倒吸了一口气，高兴地点点头。“拉手风琴的人！”

我们是怎么来到纳尼亚的

如果你能整个一生认识一个人而你实际上一点不了解他，这是相当好笑的。在这里，之前的人生中，我都和萨默尔·道森生活在一个平行的世界。这是一个非常好的女孩，我从上幼儿园就认识。我也一直认为她长得像薰衣草花仙子。但是实际上我们俩从来没有成为好朋友！并没有什么特别的原因。正如艾莉与我注定是朋友一样，因为从上学的第一天，戴蒙德小姐就安排我们俩坐同桌。萨默尔和我注定不能相互了解，因为我们从来没有在一个课堂里。除了体育和游泳，开会、音乐会之类的，我们在小学的人生路就从来没有过交集。我们的母亲也不是真正的朋友，因为我们也没有约着一起玩过。当然，我邀请她来参加过我的花仙子生日派对。但是那真的是因为艾莉和我觉得她长得像薰衣草花仙子！当然，我们也在其他人的保龄球派对、过夜派对等之类的场合中一起玩过。我们也是脸书朋友。我们有很多共同认识的人。我们都非常友好。

但是我们从来不是真正的朋友。

因此，当她说“上帝保佑美国”，这几乎像我人生中第一次认识她一样。想象一下，发现在这个世界上还有另一个人知道只有你知道的秘密！这就像一个无形的桥梁立即搭建起来，连接了我们俩。又或者，像我们被绊了一跤，跌进衣柜后面的一个小门，一个拉着手风琴、半人半羊的农牧神欢迎我们来到了魔法王国纳尼亚。

我是怎么接收到当天的第二个意外惊喜

我和萨默尔还没来得及继续聊有关拉手风琴的人的事，阿坦娜贝夫人双手轻拂几下宣布“该开始工作了”。我们的排练时间只剩下半个小时了，于是，阿坦娜贝夫人给我们做个了舞蹈的简要概述，期间她不时查看手机上的天气应用程序。我们没有进行实质上的舞蹈排练：只是一些基本的舞步，一点点粗略的走位。

“我们下次再开始正式练习！”阿坦娜贝夫人向我们保证，“我保证，下回不再迟到！星期五见！注意保暖！回家路上小心点！”

“再见，阿坦娜贝夫人！”

“再见！”

她前脚走开，我和萨默尔就像吸铁石一般地凑到了一起，同时激动地说开了。

“我不敢相信你知道我在说什么。”我说。

“上帝保佑美国！”她回答道。

“你知道他发生什么事情了吗？”

“不！我周围都问遍了。”

“我也是！没有人知道他发生什么事情了。”

“就像他从地球表面蒸发了一样！”

“就像谁从地球表面蒸发了一样？”西蒙娜问道，好奇地盯着我们。我猜想我们兴奋地尖叫着和捡起话题接着聊的样子像是有什么重大事件刚刚发生一样。

我还是因为前面的事情刻意和西蒙娜保持着一定的距离，因此我让萨默尔回答。

“这个人以前在缅因大街拉手风琴，”萨默尔说，“在摩尔街口的 A&P 超市门口，经常带着他的导盲犬在那里。我敢肯定你以前注意过这个人。无论什么时候你向他的手风琴盒子投钱，他都会说一句‘上帝保佑美国’。”

“上帝保佑美国。”我适时地附和着。

“不管如何，”她继续说道，“他一直都会在那里，但是几个月前，他再也没有出现在那里了。”

“而且没有人知道他发生什么事情了！”我补充道，“就像一个谜。”

“等等，因此你们谈论的是一个无家可归的人？”西蒙娜问，有点带着萨凡娜经常做的“呃”表情。

“我不知道戈迪是否无家可归，说实话。”萨默尔回答道。

“你知道他的名字？”我问道，完全惊掉了。

“是的，”她如实地回答道，“戈迪·约翰逊。”

“你是怎么知道的？”

“不记得了。我爸爸以前和他聊过，”她回答道，耸了耸肩，“他是个退伍老兵，我爸爸是海军。我爸爸总是说，*那个先生是一个英雄，萨默尔。他报效祖国*。我们有时候在去上学的时候给他带一杯咖啡和一个百吉饼。我妈妈给了他一件我爸爸的旧派克大衣。”

“等等，是一件橙色的加拿大鹅派克大衣吗？”我说道，指着她。

“是的！”萨默尔高兴地回答道。

“我记得那件派克大衣！”我尖叫道，紧紧地攥住她的双手。

“噢，我的天啊，你们俩完全极傲[①]了吗？”西蒙娜大笑道，“张口闭口都是这个穿橙色派克大衣的无家可归的人？”

萨默尔和我互相看着。

“这很难解释。”萨默尔说。但是我看得出她也感觉到了：我们通过此事而连接。我们的纽带。这是我们自己的生活大爆炸[②]版本。

“噢，我的上帝，萨默尔！”我说道，抓住她的胳膊，“或许我们可以追踪找到他！我们可以找到他在哪里，并且发现他过得很好！如果你知道他的名字，我们就能够做到这一点！”

“你认为我们可以吗？”萨默尔问道，一副秋波流转、顾盼生辉、兴高采烈的样子，“我太爱这个主意了！”

“等等，等等，等等，”西蒙娜摇摇头说道，“你们俩是认真的吗？你们想去追踪一个几乎不怎么认识的无家可归的男人？”她似乎不大相信自己的耳朵。

“是的。”我们俩说道，高兴地互相看着对方。

“他会认得我！”萨默尔自信地说，“尤其当我告诉他我是道森中士的女儿。”

---

① 极傲（geek out）衍生自于极客一词（Geek）。极傲就是从现实世界隐退，沉浸在极客的地下世界里推陈出新。

② 这里的生活大爆炸取自美国情景喜剧《生活大爆炸》（*The Big Bang Theory*），该剧讲述的是四个宅男科学家和邻居的搞笑生活故事。

“他认识你吗，夏洛特?”西蒙娜问我，她的眼睛怀疑地眯起来。

“当然不认识!”我迅速地回答她，只是想让她停止说话，“他是个瞎子，傻瓜!”

我刚说完，周围立刻一片寂静。就连演出厅里一直砰砰作响的暖气片，这时也突然不响了，就好像整个演出厅想要听到我的声音在空气中回荡一样。

他是个盲人，傻瓜！他是个盲人，傻瓜！他是个盲人，傻瓜！

又一连串口无遮拦乱喷的话。这几乎就像是我故意说给西蒙娜·金找恨的!

我等着她说些嘲讽话来回击我，让那些话就像一张无形的手扇在我的脸上。

但是，完全出乎我的意料，她开始大笑起来。

萨默尔也开始大笑起来。“他是个盲人，傻瓜!”她说道，模仿得活灵活现。

“他是个盲人，傻瓜!”西蒙娜也重复道。

她们俩开始放声大笑。我想，自己脸上吓疯了的神情可能让她们觉得更可笑。她们每看我一下，就笑得更厉害了。

“实在抱歉，我不该那么说，西蒙娜。”我飞快地轻声说道。

西蒙娜摇摇头，用手掌抹了抹眼睛。

“好着呢，”她回答道，匀了匀气，“我自己招来的。”

这会儿，她没有一丁点的厌恶轻蔑，而是微笑着。

“喂，我之前也不是故意侮辱你，”她说，“我说奥吉的事。我知道你不仅仅只在老师面前对奥吉好。我为我的话感到抱歉。”

我不敢相信她在道歉。

“不，这没事。”我笨拙地回答道。

“真的?”她问道，“我不想让你生我的气。”

“我没有!”

“我有时候就是个十足的二百五，”她后悔地说，“但是我真的希望我们能成为朋友。”

“好的。”

“哇，”萨默尔说道，向我们俩张开双臂，“来吧，诸位。集体拥抱。”

她伸出自己的花仙子翅膀拢住我们俩，我们花了几秒钟围在一起，笨拙地把手搭在彼此肩上，过了漫长的一秒钟，然后就在咯咯笑声中结束了，这次我也笑了。

这居然成为一天之中最大的惊喜了。不是发现有人注意我，也不是萨默尔知道拉手风琴的人叫什么名字。

而是我意识到西蒙娜·金，在她一层又一层的尖刻和恶作剧背后，其实是有些温柔的，尤其是在她不是那么刻薄的时候。

我们是怎么更加了解对方的

接下来的几个星期飞逝而过！暴雪，舞蹈排练，科学展项目，复习考试，还有想办法解开戈迪·约翰逊发生了什么事情的谜团（稍后我会讲这个），疯狂地搅和在一起。

阿坦娜贝夫人就是个十足的小个子训练军士！很招人喜欢，她那独特的摇摇摆摆的、可爱的方式，但是她真的是很严格，就像我们永远练习得还不够。操练，操练，操练，踮起脚尖！西迷舞摇摆！滚动髋部！古典芭蕾！现代舞！爵士舞！不要敲击！重拍！半踮脚尖！一切都要按她的来，她有很多非常具体的舞蹈怪癖，她坚持不改的习惯。舞蹈本身并不难。扭扭舞，猴子舞，瓦图西舞，小马驹舞，搭便车舞，游泳舞，髋部舞，布加洛舞。但是要完全按照她的要求去做，很难。把它们连起来作为一个大一点的编舞，完全同步地去做，这就是我们花大部分时间来练习的。带动手臂的方式，弹指的方式，几个人出场，我们的跳跃。我们得非常刻苦地练习如何跳得一模一样——而不仅仅是一起跳！

我们花最多时间练习的是布加洛舞。这是阿坦娜贝夫人整个舞蹈节目的重头戏，也是她编的从一种舞蹈向另一种舞蹈的过渡舞蹈。有意思的是，她这个人在某些事情上松松垮垮——从来没有一次排练是准时来的！——但是在另一些事情上非常严格——就像，上帝禁止你做一个对角线快滑步而不是一个旁路快滑步！噢，小心，按你这样，世界可能要完蛋了！

顺便说一句，我不是说阿坦娜贝夫人人不好。平心而论，她是超级好的人。如果我们对于一套新的舞蹈动作的掌握有难度，她就会安抚我们说："一小步一小步，姑娘们！任何事情都是由一小步一小步开始的！"在一个特别密集的练习之后，她会出人意料地拿出些布朗尼给我们吃。如果她让我们排练的时间太长，回家太晚，就会开车送我们回家。她给我们讲其他老师好笑的故事，也讲她自己的故事，讲她是如何在西班牙语区长大的；她的一些朋友是如何走"错"路径的。看歌舞表演秀《美国舞台》① 如何救了她的命，她是如何在魁北克和太阳马戏团② 一起表演时遇到同为舞蹈演员的丈夫的。"我们是在三十米高的钢丝绳上跳阿拉贝斯克芭蕾舞时相爱的。"

训练强度很高。晚上我睡觉的时候，脑袋里常蹦出大量的信息！一段音乐，要背的东西，数学方程式，要做的事情清单。阿坦娜贝夫人用她流利的东哈姆雷区口音说："这是布加洛舞，宝贝！"有时，我甚至需要戴上耳机才能淹没我大脑里喋喋不休的声音。

---

① 《美国舞台》(*American Bandstand*) 是电视史上持续最长的电视音乐节目，这是一档最受青少年欢迎的摇滚类音乐节目。

② 太阳马戏团（法语：Cirque Du Soleil，前称索拉奇艺坊）是加拿大魁北克省蒙特利尔的一家娱乐公司及表演团体，也是全球最大的戏剧制作公司。

我很享受这么多的乐趣，但是，在所有这些疯狂的排练、阿坦娜贝夫人的训练和其他一切事情中，最好的就是——我不想听起来老土——西蒙娜、萨默尔和我真的开始彼此了解对方了。好吧，这真的听起来很老土。但是这是真的！嗨，我不是说我们成为好朋友什么的。因为，萨默尔还是和奥吉一起玩，西蒙娜还是和萨凡娜玩，我还是和玛雅玩圆点游戏。但是我们三个成为朋友，就像好朋友。

顺便说一句，西蒙娜的讽刺挖苦完全是伪装的。只要她想放下，她就立即能放下，就像你一直戴上一条围巾作为配饰，直到你觉得你的脖子痒痒的。当她和萨凡娜在一起，她就带上围巾。和我们在一起，她就摘下围巾。这并不是说我有时在她面前不感到紧张！噢，我的天啊。她第一次要来我家？我完全慌了！我非常紧张，担心我妈妈让我尴尬，担心床上的毛绒玩具太粉嫩了，担心我卧室门上贴的那张派对男孩的海报，担心我的狗苏琪会尿在她的身上。

可是，一切顺利！西蒙娜非常好。她说我有一个很酷的房间。她主动要求晚饭后洗碗。她取笑我三岁的一张超级逗比的照片，这也没什么过火的，因为我穿着那身衣服看起来确实像袜子木偶！那天下午的某个时刻，我都想不起来是什么时候，我不再不断地想西蒙娜·金在我家！西蒙娜·金在我家！只是好好玩乐。这对我来说非常重要，因为这是个转折点，我在西蒙娜面前不再像一个傻瓜，不再有口不择言。我想我也摘下了自己的“围巾”。

无论如何，二月份很紧张，也很快乐。到二月底的时候，我们三个搭帮结伙，几乎天天放学后都到我家，在那面镜子墙前跳舞，自我纠正动作，互相协调动作。跳得累了或者气馁的时候，我们中间就有一个人会用阿坦娜贝夫人的口音说道：“这是布加洛舞啊，宝贝！”这能让我们继续坚持练下去。

有时候我们也不排练。有时候，我们就冻得缩在客厅的壁炉旁，一起做作业，或者出去闲逛，或者，偶然，去搜一搜戈迪·约翰逊。

我有多么喜欢大团圆结局

我最怀念童年的时光就是所看的电影都有一个大团圆的结局。多萝西[①]回到了堪萨斯。查理拥有了巧克力工厂[②]。埃蒙德[③]做回了自己。我喜欢这个，我喜欢快乐结局。

但是当你长大了，你会看到有时候故事并没有快乐的结局。有时候，甚至还是一个悲伤的结局。当然，这让故事更加有意思，因为你不知道将要发生什么，但是也挺让人害怕的。

无论如何，我提起这个是因为我们越是寻找戈迪·约翰逊，我越是意识到或许结局并不好。

我们只是通过搜索引擎搜他的名字来开始我们的寻找。但是，结果是找到好几百个戈迪·约翰逊。戈迪·约翰逊，有一个著名的爵士音乐家叫作戈迪·约翰逊（这就在理论上清楚解释了眼部护理店的男人听说过我们的戈迪·约翰逊）。还有一个政治家戈迪·约翰逊，建筑工人戈迪·约翰逊。退伍老兵。很多讣告。网络并没有区分在世的和去世的。每一次我们点开一个这样的名字，我们都会感到解脱，这不是我们的戈迪·约翰逊。但是令人难过的是，这是

---

① 多萝西是电影《绿野仙踪》的女主人公。《绿野仙踪》是米高梅公司出品的一部童话故事片。

② 查理是电影《查理和巧克力工厂》的男主人公，该片改编自 1964 年罗尔德·达尔的同名小说。

③ 埃蒙德·派文西是电影《纳米亚传奇》的男主人公。

另外一个叫戈迪·约翰逊的人。

起初，西蒙娜并没有真正加入搜索的队伍。她会做作业，或者在卧室的另一边给迈尔斯发信息，我和萨默尔围着我的笔记本电脑，一屏一屏地查看，毫无进展。但是有一天，西蒙娜把自己的椅子拉过来，从我们的背后看过来。

“或许你们可以尝试用图像搜索。”她建议道。

我们尝试了，但依然没有线索。从那以后，西蒙娜和我们一样感兴趣，希望能找到戈迪·约翰逊，知道发生了什么事情。

我是怎么发现玛雅的一些事情的

与此同时，在学校，一切如常。我们举办了科学展览会。雷莫和我得了 B+。我们做了细胞解剖三维立体透视模型，这个成绩比我想象的要高，因为我尽量避免在这个项目上花时间。西蒙娜和萨凡娜做了个日晷。但是最有意思的大概是奥吉和杰克的作品。他们做的是由土豆提供电源的工作灯。我觉得是奥吉做了大部分工作。因为，说实话，杰克从来不是我们所谓的“有天赋的学生”，但是他非常高兴作品能够拿到 A。他看起来十分可爱！！！就是傻乐傻乐的。

我看到的杰克是这样的：

二月底的时候，男孩战争升级了。萨默尔给我传递战事信息，因为她有来自奥吉和杰克这一边的独家新闻。很显然——我发誓要保密——朱利安在杰克和奥吉的储物柜里给他们留下了非常下流的黄色便利贴。

我为他们感到很难过！

玛雅也为他们感到难过。她现在对男孩战争很痴迷，虽然我不知道起因是为什么。她没有什么尝试和奥吉做朋友的意图！她总是把杰克当作傻瓜。就像，从前，我和艾莉指出杰克戴着那身滑稽郎中多杰尔大礼帽和可爱的时候，玛雅会用手指堵住耳朵，蒙住眼睛，似乎想一想杰克都会让她很难受。因此，我认为她对男孩战争感兴趣是基于这样的事实：虽然玛雅很古怪，但是她心眼很好。

直到有一天吃午饭的时候，我看到她在认真地写着一个单子，我才明白她为什么这么在意这件事情。她的笔记本，原来是用来记录圆点游戏的，上面却贴了三排便利贴，写满了整个年级所有男孩的名字。她把男孩子划分为三类：杰克一边的，朱利安一边的，保持中立的。

“我想这样可以帮助杰克知道他在这场战斗中不是孤军奋战。”她解释道。

这时候我才意识到：玛雅暗恋上了杰克·威尔！哇，这太可爱了！

“好窝心。”我回答道，我不想让她难为情。因此我帮她一起整理名单，我们在一些中立者的意见上发生了分歧。她最终听从了我的意见。然后她把名单抄在一张活页纸上，把纸对折一下，又对折，再对折，再对折。“你准备怎么办？”

“我不知道，”她回答道，把眼镜往上推了推，“我不想把它给错人。”

“你想让我把它交给萨默尔？”

“是的。”

因此，我把名单交给萨默尔，让她转交给杰克和奥吉。我想萨默尔可能会认为这个名单是我写的，我并没有更正她，因为我确实帮助玛雅列出了这个名单，因此我想也没有什么大不了的。

“舞蹈的事情怎么样了？”同一天，玛雅问我。我知道她只是为了礼貌起见，其实原本并不关心。但是这样很好，至少她努力表现出感兴趣。

“挺疯狂的！！！”我回答道，咬了一口我的三明治，“阿坦娜贝夫人完全疯了！”

“哈，阿坦娜贝夫人。”玛雅说。

“是的，”我说，“她人不错。”

“不过，你就像整个二月份都在冬眠似的，”玛雅说，“我都见不到你。你放学后也从来没有和我们一起回家。”

我点点头：“我知道。我们最近在午饭时间练习。但是我们很快就结束了。再过几周吧。联欢会是三月十五号。”

“谨防三月十五号。”她说。

“哦，是的！没错。”我说，虽然完全不知道她在说什么。

“那么，想看看我最新的巨型圆点游戏的草图吗？”

“当然。”我回答道，深深地吸了一口气。

她拉出了自己的笔记本，然后开始详细地解释，她如何不再用网格图形来做圆点游戏了，现在她使用的是粉笔艺术风格的制图法来创建壁画，这样的话，当这些点被填充起来后，它们就会有“一种动态流模式”或者类似的效果。事实上，她所说的我有点反应不过来。我唯一听懂的就是当她说：“我还没有把我的新游戏带到学校里来，我想确定你在旁边的时候再玩。”

“哦，好贴心。”我回答道，挠挠自己的头，不敢相信那时候我会多么无聊。

她开始说些圆点游戏的其他一些事情，我开始往萨默尔那一桌瞄着看，来分散我的注意力。她、杰克还有奥吉在笑。有一点可以保证：他们没有谈论圆点游戏！有很多时候我真的希望我有那个勇气径直走上前去，和他们坐在一起。

然后我也往萨凡娜那一桌看过去，他们也在大笑，玩得很高兴。萨凡娜，艾莉，格雷琴，西蒙娜。她们和坐在她们对面的男孩子们说着话：朱利安，迈尔斯，亨利，阿摩斯。

“她难道不坏吗？”玛雅说，顺着我的目光。

“艾莉？”我问道，因为此刻，我正看着她。

“不是的，是西蒙娜·金。”

我回过头，看了玛雅一眼。我知道她恨西蒙娜，但是出于某种原因，她这样说的时候，用了如此激动的语调，还是让我吃了一惊。“那么，是什么事让你对西蒙娜这么有意见？”我问道，“是艾莉抛弃了我们，记得吗？是萨凡娜对我们不友好的。”

“这不是真的，”玛雅争辩道，“萨凡娜一直对我不错。我们以前在小学的时候是约会玩伴，老约着一起玩。”

我摇摇头。“是的，但是玛雅，”我说道，“约会玩伴是不算数的。有一半的时间，这些玩耍约会都是妈妈安排的。现在我们自己选择想要和谁在一起。艾莉选择不要和我们在一起，就像我们选择不和某些人在一起一样。这没有什么大不了，这当然也不是西蒙娜的错。”

玛雅透过眼镜向萨凡娜那桌窥视了一下。我观察她的时候，发现她看起来和上幼儿园时一模一样，那时候我们在操场玩绳球游戏或者在夕阳中去公园里找花仙子。

从某些方面而言，她从那时起，并没有长大多少。她的脸，她的眼镜，她的头发——几乎和过去一模一样。当然，她现在长高了一些。但其他的几乎都没有什么变化，尤其是她的表情。那就和过去一模一样。

“不，艾莉过去对我很好，”她非常肯定地回答道，“就像萨凡娜过去对我很好一样。我觉得这都怪西蒙娜·金。”

二月份怎么让我们也有钱赚!

二月底的时候，我们赚了三十六美元!

阿坦娜贝夫人每次彩排都迟到。

每次。

每一次。

都迟到。

因此，事实上她每次手里都拿着准备好的崭新的一美元钞票给我们。每次出现，她都是一边说着话，下意识地给我们发钱，然后就开始上舞蹈课了！这几乎就是入场券了，是她穿过那扇门进来付的入场券。太好笑了!

在月中的时候，有一天她自己建议把迟到的罚款从一美元提高到五美元。这样，她向我们保证，肯定会让她以后不迟到。

但是当然这也没能奏效。现在，她每次来排练已经不是带着准备好的崭新的一美元钞票了，而是带着崭新的五美元钞票。只是，每次她都默默地把钱放在门边我们的书包上。这是入场的费用。

嗖，嗖，嗖。

“上帝保佑美国。”

现在连西蒙娜也开始说了。

西蒙娜是怎么有所发现的

《升天记》的超越

美国纽约时报妙新科技　梅丽莎·克劳斯撰稿，1978 年 2 月

《升天记》在耐莉里贾纳剧院的世界首场演出，是编舞者佩特拉·石莲的闪亮登场。她是茱莉亚音乐学院近期毕业生，公主恩典奖得主。这是对二十世纪六十年代舞蹈风尚的一个迷人的重新诠释——就像通过作者在纽约市西班牙语区的童年时代的柯达镜头看到的那样——这部作品是向粗糙、抓人眼球、即将失去踪迹的那个年代奉上的一个引人入胜且令人欢乐的致敬。作品里充斥了令人激动的跳跃和创新的舞步，掩盖了石莲小姐古典风格舞蹈的训练。这部作品采纳了一种特殊的舞蹈——布加洛舞——将整部作品编织在一起，通过这个舞蹈创造了一种视觉描述。

"我选择布加洛舞作为这个舞蹈的核心亮点，"石莲解释道，"是因为它是那个时代的唯一舞蹈风尚，伴随着岁月的流逝，反映了不同类型音乐风格，也解释了音乐家与舞蹈家的艺术流派。布加洛舞的类型非常多：拉丁、灵魂、蓝调、疯克乐、迷幻，还有摇滚。正是这个舞蹈贯穿了所有的流派，具是共同的线索。"

"我成长于二十世纪六十年代，对于我和我的朋友而言，音乐就是一切。我没有钱去上舞蹈课。《美国舞台》就是我的舞蹈老师。那个时代的舞蹈风尚就是我的训练。"

直到十二岁，石莲才开始了她正规的舞蹈训练。但是一旦她开始走上了这条道路，就没回头。“我一进入表演艺术的世界，进入了茱莉亚音乐学院[①],”石莲回忆道，“我就知道我行，我可以克服困难。但是，我周围的朋友都不行。那是一个很难脱离的环境。”

在问及为什么会选择布加洛舞作为舞蹈的主题时，石莲开始追忆。“几年前，也就是我从茱莉亚音乐学院毕业的前一个月，我参加了一个儿时朋友的葬礼——曾经常到我家一起看《美国舞台》的一个女孩子。我已经很多年没有见过她了，但是我听说她病得很重，交错了朋友。总之，在葬礼上她母亲见到我，告诉我这个朋友给我准备了一件礼物，一件毕业礼物。我都想象不出来那会是什么！”

石莲举起了手中的一盘卡式录音带。“这个女孩给我录制了一盘磁带，把我们小时候听到的每一首布加洛舞的歌全都录了下来。每一首单曲。贾斯汀·巴雷托的《唐人街》，卡科管弦乐队的《布加洛舞，布加洛舞》，雪莉·埃利斯的《甜心，让我们来跳布加洛舞吧》，卢·考特尼的《我正好有这东西》，自由美少女的《布加洛舞时间，宝贝！》，拉丁少年的《东印度布加洛舞》，亚瑟·康力的《布-加-洛-舞！》，奥黛丽·温特斯的《布-加-洛-舞》，人类拜因兹乐队的《没有人只有我》。令人难以置信的歌单，我都不知道她是如何录下其中有些歌的。但是，当我听到这些歌曲的时候，我知道

① 茱莉亚音乐学院（纽约）(The Juilliard School）是美国一所致力于音乐、舞蹈、戏剧等艺术领域教学的非营利性私立高等院校。

我将要创造一个舞蹈把这些歌都编进去。”

这支舞蹈的三个表演者都是茱莉亚音乐学院近期毕业的，把这个独特的词汇带进这个蒙太奇剪辑组合的作品中，可以一下子把观众带入积极向上、欢乐的体验，而没有任何泡泡糖式的多愁善感。这种技巧的缺乏来源于歌曲活泼的安排，它们无缝地衔接在一起，就像石莲切中要害的叙述，这是最好的现代舞蹈。

我们是怎么发信息的

星期二　晚上九点十八分

西蒙娜·金

你们看到我在电邮中发给你们的文章了吗?

夏洛特·科迪

噢!我的!天啊!!!!那真的是阿坦娜贝夫人吗?

西蒙娜·金

:);-0 疯狂,是吧?

夏洛特·科迪

你确定吗?佩特拉·石莲是谁?

西蒙娜·金

这是她婚前的名字。就是她!相信我。我今晚用谷歌搜索戈迪·约翰逊,觉得烦了,就开始搜索佩特拉·阿坦娜贝。

萨默尔·道森

我刚读完这篇文章。难以置信!

西蒙娜·金

我知道!令人惊讶讶讶讶!

夏洛特·科迪

照片里的她看起来真年轻，真漂亮。

萨默尔·道森

哇，那真窝心，西蒙娜!

西蒙娜·金

@什么??????

萨默尔·道森

你谷歌了戈迪·约翰逊。

西蒙娜·金

是的。现在我也很好奇。我想知道他发生什么事情了。

夏洛特·科迪

我不应该这么说，但是我妈妈认为他可能……

萨默尔·道森

噢，不!!!!! 我妈妈也这样认为。

西蒙娜·金

对不起，姐们，我也有点这么认为……

夏洛特·科迪

愿你安息，戈迪·约翰逊?????? 😕

萨默尔·道森

不不不不不不不不!!!!!

夏洛特·科迪

我不相信。

萨默尔·道森

我也不信。

西蒙娜·金

好吧，忘了我说过的话吧。

萨默尔·道森

说过什么话???

夏洛特·科迪

☺☺☺☺☺

西蒙娜·金

一个题外话，你们俩想不想明晚在我家睡？

夏洛特·科迪

好啊！问下我老妈。马上回来。

萨默尔·道森

听起来不错。只有我们吗？

西蒙娜·金

是。@6 点来。

萨默尔·道森

好的。

夏洛特·科迪

我老妈说可以，只要你父母在家。

西蒙娜·金

当然啦！

夏洛特·科迪

我的家长正在侵犯我的私人空间，在我背后读信息，让我去写作业，现在我得走了。明天见。晚安了！

萨默尔·道森

安了！

西蒙娜·金

到明天！等不及！走了。

我们是怎么到西蒙娜家的？

这是我们第一次去西蒙娜的家。在这之前，我们都是在我家或者在萨默尔家。

西蒙娜住在公园另一边的豪华摩天大楼里。这座大楼里有门卫，和我以前去的北河高地的公寓完全不同。那里大多数是有上百年历史的棕色石头房子，或者低矮的公寓楼。西蒙娜的这栋公寓楼超级现代，电梯直达公寓。

"嗨！"西蒙娜说，她在门厅里等我们。

"嗨！"我们说。

"哇。这里太漂亮了。"萨默尔说。她把睡袋放在玄关的地上，四周看了看，说道："我们要脱鞋吗？"

"当然，谢谢，"西蒙娜说，拿着我们的外套，"真不敢相信，又下雪了。"

我把自己睡袋放在萨默尔的旁边，脱下了我的雪地靴。一个我从来没见过的女人从客厅走了进来。

"这是路易莎，"西蒙娜说，"这是萨默尔，那是夏洛特。路易莎是我的保姆。"

"嗨。"我们俩同时说。

路易莎冲我们笑笑。"见到你们真高兴！"她说着蹩脚的英语，然后对着西蒙娜机关枪似地说起了西班牙语。西蒙娜点头回应，用西班牙语说了句谢谢。

“你会说西班牙语？”我非常惊讶，跟着西蒙娜来到餐台。

西蒙娜大笑道：“你不知道吗？西蒙娜是典型的西班牙名字。你们想要喝点什么？”

“我以为是中国名字呢！”我如实地回答，“水就很好了。”

“我也这么觉得。”萨默尔回答道。

“我爸爸是中国人，”她解释道，从冰箱门上拿起水，倒了两杯，“我母亲是西班牙人，来自马德里，那是我出生的地方。”

“真的吗？”我说道，“好酷啊。”

她把两杯水放在我们面前，路易莎端过来一大盘零食。

“多谢！”萨默尔对路易莎用西班牙说。

“多谢！”我也用带着浓重美国口音的西班牙语重复道。

“你们俩真可爱。”西蒙娜说着，拿起一根胡萝卜条在一小杯鹰嘴豆泥里蘸了蘸。

“那么，你是在马德里长大的吗？”我问道。除了跳舞、马，还有《悲惨世界》，这世界上我最喜欢的就是旅游了。并不是说我去过多少地方，因为到目前为止，我们只去过巴哈马群岛、佛罗里达，还有蒙特利尔——但是我父母经常会谈论将来带我们去欧洲。我计划着当我实现了百老汇明星的目标后就去做个职业旅行家。

“不，我没有在那里长大，”西蒙娜回答道，“我的意思是说，我在那里过暑假——除了去年暑假以外。我去年暑假在这里参加芭蕾集训。但是我没有在那里长大。我的父母都在联合国工作，因此我有点到处长大的意思。”西蒙娜咬了一口胡萝卜条，继续说道：

“我们在罗马待了两年。在那之前，我们住在布鲁塞尔。我们在迪拜也住过一年，那时候我大概四岁，但是我一点也不记得。”

“哇。”萨默尔说。

“太酷了。”我说。

西蒙娜用胡萝卜条敲着自己的那杯水。“还好吧，”她说，“但是也会有点辛苦。搬来搬去的，我总是学校里新来的。”

“噢，是的。”萨默尔同情地说。

“我活下来了，”西蒙娜嘲讽地说，“我不想抱怨什么。”她又咬了一口胡萝卜。

“那么，你还懂其他语言吗?”我问道。

她伸出三根半手指头作为回答，因为她的嘴里嚼着胡萝卜。然后，等她咽下之后，她说道:“英语，因为我总是要上美国学校。西班牙语、意大利语，还有从我奶奶那里学了一点点汉语。”

“太酷了!”我回答道。

“你不停地说太酷了。”西蒙娜指出来。

“这太不酷了。”我回答道，把她给逗乐了。

路易莎走过来，问西蒙娜问题。

“路易莎想知道你们晚饭想吃什么。”西蒙娜翻译道。

萨默尔和我相互看看。

“噢，什么都行，”萨默尔彬彬有礼地对路易莎说，“请不要太麻烦。”

西蒙娜翻译的时候，路易莎扬了扬眉毛，微笑了一下。然后她伸出手疼爱地捏了捏萨默尔的脸蛋。

“好漂亮的小姑娘（西班牙语）！”路易莎说。然后她看着我。“你看起来像个玩具娃娃（西班牙语）！”

西蒙娜大笑：“她说你非常漂亮，萨默尔。夏洛特，你看起来像个小洋娃娃。”

我看着路易莎，她微笑着，点着头。

“哇，”我说，“真是太好了！”

然后路易莎就走开了，去给我们准备晚餐。

“我父母大概晚上八点回家。”西蒙娜冲我们挥挥手，让我们跟她去。

她带着我们参观了其他房间。他们家很像杂志上的那种，什么都是白色的。白色的沙发，白色的地毯。甚至在客厅还有一张白色的乒乓球桌！我有点紧张，担心我的毛手毛脚——我一直都以此著称——不小心把东西弄洒了。

我们沿着走廊去西蒙娜的房间，这可能是我见过的最大的卧室了（她的房间不是主卧）。我的卧室，是和比阿特丽克斯共用的，可能只有西蒙娜的四分之一大。

萨默尔走到房间中间，慢慢地旋转了一圈，把房间打量了清楚。“好吧，这个房间有我家整个客厅加厨房那么大。”她说。

“噢，哇！”我说，走到落地窗前，“从这里可以看到帝国大厦！”

“这是我见到过的最漂亮的公寓！”萨默尔说，在西蒙娜书桌椅前坐了下来。

“谢谢，”西蒙娜点点头说道，环顾了一下四周，略有点尴尬地说道，“是的，我的意思是说，今年暑假我们才搬到这里，所以我还没有完全把这里当作自己的家，但是……”她扑倒在床上。

萨默尔把旋转椅摇起来，凑上去看西蒙娜书桌后面的那个巨大的布告栏。那上面贴满了小小的照片、图片、引言、语录等。

“噢，看，一篇布朗先生的信念！”她说，指着一张布朗先生九月信念的剪纸。

“他是我有生以来最喜欢的老师。”西蒙娜说道。

“也是我最喜欢的！”我说。

“你和萨凡娜这张合影真可爱。”萨默尔说。

我走上前去看萨默尔指的那张照片。在西蒙娜几十张生活照中，大多数我们都不认识，有一张是西蒙娜和萨凡娜在公共照相亭里拍的合影——还有西蒙娜和迈尔斯，萨凡娜和亨利，艾莉和阿摩斯。当我看到艾莉的照片贴在这里时，我得承认，我觉得多少有些奇怪。就像我换了个角度看她一样，她真的拥有了全新的生活。

“我得给你们俩照一张照片贴在上面。”西蒙娜说。

“噢，拜托了。”萨默尔用她那种可爱、推辞的花仙子的语气说道。她指着布告栏中的一张照片说道：“西蒙娜！”

这让我花了点时间才意识到她说的“噢，拜托了”并不是对西蒙娜刚说的话的回答。

“噢，对不起。”西蒙娜说，脸上带着歉意。

一开始我并不知道这张照片有什么问题，因为那只是我们班级的集体照。然后我意识到在奥吉的脸上贴着一张黄色的便利贴，上面还画着一张沮丧的脸。

西蒙娜把便利贴从照片上取了下来。“这只是萨凡娜和其他人在恶搞。”她抱歉地说。

“这几乎和朱利安妈妈 PS 照片一样糟糕。”萨默尔说。

“这已经是很久以前的事情了。我几乎已经忘记它在那里了。”西蒙娜说。我已经习惯了她左边脸颊上的酒窝，已经完全不会混淆她认真和开玩笑的样子了。我可以说她此刻的表情是确实悔恨不已的。“注意，事实上，我觉得奥吉很神奇。”

“但是你从来没有和他说过话。”萨默尔说。

“只是因为我在他周围感到不自在，这并不能说明我没有被他震惊。”西蒙娜解释道。

正在这时，我们听到打开的门上有敲门声。路易莎怀里抱着一个小男孩来了。小男孩显然刚刚睡醒，大概有三四岁的样子，长得和西蒙娜一模一样，但是有很明显的唐氏综合征症状。

“Hola，Eduardito！（你好，爱德华蒂托）”西蒙娜笑容满面地说道，伸出双手去接她的小弟弟，路易莎把她弟弟递给了她。“这是我的朋友们。Mis amigas(我的朋友)。这是夏洛特，那是萨默尔。说‘嗨’。Di hola（说‘嗨’）。”她抓住爱德华蒂托的手，冲我们挥一挥。我们也冲他挥挥手。爱德华蒂托还没有完全清醒，很瞌睡地看着我们，小脸蛋上到处印满了西蒙娜的亲吻。

我们怎么玩真心话大冒险

“我发现我爸爸去世的那一天。”萨默尔说。

我们三个人把睡袋放在西蒙娜卧室的地板上，躺进自己的睡袋里。顶灯已经熄灭，但是绕在卧室一周的红色的圣诞节霓虹辣椒串灯仍亮着，墙壁在黑暗中泛起粉红色的光，我们的睡衣泛着粉红色的光，我们的脸上也泛着粉色的光。这样的光线对于讲秘密和在日光下永远不会讲的事情来说是最好不过了。我们在玩真心话大冒险的游戏。萨默尔摸到那张真心话牌，上面写着：*什么是你人生中最糟糕的一天？*

我的第一直觉是把这一张牌放回去，让她重新抽一张。但是她似乎不介意回答这个问题。

“我那时候正在鲍勃夫人的课堂上，我妈妈和奶奶进来把我带走了，”她继续平静地说道，“我以为她们带我去看牙医，因为我早上掉了一颗牙。但是我们刚一坐进车里，我奶奶就开始哭了起来。然后我妈妈告诉我他们刚刚发现我爸爸在一次行动中去世了。‘**爸爸在天堂里了**。’她说。于是我们在车里哭啊哭。就像发了洪水，眼泪止不住。”她说着，手里摆弄着睡袋上的拉链，没有看我们。“不管怎么说，这都是最糟糕的一天。”

西蒙娜摇摇头。“我都无法想象那会是什么样子。”她静静地说。

“我也一样。”我说。

“实际上现在有一些模糊了，”萨默尔说，还在拉拉链，“就像，说实在的，我不记得他的葬礼了。一点也不记得。那一天我唯一能记得的事情就是我正读的那本恐龙的图画书。其中有一幅图是一颗流星划过三角恐龙头顶的天空。我记得当时想着爸爸的死就和这幅画一样，就像恐龙的灭绝一样。一颗流星撞击了你的心脏，永远地改变了一切。但是你还在那里，你还在继续活着。”

她最终把拉链拉开，又把它拉起来，合上了睡袋。

“但是，无论如何……”她说。

“我记得你爸爸。”我说。

“真的？”她笑着说。

“他个子很高，”我回答道，“嗓音真的很浑厚。”

萨默尔高兴地点点头。

“我妈妈跟我说，所有的妈妈都觉得他好帅。”我说。

萨默尔眼睛睁得大大的。“哇。”她说。

我们有几秒钟都没有说话。萨默尔把牌打乱。

“好了，现在轮到谁了？”她问道。

“我想该我了。”我回答道，转动转盘。

指针指到真心话，因此我从真心话的牌里抽了一张牌。

“哦，这张可真够无聊的，”我说，大声地读了出来，“你想拥有什么超能力，为什么？”

“挺好玩的。”萨默尔说。

“我想飞，当然啦，”我回答道，“我可以去我想去的任何地方。

周游世界。去西蒙娜住过的所有地方。”

“噢，我想隐身。”西蒙娜说。

“我不想，”我回答道，“为什么要隐身？这样我就能听到别人在我们背后怎么议论我了吗？知道每个人都认为我是个大骗子吗？”

“噢，不！”西蒙娜大笑道，“不要这个样子。”

“我开玩笑呢，你知道的。”

“我知道！”她说，“但是我再说一遍，没有人认为你是个大骗子。”

“谢谢你。”

“只是个小骗骗。”

“哈！”

“但是，你真的太在乎别人对你的看法了。”她神情认真地说道。

“我知道。”我同样认真地回答道。

“好了，该你了，西蒙娜。”萨默尔说。

西蒙娜转动转盘，指针是真心话。她捡起一张牌，自己读了一遍，然后哼了一声。

“如果你可以和你们学校任何一个男孩出去的话，这个男孩是谁？”她大声读了出来，用一只手遮住脸。

“什么？”我说，“难道不是迈尔斯吗？”

西蒙娜开始大笑起来，摇摇头，很窘。

“什么！！！”萨默尔和我说，指着她，“谁？谁？谁？”

西蒙娜大笑道。在昏暗的光线中很难看清楚，但是我敢肯定她脸红了。

“如果我告诉你们，你们得告诉我你们暗恋谁？”她说。

“不公平，不公平。”我回答道。

“不，很公平！”她说。

“好吧！”

“阿摩斯。”她说，叹了口气。

“不会吧！”萨默尔说，嘴巴张得老大，“艾莉知道吗？”

“当然不知道，”西蒙娜说，“只是暗恋。我也不会做什么。另外，他对我一点感觉都没有。他真的很喜欢艾莉。”

我想了想。就在几个月前，艾莉和我还谈论着杰克。有个“男朋友”那时候似乎还是很遥远的事情。

西蒙娜看着我。“我想我知道夏洛特暗恋谁。”她用唱调在说。

我捂住我的脸。“人人都知道了，拜艾莉所赐。”我说。

“你呢，萨默尔？”西蒙娜说，碰了碰萨默尔的手。

“是的，萨默尔，你呢？”我问道。

萨默尔微笑着，但她摇摇头说没有。

“快点吧！”西蒙娜说，她拉拉萨默尔的小拇指，“肯定有。”

“好吧，”犹豫了一会之后，她说道，“瑞德。”

“瑞德？”西蒙娜说，“谁是瑞德？”

“他和咱们都上布朗先生的课！”我回答道，“不爱说话？爱画鲨鱼。”

“他没有那么受欢迎，”萨默尔说，“他非常好。我觉得他非常可爱。”

“噢噢噢！”西蒙娜说，“我当然知道瑞德是谁，哦，他太可爱了！”

“他很可爱，对吧？”萨默尔说。

“你们俩是天造地设的一对。”西蒙娜说。

“可能有一天吧，”萨默尔说，“我现在还不想出双入对。”

“这就是你不想和朱利安一起出去的原因吗？”西蒙娜说。

“我不想和朱利安出去是因为他很蠢。”萨默尔迅速地回答道。

“但是，万圣节时，你并不讨厌他，对吗？”西蒙娜说，“在萨凡娜的聚会上？”

萨默尔摇摇头：“那时候不讨厌。”

西蒙娜点点头说：“我想是的。”

“好吧，我有个问题，”我对西蒙娜说，“但不是纸牌上的问题。”

“噢！”西蒙娜说，扬扬眉毛，微笑着，“好啊。”

我犹豫着说道：“好吧。当你说你和迈尔斯‘出去’，是什么意思？就像，你们都做些什么？”

“夏洛特！”萨默尔说，用她的手背拍了拍我的胳膊。

西蒙娜开始大笑起来。

“不，我的意思是……”我说。

“我知道你的意思！”西蒙娜说，攥住我的手指，“它的意思就是每天放学后，迈尔斯在我的柜子旁等我。有时他陪着我走到公交车站。我们牵着手。”

“你吻过他吗？”我问道。

西蒙娜做了个鬼脸，就像她正吃着一个柠檬一样。她没有戴隐形眼镜，只是戴着大大的乌龟边框眼镜，还有晚上戴的牙齿固位器。她看起来和我们习惯在学校里看到的西蒙娜·金一点也不一样。“只有一次，在万圣节聚会上。”

“你喜欢吗？”我问道。

“我不知道！”她回答道，微笑着，“就是有点像亲吻你的胳膊。你们做过没？亲亲你们的胳膊。”

萨默尔和我听话地亲了亲我们的胳膊，然后我们三个开始咯咯地笑。

“噢，杰克！”我说着，上上下下亲吻自己的手腕。

“噢，瑞德！”萨默尔说，也这样做起来。

“噢，迈尔斯！”西蒙娜说，也亲吻着她的手腕，“我是说，阿摩斯！”

我们放声大笑起来。

“宝贝，”西蒙娜妈妈在门外，敲着门，把头伸进来，“我不想把宝宝吵醒。你们能声音小一点吗？”

“对不起，妈妈。”西蒙娜说。

“晚安，姑娘们。”她甜甜地说。

“晚安！”我们轻声地说，“对不起！”

“我们现在睡吗？”我轻轻地说。

“不，我们小声一些就可以了，”西蒙娜说，“快点，现在轮到你了，萨默尔。真心话还是大冒险。”

“我也有一个不是牌上的问题，”萨默尔说，指着西蒙娜，“要问你。”

“好啊，你们俩联合起来对付我！”西蒙娜笑道。

“我们还没有做任何大冒险呢。”我抗议道。

“好吧，这就是大冒险，”萨默尔说，“你得星期一坐在我的午餐桌，而且不能告诉任何人原因。”

“噢，别！”西蒙娜说，“我不能不说理由就抛下我那桌人。”

“没错！”萨默尔回答道，“那么选择真心话吧。”

“好吧，”西蒙娜说，“要说什么真心话？”

萨默尔看着她：“好的，真心话。如果萨凡娜、艾莉和格雷琴这个周末不去滑雪的话，你是否还会邀请我和夏洛特今晚来你家过夜？”

西蒙娜转转眼珠。“噢！！！”她把自己的腮帮子鼓得像条鱼。

“你现在看起来很像阿坦娜贝夫人。”我指出。

“快点，真心话还是大冒险，”萨默尔给她加压。

“好吧，好吧，”西蒙娜最后说，把脸藏在手心中，“这是真的！我可能不会，对不起。”她从手指缝向外偷看着我们：“我原本是要这周末和她们一起去滑雪，但是转念一想，在演出之前，如果我崴了脚或什么的，不值得。我在最后时刻取消了，然后邀请你们俩过来。”

“啊哈！”萨默尔说，用手指戳着西蒙娜的肩膀，“我就知道我们是你这个周末的备选计划。”

我也开始戳着她。

“对不起！”西蒙娜说。然后她笑了起来，因为我们开始胳肢她了。“但是这也并不意味着我不想和你们一起玩呀！”

这下，我们更使劲賂肢她了。

“是的！”她咯咯地笑道，“对不起！我也没有邀请你俩做这个呀！我不太擅长把自己的不同朋友圈混合起来！但是我下一年会好点，我保证。”

“你喜欢萨凡娜吗？”我说，最后戳了她一下。

西蒙娜做了个鬼脸，我意识到她完美地模仿了一个萨凡娜的“呃”表情。

现在萨默尔和我开始笑了起来。

“嘘！”西蒙娜说，在空中拍拍，提醒我们安静。

“嘘！”萨默尔说。

“嘘！”我说。

我们都安静下来。

“好的，我得承认，”西蒙娜静静地说，“自从我开始和你们一起参加排练，她就变得非常烦人。她没有被这个舞蹈选中，非常生气！”

“可能她生气是因为选上的是我而不是她自己。”萨默尔说。

“实际上，不是这样，她生的是夏洛特的气。”西蒙娜回答道，用大拇指指着我。

“我就知道！”我说。

西蒙娜头靠在一只肩膀上。“她说，这是她的原话，不是我说的……你在毕彻预科总是出演好的角色是因为老师们知道你小时候上过电视广告，你自己也很努力做老师的得意门生。”

“真——是——见——鬼？”我呆若木鸡地说道，“这是我听过最离谱的事情。”

西蒙娜耸耸肩：“我只是告诉你她跟我和艾莉说过的话。”

“但是艾莉知道这不是真的。”我说。

“相信我，”西蒙娜回答道，“艾莉从来不会和萨凡娜唱反调的。”

“我真不明白她为什么老恨我呢？”我说道，摇摇头。

“萨凡娜并不恨你，”萨默尔回答道，她伸出手把西蒙娜的眼镜摘下来，“我想，如果有什么的话，也是她一直嫉妒你和艾莉曾经是最好的朋友。”

“真的吗？”我说，“为什么呢？”

萨默尔耸耸肩，戴上西蒙娜的眼镜。“呃，你知道，那时候你和艾莉有点小群体的意思。我想萨凡娜可能感到有点被排除在外吧。”

这倒是我压根从来没想到的。

“我不知道有人会这么想，”我说，“真的，我完全不知道。你确定吗？其他人也是这么想的吗？你呢？”

萨默尔让眼镜滑到她的鼻尖。“有点吧。但是以前我和你不在同一个班级上课，因此我不在乎。但是萨凡娜以前所有的课都和你一起上的。”

“哇。”我说道，咬着自己的脸颊内侧，我一紧张就会这样。

“但是，我也不会担心，”萨默尔说，把眼镜架在我的脸上，“这个问题现在已经不是问题了，你现在也很好。”

“我还是不想让萨凡娜恨我！”我说。

“你为什么这么在意萨凡娜的想法？”西蒙娜问道。

“难道你就不在意她的想法吗？”我问道，“让我们面对这个事实，萨凡娜在场，你也是不一样的。”

“这是真的。”萨默尔说，把眼镜从我的脸上摘下来。她开始用她的睡衣上衣擦着眼镜。

“没有她在场，你和气得多。”我说。

西蒙娜用手指缠着头发说道：“人人在中学都有点刻薄，你不这样想吗？”

“不！”萨默尔说，把眼镜又架回西蒙娜的脸上。

“一点都没有吗？”西蒙娜问道，扬了扬右边的眉毛。

“不。”萨默尔重复道，调整了一下眼镜，把它们扶正。

“没有人必须得刻薄，永远不需要。”她往后仰着检查眼镜。

“好吧，你这样想，因为你是个圣人。”西蒙娜戏谑地说。

“噢，我的天啊，你再这样说我一遍试试！”萨默尔笑道，把自己的枕头朝西蒙娜扔过去。

“萨默尔·道森，你刚才没有用我最喜欢的蓬松度800的欧洲白鹅绒枕头，用了没啊？”西蒙娜说着，慢慢站起身来。她捡起自己的超级蓬松的枕头，举在空中。

“这是个挑战吗？”萨默尔说着站起来，举起自己的枕头，就像举了个盾牌。

我兴奋地站起来，把枕头举在空中。

“枕头大战！”我说话的声音有点太大了，因为我很兴奋。

“嘘！”西蒙娜说，手指放在嘴上提醒我声音小一点。

“无声枕头大战！”我轻声可见地说。

我们互相看看，准备了好一会，等待谁先开始攻击，然后我们就开始了。西蒙娜把她的枕头压在萨默尔的身上，萨默尔从下面攻击她，我用一个长长的横击来攻击西蒙娜。然后西蒙娜走过来，从左边猛击我，但是萨默尔转过身来，从上面攻击我们俩。很快，我们就不仅仅用枕头来抵抗对方了：西蒙娜床上的毛绒玩具，毛巾，我们卷起来的衣服。尽管我们竭力保持全然无声，或者正因为如此——因为没有什么比你想笑但又忍着不笑更滑稽可笑的事情了——这是我迄今为止经历的最佳枕头大战！

让这场大战停下来的——否则就可能持续太久了——是我们当中一人像吹起号角一样放的一个神秘的屁。这让我们三个人停了下来，互相看了看，眼睛睁得大大的，没有人承认是自己放的，于是我们歇斯底里地大笑起来。

总之，两秒钟以后，西蒙娜的妈妈再次敲响了门，依然耐心但明显有点生气，因为已经过了午夜。

我们答应她马上睡觉，不会再发出任何声音。

我们因为笑得太厉害而气喘吁吁，我甚至还有点胃疼。

我们花了一点时间拉正睡袋，把毛绒玩具放回原处，叠好衣服，把毛巾放回壁橱。

我们抚平枕头，躺进睡袋里，拉上拉链，互相道了晚安。我想应该很快就睡着了，没想到自己居然咯咯地傻笑起来。然后萨默尔和西蒙娜也笑了起来。我们不停地相互说着“嘘嘘”，互相捂住对方的嘴。

最终，一阵笑声过后，大家又沉默了。西蒙娜在黑暗中轻声地唱起歌来。一开始我都不知道她在唱什么，因为她唱得太轻太轻了。

没——没，没，没——没，没——没——没——没，

然后萨默尔也唱起了这首歌：

没，没——没，没，没，没——没，没——没，没——没，

最后，我意识到她们在唱什么，也唱了起来：

没——没——没——没，没——没，没，没——没，没！

然后我们三个都开始一起轻声唱起来。

没有人可以把布加洛舞跳得

像我一样好……

没有人可以把滑冰滑得

像我一样好……

没有人可以把布加洛舞跳得

像我一样好……

我们并排躺着唱歌，我们的胳膊与手和着节拍在空中舞动着。我们从头到尾地唱着歌，轻轻地唱着，就像在教堂里做祷告一样。

我们的维恩图长什么样？

我知道我花了太多时间考虑这件事。☺

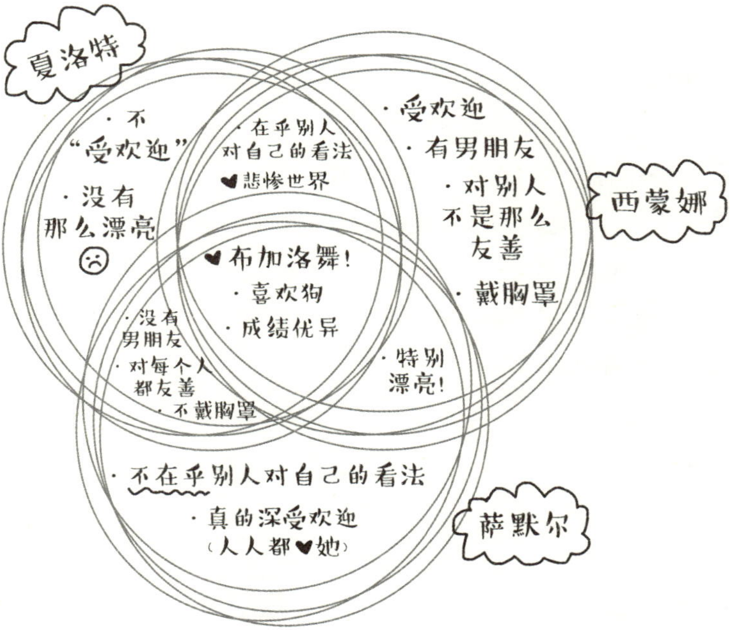

我们是怎么对此守口如瓶的

星期一，没有人提过夜的事情。就像我们三个都本能地知道，而不需要大声说出来，我们回到学校，一切如常进行。西蒙娜和萨凡娜他们在一起。萨默尔和她的那几个人在一起。我和玛雅在餐桌上一起玩圆点游戏。

没有人会猜到萨默尔、西蒙娜和我已经成为好朋友，或者猜出就在几天前，我们一起在西蒙娜的卧室，静静地玩枕头大战，在红辣椒灯的绯色光下分享秘密。

我是怎么没能阻止一场社会灾难

在联欢会前一天晚上，阿坦娜贝夫人告诉我们不排练，休息一天。她想确保我们吃一顿健康的晚餐，晚上好好睡一觉。然后她给我们发了演出服，是她自己缝制的。我们一周前已经试穿过了，但是我非常兴奋，想回家再试穿一次，试试合身的版本。演出服的灵感来自一张自由美少女组合的照片。

那天下午，我和玛雅、莉娜一起从学校回家，走的是我和萨默尔、西蒙娜在一起之前常走的那条老路。

那是三月份以来少有的晴天，在漫长、寒冷的冬天后，终于有了一丝春天的迹象。莉娜在我们回家的路上灵机一动地想去趟凯菲[①]，这也是一件“春季”要做的事情，因此我们就朝相反方向走上埃姆斯福特，朝公园走去。我们一路走着，我告诉她们我是怎么听见萨凡娜跟别人说我获得阿坦娜贝夫人舞蹈名额的唯一原因是因为我小时候上过电视广告。

“没有人会信这个。”莉娜同情地说，一边走一边踢着脚前方的足球。

“这真是糟透了！”玛雅说。看到她这么替我抱打不平倒让我有点高兴。“我都不相信这是萨凡娜！她在小学的时候挺好的啊。”

---

① 凯菲（Carvel），冰激凌店，历史悠久，和哈根达斯、冰雪皇后等一样深受大众喜爱。

“萨凡娜对我从来没有真正好过。”我回答道。

“她以前对我挺好的，”玛雅坚持说，用手把眼镜往鼻梁上推了推，“现在她很坏。她那帮人都很坏。”

我点点头，然后又摇摇头：“这个嘛，我不知道。”

“现在她们也把艾莉策反了，不和我们玩了，”玛雅说道，“你知不知道，艾莉现在几乎连招呼都不和我打了。现在，她也变坏了。”

我挠挠鼻子，玛雅看待问题是非黑即白的。“也许吧。”

“我告诉你，这是西蒙娜·金的错，”玛雅继续说道，“这一切都是因为她。如果不是她今年转来，一切都会和过去一样。她就是坏的影响。”

我知道这就是玛雅看待问题的方式。这也就是其中一个原因，让我不过多谈论我参加舞蹈演出。她也从未真正搞明白只有我、萨默尔和那恐怖的西蒙娜参加那个演出。对我而言还不错！

我可不想对着玛雅去捍卫我和西蒙娜的友谊！老实说，我不认为她会明白。

“你知道我最痛恨的一点是什么吗？”玛雅说，“我最恨她可能最后要在毕业典礼上做今年的五年级毕业发言。”

“噢，她的学习成绩确实是最好的。”我回答道，尽量显得不偏不倚。

“我认为你成绩最好，夏洛特。”莉娜对我说。

“不对，西蒙娜成绩最好，”玛雅插嘴说，开始掰着手指数道，“西蒙娜，夏洛特，西蒙，我，下来是并列的奥吉和雷莫。奥吉的数学成绩要比雷莫的好，但是他最后几次西班牙语测验成绩不太好，这把他的总体平均绩点给拉了下来。”

玛雅总是知道其他人的考试成绩。她关注作业任务，作文成绩。只要你能说得上来，只要打着分数，玛雅都会向你打听。她有惊人的记忆力，可以记住一切细节。

“你怎么能记得住每个人的成绩，这太疯狂了！”莉娜说。

“这是天赋。”玛雅回答道，根本没有开玩笑的意思。

“嗨，你告诉夏洛特那个纸条了吗？”莉娜问她。

“什么纸条？”我说。我前面已经说过，我最近对他们有点圈外人的感觉是因为在过去的几个星期我没太和她们来往。

“噢，没什么。”玛雅说。

“她给艾莉写了个条子。”莉娜说。

玛雅抬头看着我，皱着眉头。“告诉她我的感受。”她补充道，从眼镜框上面窥视着我。

我立刻觉得心里一沉。

“你上面写的什么？”我问道。

她耸耸肩：“只是一个纸条。”

莉娜用胳臂肘推推她：“让她读一读！”

“她会不让我给她的！”玛雅回答道，咬着自己长长的鬈发。

“至少给我看看吧？”我说道，并不是很好奇，“快点，玛雅！”

我们现在停在了埃姆斯福特和第 222 号街道的十字交叉口等红绿灯。

“好吧，”玛雅说，“我给你看。”她开始在自己的外套口袋里掏，搜出一张磨旧了的丑娃娃信封，上面用银色的马克笔写着“艾莉”两个字。“好吧。我基本上只想让艾莉知道我对她今年的变化是怎么想的。”

她把信封递给我，然后冲我点点头，让我打开，读里面的纸条。

亲爱的艾莉，

我作为你的一个老朋友给你写这个纸条，是想告诉你，你近来的表现很不一样。我希望你能从中摆脱出来。我不会责怪你。我责怪那个邪恶的西蒙娜·金。是她对你产生了负面影响！首先她扭曲了萨凡娜的头脑，现在她正在把你变成和她一样的漂亮僵尸。我希望你不要和她做朋友，请记住我们过去度过的一切美好时光。记住布朗先生试十一月份的信念：“无友不如己者！我们能再做朋友吗？”

你以前相当好的朋友，

玛雅

我把纸条叠起来，放回信封里。她满怀期待地看着我。

“这很傻吗？”她问我。

我把信封递过去，还给她。

“不，不傻，”我回答道，“但是作为你的朋友，我想你不应该把这个交给她。”

“我就知道你会劝我不要这样做！”她说，对于我的反应很生气，很失望。

“不，我不是劝你不要这样做！”我说，“如果你真的想这么做，你可以给她。我知道你也是出于一番好心，玛雅。”

“我不是什么好心不好心，”她生气地说，“我这是实事求是！”

“我知道。”我说。

现在我们已经穿过马路，来到凯菲冰激凌店，里面超级繁忙。柜台那里排起了长队，一直排到了门口，每一张桌子前都坐得满满的——大多数都是毕彻预科的学生。

“每个人的想法都和我们一样。”莉娜后悔地说。

“人太多了，”我说，“算了吧。”

玛雅抓住我的胳膊。“快看，那是艾莉。”她说。

我顺着她的目光看到艾莉和西蒙娜、萨凡娜和格雷琴坐在一起——还有迈尔斯、亨利和阿摩斯——坐在生日蛋糕柜台前的一张桌子上，在冰激凌店的另一边。

“我们还是走吧。”我说，拉着玛雅的胳膊。莉娜已经开始踢着球往下走了，但是玛雅仍旧原地不动地站着。

“我打算把我写的纸条交给她。”她慢慢地说道，表情非常严肃。她左手拿着我刚还给她的纸条，挥舞着它，就像挥舞着一面小旗子。

“噢，别，你别去，”我迅速地说道，把她的手拽下来，“至少不要现在去。”

“为什么不？”

莉娜回到我们身边。“等等。你想现在就给她纸条？”她难以置信地说，“当着所有人的面?”

“是的!”玛雅固执地回答道。

“不行。”我说，用手盖住那张字条。我所能想到的一切就是，如果她那样做了，就会把自己变成一个大傻帽。艾莉会当她那一桌所有人的面打开字条，她们会生艾莉的气，因为她那样说西蒙娜和萨凡娜。那真是不可原谅的事情！但是更糟的是，他们会完全开始笑话艾莉的这种行为。“这是你永远无法忘记和释怀的，玛雅，”我警告道，“你绝对会后悔的。别这样做。”

我能看出来她在重新思考这件事。她的前额拧作一团。

“你可以换个时间给她。”我继续说道，拽了拽她的外套袖子，就像萨默尔有时候跟我说话拽我的袖子一样。“在她一个人的时候。你甚至都可以发邮件给她，如果你愿意的话。但是不要现在当着所有人的面。我求你了。相信我，玛雅。这会成为一场社交灾难的。”

我看看她搓搓自己的脸。玛雅的问题是她从来不在乎受欢迎程度或者社交灾难之类的。玛雅非常善于跟踪记录人们的考试分数和成绩，但是她对于解读社交这类事情毫无头绪。她有一些基本常识，这是当然——但是在她非黑即白的世界里，孩子们不是好人就是坏人，没有中间地带。

从某种角度而言，她总会做出一些最美好的事情。她走向任何一个人，都会假定他们是朋友。或者她有时候总是出乎意料地为别人做些很温馨的事情。就像她送给奥吉·普尔曼一个丑娃娃钥匙扣，这是上周她干的事情。

从另外一些角度而言，这也可能相当糟糕，就是当人们对她真的不是那么友好时，她根本不知道怎么来为自己辩护。她不会为自己进行有力的反唇相讥，她只会把所有的事情都当真。然而，最糟糕的就是，当人们不太想和她聊的时候，她不怎么识相。因此她会继续叽叽喳喳说个不停或者不停地问问题，直到那个人走开。这实际上是艾莉对玛雅的完美总结。几个月以前，我和艾莉在一起抱怨玛雅有时候真的很烦人。

“玛雅让人很容易就对她刻薄。”

现在的玛雅让艾莉非常容易对她刻薄——在一大群吃冰激凌的孩子面前！因为，尽管我费了那么多口舌，尽管我基本上是恳求她不要那么做，玛雅·马科维茨还是走进了冰激凌店。她一路走着，一路和出出进进、排队的人群打着招呼，走向了最后一张桌子，艾莉和一群尊贵的女孩在一起坐着。

莉娜和我站在凯菲冰激凌店外面的人行道上往里看。店面有一个落地窗，可以非常完美地看到里面发生的一切。有一秒钟，我恍惚觉得自己在看电视台的《自然》系列的纪录片。我几乎都能听到一个操着英国口音的男人在描述着这一举动。

仔细观察什么事将要降临在这只小瞪羚身上，她刚刚离开自己的羊群……

我看着玛雅和艾莉说着什么，然后那一桌的所有人都停止了说话，抬起头看着玛雅。

……引起了狮子们的注意，他们已经有几天没有吃东西了。

我看见她把信封递给了艾莉，艾莉看起来很迷惑。

“我不忍看了。”莉娜说，闭上了眼睛。

现在，狮子们渴望能吃小鲜肉，开始了猎杀。

我是怎么保持中立的——再一次

一切如我所预料的那样发生了。玛雅当着众人的面把纸条交给了艾莉，然后转过身，离开了。艾莉和萨凡娜那群人笑嘻嘻地互相看看，玛雅还没有走到下一桌时，萨凡娜、西蒙娜和格雷琴就离开自己的座位，围在艾莉的身边，看着她打开信封。她们读纸条的时候，我可以清楚地看到她们的表情。在读到某个地方时，西蒙娜倒吸了一口气。萨凡娜显然认为这非常滑稽可笑。

玛雅继续穿过冰激凌店走向出口，她走出来，看着我和莉娜。信不信由你，她冲我们微笑着。我可以看得出她实际上非常高兴。从她的角度而言，一直压在她心上困扰她的那件事情被拿掉了。还有，因为她根本不在乎那群受欢迎的人如何看待她，她也没有觉得自己有什么损失。事实上，玛雅不是她们所能伤害到的。她只是对艾莉生气，因为艾莉曾经是她的朋友，但是玛雅真的不在乎其他女孩怎么想她，也不在乎当下这个时刻她们会笑话她。

从某种程度上说，我必须承认：我敬佩玛雅的勇气。

正如之前提到的，此刻，在这个世界上，我最不想让别人看到的就是我和她在一起。因此，我在她走出来之前，离开了窗口。我尤其不想让西蒙娜看到我在那里等着玛雅走出来。我不想让任何人认为我和这样的疯狂举动有任何干系。

就像我在男孩战争中保持中立一样，在可能演变成一场女孩战争的事件里，我想保持中立。

西蒙娜是怎么反应的?

那天下午晚一些的时候，萨默尔给我发信息：你知道玛雅做了什么事情吗?

知道。我回复道。

我现在和西蒙娜在一起。我们在我家。她真的很难过。你能过来一趟吗?

“妈妈，”我说道，我们正准备吃饭，“我能去萨默尔家吗?”

妈妈摇摇头：“不行。”

“求你了，是急事。”

她看着我：“出了什么事情?”

“我现在不能向你解释，”我快快地回答着，伸手拿我的外套，“求你了，妈妈? 我很快就回来，向你保证。”

“这和舞蹈编号有关吗?”她问。

“有点。”我撒了个小谎。

“好吧，你到的时候，给我发个信息。但是我要你六点半前回来。”

萨默尔家离我家只有四个街区，因此我十分钟就到了她家。她妈妈给我开的门。

“嗨，夏洛特，她们在后面。”她打开前门的时候对我说，拿着我的外套。

我就朝萨默尔的卧室走去。正如她信息上说的那样，西蒙娜正在她的床上哭呢。萨默尔手里拿着一盒纸巾，正在安慰她。

她们告诉我整件事情的来龙去脉，我假装对此事知之不多。玛雅当着众人的面给了艾莉一张纸条，那张纸条上充满了对西蒙娜的“怨恨”。这就是她们向我描述的。

“她说我是邪恶的！”西蒙娜说道，抹着脸上的眼泪，“我的意思是说，我对玛雅做了什么呀？我甚至都不认识她！”

“我跟西蒙娜说，玛雅有时候在社交上比较笨拙。”萨默尔像妈妈一样拍着西蒙娜的背说。

“社交上笨拙？”西蒙娜说，“这不是社交上笨拙，这就是刻薄！你知道那种滋味吗？就是每个人都读了说你很糟糕的纸条？那张纸条围着传看了一遍，每个人都轮流去看——甚至连男孩子们也看了。人人都觉得这有些歇斯底里。萨凡娜几乎笑哭了，她觉得太好笑了。我假装也觉得很好笑！哈——哈。这难道不令人捧腹大笑吗？我都不怎么认识的人指责我把别人变成僵尸？”她在空中给“僵尸”两个字加了引号，然后她又开始哭了起来。

“这真是太糟糕了，西蒙娜，”我咬着面颊内侧说，“我为她的所作所为感到抱歉。”

“我告诉她我们会和玛雅谈一谈的。”萨默尔对我说。

我看了她好一会。“谈什么？”我问道。

“我会告诉她，她所写的话让人多么不安，”萨默尔回答道，“因为我们和玛雅是朋友，我想我们能够解释她是怎么伤害到西蒙娜的。”

“玛雅是不会在乎的，”我快速地说道，“她不会明白的，西蒙娜，相信我。”怎么向她解释呢？“老实说，西蒙娜，我认识玛雅很多年了，在她的意识中，这根本不是跟你有关的事。这是跟艾莉有关的事情。她只是生气艾莉不再和她来往了。”

“这是显而易见的，但是这都怨我！”西蒙娜说。

“这事我明白，”我说，“但是玛雅不明白，她只是想怪罪一个人。她希望一切都能像小学一样。她觉得事情发生变化的责任在于你。”

“真是白痴！”西蒙娜说。

“我知道！”我说，“就和萨凡娜因为上了一次电视广告而生气一样。这根本没有任何道理。”

“你是怎么知道这一切的？”西蒙娜说，“是她告诉你的吗？”

“不是！”我说。

“你事先已经知道纸条的事情了吗？”

“没有！”我说。

萨默尔打着圆场。“那么艾莉读了玛雅的纸条后说了什么？”她问西蒙娜。

“噢，她气坏了，”西蒙娜回答道，“她和萨凡娜想去全力对付玛雅。她们想在脸书等社交媒体上张贴一些对玛雅超级刻薄的东西。然后迈尔斯就画了这幅漫画，他们想把漫画贴在社交媒体上。”

她冲萨默尔点头示意，给我一张折叠起来的活页纸。我打开一看，是一幅挺粗糙的画。画着一个女生（显然是玛雅）在亲吻一个男生（显然是奥吉·普尔曼），下面有一行字“恋爱中的怪胎”。

“等等，为什么要把奥吉牵扯进来？”萨默尔问道，非常愤怒。

“我不知道，”西蒙娜说，“迈尔斯想逗我开心。所有人看到这幅画都大笑起来，就像看到一个很大的笑话一样。但是我不觉得这个有什么好笑的。”

“我真的很抱歉，西蒙娜。”我说。

“为什么玛雅恨我呢？”她伤心地问。

“你只需要把这个事情抛在脑后，”我建议她，“不要把它当作是针对自己的。记得你告诉我说不要过分在意别人对我的看法吗？你也一样。忘记玛雅是怎么看待你的。”

“我开始在毕彻预科上学的时候，并没有要求成为萨凡娜那群人的一员啊。我都不知道谁是谁，或者谁和谁是朋友，或者谁对谁有意见。萨凡娜是第一个对我好的人，就这样。”

“嗯？”我回答道，抬起我的下巴，挺起肩膀，“并不完全是这样，我对你也很好。”

西蒙娜看起来很吃惊。

“我对你也很好。”萨默尔也加了一句。

“什么，现在你们俩也联合起来针对我？”西蒙娜说。

“不，没有的事，”萨默尔说，“只是想让你从玛雅的角度看问题，仅此而已。她不是个刻薄的女孩，西蒙娜。玛雅浑身上下就没有长那根筋。她是生艾莉的气。艾莉最近对她有点不太友好。事情就是这样。”

“艾莉也没有对她不友好，”我说，“她只是抛下我们去找你们了。这没什么，我不在乎。我不是玛雅。”

西蒙娜双手捂住脸。

“人人都恨我吗？”她说，从手指缝隙看着我们。

“不。”我们两个异口同声地回答道。

“我们当然不会了。”萨默尔说，把那盒面纸巾递给她。

西蒙娜擤了擤鼻子。“我想，总体上我也没有对她那么好。”她静静地说。

“画那样的画也于事无补。”萨默尔说着，把迈尔斯画的那幅漫画还给了西蒙娜。

西蒙娜接过来，就把它撕了个粉碎。

“你们知道，”她说，“我是不会把这个发布出去的。我已经告诉萨凡娜和艾莉，让她们别想着在脸书或者其他地方说一些对玛雅刻薄的话。我不会做用网络欺凌别人的事。”

“我知道。”萨默尔说道，她正要说别的事情，这时候响起了敲门声。

萨默尔妈妈探头进来。

“嗨，各位，”她小心翼翼地说，“一切还好吧？”

“我们好着呢，妈妈，”萨默尔说，“只是些女孩子间的闹剧。”

“夏洛特，你妈妈刚打来电话，”萨默尔妈妈说，“她说你答应十分钟后到家。”

我看了一眼手机，已经晚上六点二十分了！

“多谢您提醒。”我对萨默尔妈妈说。然后转向萨默尔和西蒙娜，说道：“我得走了，你会好起来吗，西蒙娜？”

她点点头。“谢谢你能来。你们俩，谢谢你们对我这么好，”她说，“我就是非常想找人说说这事，但是我实际上不能和萨凡娜与艾莉说，你们知道的？”

我们点点头。

“我也得回家了。”她说着，站了起来。

我们三个一起穿过走廊，来到前门。萨默尔的妈妈正在那里整理外套。

“为什么脸拉得那么长啊，姑娘们？”她高高兴兴地问道，“我以为你们会高兴地上蹦下跳，明天可是你们的大日子呢！你们经过那么多的排练，又投入那么多的努力，我都等不及要看你们跳舞啦！”

“噢，是的。”我点点头，回答道。我看着萨默尔和西蒙娜：“是特别令人兴奋。”

萨默尔和西蒙娜开始露出微笑。

“是的。”西蒙娜说。

“我实际上有点紧张，”萨默尔说，“我以前从来没有在观众面前跳过舞！”

“你只需要假装没有人在现场。”西蒙娜回答道，你根本看不出两分钟前她还在哭泣呢。

“这个建议真棒。”萨默尔妈妈说。

“我也是这么说的！”我插嘴说。

“你的父母会在那里吗，西蒙娜？”萨默尔的妈妈问，“我期望在宴会上见到他们。”

“会的。”她彬彬有礼地回答道，笑着，露出甜甜的酒窝。

“所有的父母都坐同一桌，”我说，“还有阿坦娜贝夫人和她的丈夫。”

“噢，不错，”萨默尔妈妈说，“我期待与大家相聚。”

“再见，萨默尔。再见，道森夫人。”西蒙娜说。

“再见！”我说。

西蒙娜和我，我们俩一起走楼梯下到大堂，然后朝缅因街走去，到这里后，她要朝左转弯，我要右转弯。

“你现在感觉好点了吗？”当我们在拐角停下来的时候，我问道。

“是的，”她微笑着回答道，“多谢你，夏洛特。你是一个真正的好朋友。”

“谢谢，你也是。”

“没有啦。”她摇摇头，玩着我围巾上的流苏。她长长地看了我一会：“我知道有时候应该对你更好一些，夏洛特。”然后她拥抱了我，说道：“对不起。”

我得承认，听到她说这些，我的感觉真是棒极了。

“太酷了。”我说。

“明天见。”

“再见。”

我一路走过阿默斯福特大道的那排饭馆，由于天气渐渐变暖，他们的生意又开始忙碌起来。我情不自禁地想起西蒙娜刚才说的话。是的，有时她确实可以对我更好一些。我是不是也应该对某些人更好一点呢？

我在这个大十字路口停下来等绿灯。这时候，我注意到一个男人的背影，他身穿橙色的派克大衣正在上公交车。身旁有一条黑色的狗。那条狗戴着一条红色轧染印花大手帕。

“戈迪·约翰逊！”我大声叫起来，红绿灯刚一变，我就在他后面追赶起来。

听到有人叫他的名字，他转过身来，但是公交车的车门关上了。

阿坦娜贝夫人怎么祝福我们一切顺利

阿坦娜贝夫人让我们在卡纳基音乐厅楼上的工作室里待演。工作室那一层的走廊里挂着曾经在这里出演过的伟大舞蹈家的部分画框和节目。当我们沿着走廊去换演出服的路上，阿坦娜贝夫人指着其中的一张照片给我们看。这是一张邓肯的舞者照片。伊莎多拉·邓肯[①]的女儿们，身穿古罗马式长袍式束腰外衣，摆出舞台造型。时间是 1923 年 11 月 3 日。

“看，她们就像你们三个一样！”阿坦娜贝夫人欢快地说道，“你们三个站在这张照片前，我给你们拍张合影。”她说着，拿出手机，对准我们。

我们三个立即站在这张照片的旁边，和里面的舞蹈演员的姿势一模一样：我站在左边，双手举起，脸朝右；萨默尔站在右边，双手举起，脸朝左；西蒙娜站在中间，双手向前伸，脸朝着镜头。

阿坦娜贝夫人拍了好几张，直到照片的效果令她满意。然后我们四个人——因为阿坦娜贝夫人今晚上和我们一样兴奋——傻笑着，一路小跑到后面的屋子去换上我们的演出服。

我们不是今晚唯一要上台表演的。高中部的爵士乐团和室内合唱团都已经在那里了。我们可以听到喇叭、萨克斯风还有其他乐器

① 伊莎多拉·邓肯（Isadora Duncan，1878.5.26—1927.9.14），美国舞蹈家，现代舞的创始人，是世界上第一位披头赤脚在舞台上表演的艺术家。

的演奏声音回荡在走廊。合唱团在我们化妆室隔壁大房间里做一些热身练习。

阿坦娜贝夫人帮我们梳头，化妆。我们三个发型各异，但是阿坦娜贝夫人都可以把我们的头发梳成又大又圆的蓬松的发式，发梢卷卷的，向上轻弹着，真是太棒了！我们的发质也各不相同，阿坦娜贝夫人却让它们完美搭配！

我们是最后上场的，等待实在太漫长了！我们一直手牵着手，说服自己不要惊慌失措。

最终轮到我们上场了，阿坦娜贝夫人把我们带下楼，到了斯特恩礼堂[①]的后台，我们从幕布后面向外偷看观众，这时高中部室内合唱团结束了他们的最后一首歌。观众可真多啊！根本看不清人脸，因为太暗了！但这是我见过的最大的礼堂——楼厅，镀金的拱门，天鹅绒的墙壁！

阿坦娜贝夫人让我们在幕布后面排好队形：西蒙娜在中间，我在左边，萨默尔在右边。然后她面对我们。

“姑娘们，你们如此努力地跳着舞，”她轻声说道，她的声音因激动而发抖，“我对你们感激不尽，一直以来，你们让我编排的舞如此鲜活生动。你们的活力、热情……”

她的声音沙哑了，激动地抹着眼泪。要不是我们事先看过关于她的那篇文章，我们可能也不会理解为什么这支舞对她来说如此重要。但是我们知道。我们从来没有告诉她我们找到了那篇关于她的

---

① 斯特恩礼堂（Stern Auditorium）：全称是伊萨克·斯特恩礼堂（Isaac Stern Auditorium），卡耐基音乐厅的主厅。

文章，我们也没有告诉她我们知道她儿时朋友的事情。我们认为如果她想让我们知道的话，她就会告诉我们。但是知道她的这个小故事让这支舞蹈和一切都那么特别。有意思的是我们的故事是如此相互缠绕，每个人的故事都在另外一个人的故事里穿梭。

“我真的为你们骄傲，姑娘们！”她轻声说道，亲吻着我们每个人的额头。

观众给合唱团鼓起了掌，合唱结束了。合唱团的歌手们从两侧鱼贯进入后台。阿坦娜贝夫人绕到舞台的前部，等着图什曼先生介绍她，我们各就各位。我们听到图什曼先生介绍节目序号和我们。

“姐妹们，就是这样啦！”大幕升起，西蒙娜悄悄地跟我们说。

我们等待音乐响起。五，六。

五——六——七——八！

这是布加洛舞，宝贝！

我们是怎么跳舞的

我希望我可以分分秒秒地描述我们在舞台上的十一分钟，我们的每个动作，每个跳跃，每个摇摆，每个扭动。但是，我做不到。我能说的，就是一切都堪称完美。没有一个错过的提示或者失误。在扎扎实实的十一分钟内，我们仿佛在世界上某个三米高的舞台上跳舞。这是我生平最令人振奋、刺激、累人、感人、有趣、令人难忘的经历。我们逐渐加速到盛大的结尾，停在“哦，让我告诉你，没有人，没有人”，然后是突然亮出的阿坦娜贝夫人签名书写的“布加洛舞”，这是她发明的一种变化形式。当全场观众和着歌曲的节奏拍着手的时候，我能感受到他们的活力。

没有人，没有人，

没有人，没有人

没有人，没有人……

这时候，我们完成了舞蹈。一切都结束了。我们气喘吁吁，眉开眼笑，台下掌声雷动。

我们三个先是同时鞠躬，然后分别依此鞠躬。观众们吹着哨子，叫喊着。

我们的父母已经为我们准备好了花束，我妈妈多给了我一束。在阿坦娜贝夫人上台和我们一起鞠躬的时候，我们把花都送给了她。有那么一会，我多么希望所有那些在阿坦娜贝夫人背后笑话过她的五年级学生现在都能看到她，就像我此刻看着她一样。她身穿美丽的礼服，完美地挽着发髻——她看起来像个皇后。

演出后

之后，我们换下演出服，到楼下的宴会大厅与父母一起参加晚宴。我们在大圆餐桌中间一路蜿蜒穿行，桌边坐满了老师、其他学生家长、很多我们不认识的成年人，人们开始向我们表示祝贺，称赞我们的舞蹈。我心里想着，*这就是出名的感觉*。我喜欢这种感觉。

我们最终走到了父母那桌，他们都坐在一起，还有阿坦娜贝夫人和她的丈夫。我们坐下的时候，他们鼓了一小轮的掌。然后，基本上当晚剩下的时间，就是我们相互之间没有间断的谈论，把舞蹈按秒切分下来，害怕哪里没有做一个特定的踢腿动作，又是哪里因为旋转而感到有点头晕眼花。

上菜之前，学校的校长杰森博士，发表了一个简短的演说，感谢所有参加慈善会的人，然后请阿坦娜贝夫人、合唱团的老师、爵士乐老师，站起来接受另一轮的鼓掌。西蒙娜、萨默尔和我用最大的声音欢呼喝彩。然后他讲了其他的事情，像财务目标和资金筹募，还有一些枯燥的事情。我希望他的演说赶紧结束。后来，我们吃完沙拉，图什曼先生发表了讲话，说明支持毕彻预科艺术教育的重要性，这样就能继续培育他们今晚看到的这些“天才”。

这次他邀请今晚所有参加演出的学生们再次站起来，接受另一轮掌声。整个宴会厅里来自爵士乐团和合唱团的孩子们都站了起来，他们看起来多少有些扭捏和害羞。但是，我们三个人，也落落大方地站起来，接受新一轮的鼓掌。我能说什么呢？

放马过来！

咖啡端上来的时候，所有讲话结束了。人们开始相互走动，串桌子。我看到一对夫妻向我们这桌走过来，但是我想不起来他们是谁。萨默尔从座位上跳起来，与他们拥抱时，我这才知道，他们是奥吉的父母。他们亲吻了萨默尔的妈妈，然后把我和西蒙娜围住。

“你们可真棒啊。”奥吉的妈妈亲切地说。

“非常感谢您。”我微笑着回答道。

“您一定很为她们骄傲吧。”奥吉的爸爸对阿坦娜贝夫人说道。

“我为她们骄傲！”阿坦娜贝夫人笑逐颜开地说，“她们非常刻苦。”

“再次祝贺你们，姑娘们。”奥吉的妈妈说，按了按我的肩，走回萨默尔妈妈身边。

“代我向奥吉问声好。”我大声说。

“我们会的。”

“等等，他们是奥吉的父母？”西蒙娜说，“他们看起来像电影明星。”

“我知道。”我轻声回答道。

“你们俩在嘀咕什么呢？”萨默尔说着，来到我俩中间。

“她不知道他们是奥吉的父母。”我解释道。

“噢，”萨默尔说，“他的父母人真好。”

“这真是有点讽刺，”西蒙娜说，“他们长得真好看。”

“你见过奥吉的姐姐吗？”我说，“她超级漂亮，像个模特一样。真让人疯狂。”

“哇，”西蒙娜说，“我以为，我不知道，我以为他们都和奥吉长得差不多。”

“不，”萨默尔轻轻地说，“这就像你弟弟一样，只是出生时有些状况。”

西蒙娜慢慢地点点头。

我可以看得出，尽管西蒙娜很聪明，她以前从来没有这样想过。

我是怎么睡着的——终于！

那天我们很晚了才回到家。我把脸上的彩妆洗掉，准备上床的时候，已经超级累了。但是在那时，不知道为什么，我就是睡不着。当天晚上发生的事情就像轻柔的波浪一样一遍又一遍地冲击着我。我感觉像在一只小船里，前后摆动，我的床就像漂浮在海洋中。

大约半个小时的辗转反侧之后，我从床头柜上拿起正在充电的手机。

有人还醒着吗？

我给萨默尔和西蒙娜发信息。

已经过了午夜了，我确信她们已经睡着了。

只是想让你们知道，我谢谢你们——这两个世界上最棒的人——我非常高兴我们成为这样的好朋友有一段时间了。我会永远记住今天晚上的。这是布加洛舞，宝贝！

我把手机放回到床头柜上，用手剁一剁枕头，让枕头舒服点，闭上眼睛，希望瞌睡降临。就在我感到自己昏昏欲睡的时候，手机嗡嗡响了。

既不是萨默尔，也不是西蒙娜。诡异得很，是艾莉发的信息。

嘿，好吗？我相信你已经睡了。但是我父母刚从慈善会回来，说你们实在是太棒了，绝对令人难以置信。为你骄傲。真希望我能在那里看你们跳舞。这是你应得的。下一周放学后我们约时间聚聚吧。想你。

这听起来很傻，但是她的信息让我非常高兴，我的眼睛立即涌满了泪水。

非常感谢，艾莉！

我回复道。

我也希望你能在那。很乐意下周和你聚聚。也想你，晚安。

玛雅怎么被吓一跳，她又是怎么给大家惊喜的

第二天早上醒的时候，我感到筋疲力尽。妈妈让我晚一点去上学。我看到西蒙娜和萨默尔早上第一件事就是给我回复了信息。

西蒙娜·金

我的感觉也是一样，夏洛特。好棒的一晚！

萨默尔·道森

我❤你们俩！

我没有回复她们，因为知道她们在上课。我早上前三节课没去上。她们谁我也没有见着。午餐的时候，我看到萨默尔，像往常一样，和奥吉、杰克坐在一起。西蒙娜，像往常一样，在萨凡娜一桌坐着。有那么一个瞬间，我想过去和西蒙娜打声招呼，但是玛雅昨天站在他们这一群人面前的形象依然在我的脑海中清晰可见——我不想在任何情况下让西蒙娜有机会令我感到失望，我只想让她真正亲切地和我打声招呼。

因此我冲她和萨默尔挥挥手，然后就朝我平时坐的那桌走去，坐在玛雅的身边。我那一桌的女孩子们都在问我昨晚过得怎么样——有一些已经从父母那里听说了跳舞的事——我没有给她们讲

过多的细节，因为我知道半分钟后，她们就没有什么兴趣了。而实际上也的确如此。

这我不能怪她们，真的。

她们现在满脑子都在想着——事实上，她们想谈论的唯一的事情就是——昨天玛雅在凯菲冰激凌店里给艾莉的那张纸条。那张纸条，最后——现在已经被整个年级一半的学生引用或者大声读出来——成为玛雅以前从来没有经历过的、万众瞩目的第一张门票。大家都在议论她，把她指给对纸条有所耳闻、好奇的六年级学生看。

“我今天成为弱者的女王了。”玛雅自己说。

我可以看得出她感觉自己大获全胜，她喜欢这种备受关注的感觉。

我想告诉她那张纸条给西蒙娜带来多大的伤害，它把西蒙娜惹哭了。但是，奇怪的是，我又不想搅了她大阅兵的兴致。

“ 嗨！”萨默尔说，用胳膊肘轻轻捅了捅我，这样我好挪过去一点。

“嘿！”我说，很惊讶在这里见到她。我往她那桌看看，但是奥吉和杰克已经离开了。

“嗨，萨默尔，”玛雅热切地说，“你听说我的纸条了吗？”

萨默尔微笑着。“是的，听说了！”她回答道。

“你喜欢吗？”玛雅问道。

我可以看得出萨默尔也不想伤害玛雅的感情，因此她犹犹豫豫地没回答。

“奥吉和杰克呢？”我插了一句。

“去写一些绝密纸条，准备放在朱利安的柜子里。”她回答道。

“像我写的那样的纸条？”玛雅说。

萨默尔摇摇头。“我想不是。是一个名叫比尤拉的爱的纸条。”

“谁是比尤拉？”我问道。

萨默尔大笑起来。“挺难解释的。”

我注意到西蒙娜在餐厅的另一头看着我们。我冲她微笑一下，她也冲我微笑一下。然后，让我吃惊的是，她站起来，朝我们的桌子走过来。

我们这一桌人一看到她站在桌边立刻停止了说话。都不用问，梅根和兰德就向两边挪开了，西蒙娜坐在了中间，直接坐在玛雅、我和萨默尔的对面。

玛雅完全震惊了。她的眼睛睁得大大的，几乎有点吓着了。我也不知道接下来会发生什么。

西蒙娜双手紧扣，放在胸前，身体前倾，直直地看着玛雅。

“玛雅，”她说，“如果我曾经说过什么，或者做过什么侮辱你的话，我只是想和你道个歉。我从来不是故意的，如果真有这么回事的话。我实际上认为你是一个非常和蔼的人，超级聪明，很有趣，我真的希望从今往后我们能够成为朋友。”

玛雅眨眨眼睛，没有说话，嘴巴张着。

“无论如何，”西蒙娜说，现在看起来有点不好意思，“我只是想告诉你这些。”

“你真是太棒了，西蒙娜。”萨默尔微笑着说道。

西蒙娜看着我们，冲我们眨眨眼睛，那是典型的西蒙娜。

“这是布加洛舞，宝贝！”她说道，我们俩都乐了。

然后，正如她迅速地和我们坐在一起，她也迅速地站起身来，走回她的桌子。我从眼角看到艾莉和萨凡娜注视着她。她一在她们那桌坐了下来，她们就凑上前去，听她有什么要说的。

“她人真好，是不是？”萨默尔对着玛雅说道。

“我惊呆了，”玛雅回答道，她取下眼镜擦擦镜片，“完全惊呆了。”

萨默尔给我使了个会意的眼神。

“玛雅，你正在玩的巨型圆点游戏怎么样了？”我说。

“噢，我带了！”她热切地回答道，“我跟你说过，我要等到你在的时候才玩。你为什么想起来问，你现在想玩吗？”

“是的！”我回答道，“我想玩。”

“我也想玩。”萨默尔说。

玛雅吸了口气，抓过她的背包。拉出了一管纸，在三分之二处折叠着，顶部有点轻微的弯曲。我们看着她折平，慢慢地展开那管纸，铺满了整张餐桌。当纸张完全展开的时候，我们都看着它，惊呆了！

这张巨幅的纸上没有一寸地方不被点覆盖。上面完美地画着，等距离的点线，但不仅仅是点。美丽的栅栏格，涡旋状相连，波浪形的线盘旋而上，形成花朵，云隙中射出的阳光。看起来有点像文身艺术，就是用蓝色的墨水完全覆盖一个人的整个手臂，你都不知道是从哪里开始，或是从哪里结束。

这是我见到的最让人难以置信的美丽圆点游戏。

“玛雅，这真是难以置信。”我慢慢地说。

“是的！”她高兴地说，“我知道！”

有些事情改变了，有些事情不会改变

这是唯一的一次，也是最后一次，我、萨默尔和西蒙娜坐在一起吃午饭。之后，我们再也没有坐在一张桌子。我们又回到了各自的群体。西蒙娜和萨凡娜，萨默尔和奥吉，我和玛雅。

就这一点而言，老实说，我觉得没有什么问题。

当然，可能是我内心喜欢大团圆的心理作祟，期待事情会有所改变。西蒙娜和艾莉会突然换桌子，开始和我坐一张桌子，还有萨默尔。可能我们还会再重新组合成一桌人，让杰克和奥吉，还有瑞德——还有阿摩斯！——坐我们旁边的桌子。

但是事实是，我知道事情不会改变多少。我知道这和我们过夜聚会后是一样的，就像我们一起外出的秘密旅行，其他人并不知晓的远航。当我们旅行归来，我们回到各自的家庭。有一些友谊就是这样的。可能甚至连最好的友谊也是如此。联系一直在那里，只是肉眼看不到而已。

这就是为什么萨凡娜不清楚我和萨默尔对她的朋友西蒙娜很了解。这也是玛雅不明白为什么她的纸条会对我和萨默尔有影响，又或是奥吉为什么都不知道发生了什么事情。“他有自己的事情要烦心。”萨默尔有一次这样对我说，那是她向我解释为什么她甚至都没有告诉奥吉她被挑选进了阿坦娜贝夫人的舞蹈。“他不需要知道这些女孩子的闹剧。”

这并不是说没有任何改变发生。

我们进入五年级的最后几个月，我确实注意到西蒙娜努力地和我们年级的其他女孩子交往。现在当她在走廊里遇到我的时候，她总会热情地和我打着招呼——无论她是否和萨凡娜在一起。同时，虽然艾莉和玛雅没有重归旧好，艾莉还是和我放学后逛了几次。当然并非和过去一模一样，但是这还是值得重视的事情，我接受了。

一小步，一小步的，就像阿坦娜贝夫人说的那样。一切都始于一小步一小步。

事实上，即便是西蒙娜、萨凡娜和艾莉确实突然邀请我去坐在她们那一桌，我现在也不会去。因为这看起来不妥。首先，我不想收到玛雅愤怒的纸条，或者看到她坐在房子的另一边冲我龇牙咧嘴。更为重要的是，那一天，当她在午餐桌上展开她那壮美的圆点游戏时，我意识到：玛雅是我同甘共苦的朋友，是我朋友中的朋友。这些年来，以她笨拙、忠诚、甚至有点恼人的方式。她从来不评判我，她总是接受我。还有那些和我坐在一张午餐桌上的女孩子们，我和她们没有共同点吗？那么，猜猜怎么着？我们共同坐在一张桌子吃午饭！我们中午一起玩一个美丽得近乎荒谬的圆点游戏。玛雅给我们每个人都分配了不同颜色的水彩笔。我们必须得用，不然她就会冲我们发脾气。

但这就是玛雅，这永远不会变的。

我是如何与图什曼先生交谈的

学期结束的前一天，图什曼先生的助理加西亚夫人，在第七节课找到我，询问我是否可以在放学以后马上去找图什曼先生。玛雅听到了，开始咯咯地笑起来。

“喔，喔，夏洛特遇上麻烦了。”她唱道。

虽然，我们都知道事情不是这样的。图什曼先生要和我谈的事情很可能会与明天要颁发的奖项有关。大家都认为我会获得毕彻奖章，因为我组织了衣物捐赠。毕彻奖章一般是颁发给为社区事业做出巨大贡献的学生。

最后一节课下课铃声一响，我就去了图什曼先生的办公室。

“进来，夏洛特。”他热情洋溢地说道，示意我坐在他桌子前的椅子上。

我一直很喜欢图什曼先生的办公室。他的桌子边上放着有趣的智力拼图，墙上挂着镜框，里面装的是这些年来学生的艺术作品。我立即注意到他的桌子后面摆放着奥吉以自己为原型做的鸭子。

这一刻，我突然知道了我们要谈些什么。

“明天要参加毕业典礼了，你激动吗？”他问道，双手交叉放在桌子上。

我点点头。“我不敢相信五年级马上要结束了！”我回答道，抑制不住自己的喜悦。

“很难相信，是不是？”他说，“暑假有什么打算吗？”

“我准备参加一个舞蹈夏令营。”

“哦，真有趣！”他回答道，“你们三个在三月份的慈善晚会上真的很棒，就像专业舞蹈演员一样。你们的刻苦排练、三个人的配合都让阿坦娜贝夫人颇为感动。”

“是的，有很多乐趣。”我激动地说。

“棒极了，”他微笑着说，“我很高兴你这一年过得不错，夏洛特。你配得这一切。学校的走廊有你在场，就充满欢乐，我很欣赏你一直以来对每个人都很友善。不要以为这些事情没有人注意到。”

“谢谢你，图什曼先生。”

“我想和你在明天之前谈一谈，”他说，“我希望只有我们知道就行了。我知道，你明白明天要颁发的众多奖项中有一项是毕彻奖章。”

“你要把它颁发给奥吉，”我不假思索脱口而出，“对吗？”

他看起来很吃惊。“你为什么这么说？”他问道。

“人人都认为我会得到这个奖章。”

他小心仔细地看着我，然后微笑起来。

“你是一个非常聪明的女孩，夏洛特。”他温和地说。

“不拿那个奖章，我没事，图什曼先生。”我说。

“但是我想和你解释一下，”他坚持说道，“因为，这个问题的真相是，假如这是和往年一样的普通的一年，你极有可能获得这个奖章，夏洛特。你值得拥有——不仅仅是你为衣物捐助所做的种种努力，而且因为，就像我前面所说的，你对每个人都很友好。我还依然记得在学年的一开始，我让你做迎接奥吉的朋友时，你欣然接受，没有含糊其辞、模棱两可。”

我曾经说过我喜欢图什曼先生是因为他喜欢用一些大词，而且假定我们都能听得懂。

“但是，正如你所知，”他说，“今年绝不是普通的一年。在考虑这个奖项、考虑这个奖项所代表的含义时，我意识到这不仅仅是社区服务——它的价值远远高过于此。”

“是的，我完全明白您的意思。”我同意道。

“当我看到奥吉和他每天需要面临的挑战，”他轻轻地拍着自己的心口说，“就是他能够仅仅每天都来上学，都让我心存敬意。他的脸上还带着微笑。我想让他拥有一份认可，这一年是他胜利的一年。他也产生了一定的影响，我是说，在本能保护的那件恐怖事件之后，孩子们能够紧紧地团结在他的周围，这都是因为他的缘故。他激发了孩子们的善念。”

“我完全明白您的意思。”我说。

“我想让这个奖章代表善，”他继续说道，“我们为这个世界付出的善。”

“完全同意。”我赞同道。

他看起来真的为我的态度感到开心，也有点如释重负，我想。

“我非常高兴你能理解，夏洛特！”他说，“我想提前告诉你一声，免得你明天在毕业典礼上感到失望，因为，正如你所说，人人都认为你会拿到这个奖章。但是你不要告诉别人，好吗？我不想破坏奥吉和他的家人的那份意外的惊喜。”

“我能告诉我的父母吗？”

“当然可以！尽管我打算今天晚上亲自给他们打个电话，告诉他们此时我多么为你感到自豪。”

他站起身来，隔着桌子向我伸出手来，因此，我握了握他的手。

“谢谢你，夏洛特。”他说。

“谢谢你，图什曼先生。”

“明天见。”

“再见。”我开始往门口走。但是这时，脑海中跳出一个想法，就像一个完全成形的想法。我不知道这个想法从何而来。

“但是这个奖项是可以发给两个人的，对吗？”我问道。

他抬起头。有那么一秒，我想我看到他的眼神中有那么一丝丝的失望。“曾经有过这种特殊的情况，这个奖项发给了几个学生，他们一起共同完成一项社区服务项目，”他回答道，挠着自己的额头，“但是在奥吉和你的这种情况，我想奥吉获得这个奖和你——”

“不，我说的不是奥吉和我，”我打断他的话，“我想萨默尔应该获得这个奖项。”

“萨默尔？”

“这一年，她一直是奥吉非常棒的朋友，”我解释道，“并非因为您要求她成为奥吉的欢迎朋友，不像我和杰克那样。她就那样做了！这就是您刚才所说的善。”

图什曼先生点点头，就像他真的听进去我所说的话一样。

“我是说，我对奥吉很友好，”我说，“但是萨默尔是善良的。这就像友好的十次方什么的。您明白我的意思吗？”

“我十分清楚你的意思。”他说道，脸上带着微笑。

我点点头。“很好。”

“我非常欣赏你告诉我这一切，夏洛特，”他说，“带给我很多思考。”

“太好了。”

他看着我，慢慢地点点头，就像他的大脑里正在进行一场辩论似的。“我还是想问问你，”他说，停顿了一下，似乎在寻找准确的字眼来表达，“你认为萨默尔会想要这样一个奖章，就因为她和奥吉是朋友吗？”

他说的那一刻，我一下子明白了他的意思。

“噢！”我说道，“等等。您是对的。她不会的。”

出于某种原因，我的脑海中浮现出玛雅冲着萨凡娜那一桌龇牙咧嘴的画面。

朋友显然是不关乎奖章的。

“但是让我今天晚上考虑一下。”他说道，站了起来。

“不，您是对的，”我回答道，“您原来的考虑就很好。”

“你确定吗？”

我点点头。“再次感谢您，图什曼先生。明天见。”

“明天见，夏洛特。”

我们再一次握手，这次，他用双手握住了我的手。

“正如你所知道的，”他说，“对人友善是善良的第一步。这是非常棒的开始。我非常为你自豪，夏洛特。”

他也许知道，也许不知道。但是对于我这样的人而言，他和我说的这些话比获得世界上所有的奖章更有价值。

西蒙娜那场轰动性的演讲

早上好！杰森博士、图什曼先生、罗宾教务长、同学们、全体教职员工、老师们、家长们：

很荣幸能代表五年级同学来做今年毕业典礼演讲。环顾一周，看到一张张快乐的笑脸，能在这里，真的非常幸运。你们中有些人知道，这是我在毕彻预科上学的第一年。我毫不掩饰地说：最开始，来到这里让我有些紧张！我知道有些同学从幼儿园就一直在这里上学，我很担心自己交不到朋友。但是，我却发现，我的同学中有很多也是初来乍到的，就像我一样。即便是在这里有一段时日的学生，中学，对于每个人而言都是一场崭新的球赛。对我们大家而言，毫无疑问是一个学习的过程。这一路走来，有一些磕磕碰碰，有成功，有失败，却是一个非常棒的经历。

今年早些时候，我参与出演了阿坦娜贝夫人为毕彻预科慈善晚会编排的舞蹈。对我而言，这是一个惊人的经历。我和我的舞伴非常刻苦地一起训练，做到步调统一，就像一个人在跳舞。这花了非常多的时间，还需要彼此的信任。你们可能不知道，因为过去的我上过非常多的学校，我有一个缺点，那就是不会轻易地信任别人。但是我真的学会了信任我的舞伴。我意识到跟她们在一起，我可以做自己。对此，我会一直心怀感恩。

我想，明年我最期待的事情，我的五年级同学们，就是和你们都建立起信任。我希望，未来的六年级，我们会长大一些，明智一些，我们都需要学会对彼此有足够的信任，这样我们才可以真正地做自己，真正地接受真实的彼此。

谢谢你们。

我是怎么最终介绍自己的

那天我看到戈迪·约翰逊上了一辆开往郊区住宅区的公交车，我就给萨默尔和西蒙娜发了信息。知道他依然健在，让我们都激动兴奋不已。然而，那时候还有很多事情在进行，我们没有机会深入探讨这件事。我们非常激动，睁大眼睛想看看是否能够在附近再次找到他。但是我们从来没有成功过。再一次，他不见了。

我再次见到他已经是七月初了。突然，他又出现了，坐在A&P超市的遮阳篷下，用手风琴演奏他一直演奏的歌曲。那条黑色拉布拉多猎犬卧在他的前面。

我盯着他看了几分钟，研究他睁着的双眼，回忆着它们以前是如何吓坏我的。我观察着他的手指是如何按下手风琴的琴键，这对我来说是非常神秘的乐器。他正在演奏《那些日子》，这是我最喜欢的歌曲。

当他演奏结束时，我走上前去。

“你好。”我说道。

他冲着我的方向微笑。“你好。”

“我很高兴你又回来了！”我说。

“谢谢你，小姑娘！”他说。

“你去哪里了？”

“噢，这个啊，”他说，“我去南方和我女儿待了一段时间。纽约的冬天对我这把老骨头来说，越来越难过了。”

“去年冬天是很冷，确实很冷。”我说。

“确实！”

“你的狗叫乔妮，是吗？”

“没错。”

“你叫戈迪·约翰逊？”

他扬起头。“我这么有名吗？你都知道我的名字？”他问道，咯咯地笑出声来。

“我的朋友萨默尔·道森认识你。”我回答道。

他向上看，尽量回想我说的是谁。

“他的父亲曾经是海军陆战队的，”我解释道，“他几年前去世了。道森中士？”

“道森中士！”他说，“我当然记得他。伟大的男人。不幸的消息。我很清楚地记得那一家人。你告诉那个小姑娘，说我向她问好，好吗？她是一个甜美可爱的小女孩。”

“我会的，”我回答道，“我们实际上都在努力找你呢。你不在这里时，萨默尔和我都很担心你呢。”

“噢，宝贝，”他说，“你们不用担心我。我能不费力地四处走动。我不是无家可归。我在郊区住宅区有自己的住处。我就是喜欢自己做的事情，喜欢和乔妮出来。早上我在楼下坐上直达车，到终点站下来。坐车的感觉很棒。我来这里是出于习惯，你知道吗？这里的人不错，就像道森中士一样。我喜欢为他们演奏。你喜欢我的音乐吗？”

“喜欢！”我说。

“噢，这就是我来这里演奏的原因，姑娘！”他兴奋地说，“照亮人们的日子。”

我高兴地点点头。

“好的，”我说，“谢谢你，约翰逊先生。”

“你可以叫我戈迪。”

“我是夏洛特，顺便说一句。”

“很高兴遇到你，夏洛特。”他说。

他伸出自己的手，我握了握他的手。

“我现在得走了，”我说，“跟你谈话很愉快。”

“再见，夏洛特。”

“再见，约翰逊先生。”

我把手伸进口袋，掏出一张一美元的钞票，放进他的风琴盒子里。

嗖。

“上帝保佑美国！”戈迪·约翰逊说。